grafit

Die finnische Originalausgabe »Jäähyväiset presidentille« erschien 1979 bei WSOY, Helsinki

Taschenbuchausgabe

Chemnitzer Str. 31, D-44139 Dortmund
Internet: http://www.grafit.de
E-Mail: info@grafit.de

Umschlaggestaltung: Peter Bucker
unter Verwendung eines Fotos von Ulrike Roßmann/Agentur Lüders
Druck und Bindearbeiten: Fuldaer Verlagsanstalt
ISBN 978-3-89425-558-9
1. 2. 3. 4. 5. / 2010 2009 2008

Pentti Kirstilä

Schwarzer Frühling

Ein Fall für Lauri Hanhivaara

Kriminalroman

Aus dem Finnischen von
Gabriele Schrey-Vasara

grafit

Der Autor

Pentti Kirstilä, geboren 1948 in Turku, lebt heute als freier Schriftsteller in Helsinki. Er zählt zu den renommiertesten und erfolgreichsten finnischen Krimiautoren und wurde zweimal mit ›Finnischen Krimipreis‹ ausgezeichnet.

Schwarzer Frühling ist der dritte Roman um den illusionslosen und eigenbrötlerischen Kommissar Lauri Hanhivaara. *Nachtschatten* (Hanhivaaras erster Fall), *Tage ohne Ende* (Hanhivaaras zweiter Fall) und *Klirrender Frost* (Hanhivaaras vierter Fall) sind ebenfalls bei Grafit erschienen.

Ich bitte, mir den Hinweis zu gestatten, dass alle in diesem Buch auftretenden Personen Fantasieprodukte und dass eventuelle Ähnlichkeiten mit Menschen, die gelebt haben oder noch leben, ganz und gar zufällig sind. Was natürlich nicht heißt, dass nicht jede fiktive Person in diesem Buch zu irgendeiner Zeit und an irgendeinem Ort wirklich existieren könnte.

P. K.

ERSTER TEIL

EINS

Ein Zeuge beschrieb ihn später ungefähr so: Er war leicht untersetzt und mittelgroß; er hatte lange, dunkle Haare, normale Gesichtszüge; er trug Jeans, einen Anorak und eine dunkle Sonnenbrille.

Großen Nutzen hatte die Polizei von diesem Zeugen also nicht. Er war ein ganz normaler Zeuge, nach dessen Ansicht alle Menschen normal aussehen. Zudem stellte sich heraus, dass er sich bei der dunklen Haarfarbe nicht ganz sicher war, sie konnte auch blond gewesen sein, auch bei den Jeans war er sich nicht ganz sicher. Er habe »eben gedacht, dass er wohl Jeans anhatte, wie alle anderen auch.«

Die Polizei fand das gar nicht lustig.

Doch das alles passierte viel später.

Vorher war etwas passiert, wofür Zeugen gebraucht wurden.

Er hatte bereits zehn Minuten auf dem Dach gelegen und auf die Hämeensilta-Brücke gestarrt. Das achtstöckige Haus stand dem Theater, das am Ufer der Stromschnelle errichtet worden war, genau gegenüber. Er war ohne Schwierigkeiten aufs Dach gelangt: Das Haus war alt, das Schloss an der Tür zum Dachboden verdiente seinen Namen nicht. Auch die Dachluke hatte keinen nennenswerten Widerstand geleistet: Sie war zwar mit einem soliden Vorhängeschloss gesichert, doch dieses Schloss hing an einer Kette, und die Kette war mit einer Rohrzange so leicht zu knacken, wie Ketten im Film mit einem Stein zerschlagen werden. Nichts von all dem war Zufall, natürlich nicht. Er hatte alles genau ausgeforscht, denn es lag nicht in seiner Absicht, erwischt zu werden.

Allerdings lag ein gewisses Risiko darin, den Tatort vorher auszukundschaften. Möglicherweise würde sich jemand an ihn erinnern, doch das war ihm egal, es spielte keine Rolle.

Er hatte seinen Pkw am Rand der Innenstadt abgestellt und war mit dem Bus zum Hauptmarkt gefahren, beladen mit einer ungewöhnlich schweren Reisetasche aus Kunstleder.

In der Tasche hatte er verschiedenes Werkzeug gehabt, zum Beispiel die Rohrzange, sowie ein zerlegtes Präzisionsgewehr, das sich jetzt nicht mehr in der Tasche befand.

Seine Hände arbeiteten geschickt und zärtlich, als liebten sie das Metall, Holz und Glas, aus denen gerade eine todbringende Waffe entstand. Er befestigte das Zielfernrohr und streichelte seine Waffe wie ein Mann, der den Gegenstand seiner Liebe seit Langem kennt: Der Rausch ist verflogen, in den Augen liegt keine Glückseligkeit mehr, stattdessen haben sich liebevolle Achtung und die Gewissheit eingestellt, dass die Geliebte einem treu ist. Es war eine jener seltenen, unzerstörbaren Beziehungen, nach denen sich so viele vergeblich sehnen.

Das Haus hatte ein Flachdach. Das war gut. Weniger angenehm war, dass die oberste Etage im Verhältnis zur eigentlichen Hausfront zwei Meter nach innen gezogen war. Aber als er jetzt mitten am Tag unter der Leuchtreklame auf dem Dach lag und seine Umgebung beobachtete, befand er sich von den Fenstern des obersten Stockwerks aus im toten Winkel. Auch das war gut. Gut genug. Ein Profi musste ein gewisses Maß an Unverfrorenheit mitbringen. In der Regel glauben die Menschen nicht, was sie sehen, wenn der Anblick zu unwahrscheinlich ist. Nicht dass er tatsächlich ein Profi gewesen wäre, zumindest nicht auf dem Gebiet, mit dem er sich jetzt befasste. Es war sein erstes Mal. Er war auf dem Weg vom Amateur zum Profi, nicht in dem Sinn, dass er für seine Tat bezahlt worden wäre, sondern insofern, als die Leistungskluft, die den Amateur vom Profi trennt, sich endgültig schloss.

Er legte den Lauf seines Präzisionsgewehrs sanft auf die Dachkante und presste den Kolben fest an die Schulter. Dann betrachtete er die Aussicht durch das Zielfernrohr. Er senkte den Lauf und beobachtete die Menschen auf der Brücke. Dort wäre es leicht. Und gefährlich. Er hob den Lauf ein wenig, nun hatte er die Terrasse eines Restaurants an der Brücke im Visier. Noch ein Stück höher, die Straße hinauf, bis Schild und Eingang einer Apotheke zu sehen waren. Die Entfernung schien ihm immer noch gering genug, aber bei Weitem weniger gefährlich. Das starke Fernrohr holte die Gestalten so nahe heran, dass er ihre Gesichter sehen konnte.

Er entdeckte einen Bekannten und musste lächeln. Warum nicht? Nein! Es lag nicht mehr in seiner Macht, die Pläne zu ändern. Nachdem die Sache einmal angelaufen war, musste alles so verwirklicht werden, wie es beschlossen war, wie er selbst es beschlossen hatte.

Nun musste er das Opfer wählen.

Mann?

Frau?

Kind?

Ein Mann natürlich. Das erschien ihm irgendwie fairer. Aber eigentlich war das auch nicht richtig. Männer durften keine besseren Chancen haben als Frauen, beziehungsweise umgekehrt. Wieso wäre es überhaupt fairer? Der Mann war womöglich ein alleinerziehender Vater von drei Kindern. Außerdem hieß es doch: Frauen und Kinder zuerst. Zudem hatte er das Gefühl, die Beachtung der Normen, die durch eine traditionelle, konservative Erziehung vermittelt wurden, könnte etwas über ihn aussagen. Und umgekehrt? Wenn er sich nicht an diese Normen hielt? Würde nicht auch das etwas über ihn verraten? Tatsächlich, warum nicht eine Frau.

Er ärgerte sich, weil er sich bei einer Nachlässigkeit ertappt hatte: Er hatte das Geschlecht seines Opfers nicht im Voraus bestimmt.

Und dabei hatte er alles andere so exakt geplant. Er hatte sich für die Mittagszeit entschieden, denn wenn er es um diese Zeit schaffte, hatte er sich bewiesen, dass er gut war. Aus demselben Grund hatte er eine Stelle mitten in der Stadt gewählt. Und er hatte das Datum sorgfältig berechnet: Es lag genau zwischen seinem Geburtstag und dem Höhepunkt der jetzt anlaufenden Operation. Das war natürlich größtenteils Zufall und hatte einen Beigeschmack von Absurdität, aber es hatte ihm gefallen.

Es herrschte prächtiges Jagdwetter an diesem Tag in der zweiten Maihälfte. Die Sonne stand rechts hinter ihm. Nicht zu viele Schatten, die das Zielen erschwerten. Und er lag warm und bequem. Vielleicht sogar ein wenig zu warm, denn ein Schweißtropfen rollte vom Haaransatz über die Stirn zur Augenbraue. Er wischte ihn ab und veränderte seine Stellung ein wenig. Eingeschlafene Glieder waren nicht ideal, wenn man absolute Treffsicherheit anstrebte.

Wieder kniff er ein Auge zu. Mit einem Leuchtpunktzielgerät wäre er schneller gewesen und hätte beim Zielen beide Augen offen halten können. Aber er hatte es nicht eilig, jedenfalls nicht so eilig. Doch nun musste er seine Wahl treffen. Je länger er auf dem Dach lag, desto größer war das Risiko, entdeckt zu werden. Rundherum standen andere Gebäude gleicher Höhe. Nah genug, dass jemand sehen konnte, was er trieb.

Sollte er den unauffälligen, nichtssagenden, grau gekleideten Herrn nehmen, der wahrscheinlich gerade zum Mittagessen ging? Oder die dunkelhaarige Schönheit, die hinter der Apotheke um die Ecke bog? Oder sollte er der Gesellschaft einen Dienst erweisen und den versoffenen Penner aus dem Weg räumen?

Schließlich entschied er sich für die Zufallsmethode. Die dreizehnte Person, die aus Richtung Bahnhof auf der von ihm aus gesehen linken Straßenseite zur Ecke bei der Apotheke kam, würde sein Opfer sein. Er begann zu zählen und musste lächeln, als er daran dachte, wie nahe diese Menschen dem Tod waren. Den fünften kannte er. Er beschloss, ihm eine Geburtstagskarte zu schicken. Der dreizehnte war ein kleiner Junge, der mit dem Fahrrad auf dem Bürgersteig radelte.

Das Gesicht des Mannes war ausdruckslos, die Augen hinter der verspiegelten Sonnenbrille waren starr. Sein Finger krümmte sich um den Abzug.

Ein scharfer Knall ertönte, das Schussgeräusch eines kleinkalibrigen Präzisionsgewehrs, das im Verkehrslärm nicht weit drang.

Er blickte durch das Zielfernrohr. Er hatte die vierzehnte Person gewählt, eine blonde Frau, hatte auf den Kopf gezielt und gesehen, wie sie fiel. Die Frau bewegte sich nicht mehr, während der kleine Junge weiterradelte, denn er hatte nichts bemerkt. Um Himmels willen, hatte er etwa die Mutter des Jungen erschossen? Schon sammelten sich die ersten Menschen um das Opfer. Und sie verhielten sich nicht anders als in den meisten Momenten ihres nutzlosen Lebens: ratlos. Warum liegt die Frau da? Was ist passiert? Ist sie betrunken? Hat jemand einen Krankenwagen gerufen? Und dann: Ich weiß jedenfalls von nichts, ich will in nichts hineingezogen werden, ich habe absolut nichts gesehen.

Und während die Menschen dort unten energisch ihrer Ratlosigkeit nachgingen, setzte der Mann auf dem Dach in aller Ruhe die Verwirklichung seines Plans fort. Er nahm das Zielfernrohr ab, entfernte die Hülse und steckte sie in die Hosentasche. Schnell und mit geübtem Griff zerlegte er die

Waffe und verstaute die einzelnen Teile sorgfältig in seiner Reisetasche. Er schloss die Tasche und stand auf. Seine Tennisschuhe machten kein Geräusch, als er zur Dachluke ging, als wäre er der Schornsteinfeger.

Im Treppenhaus bestieg er den Aufzug und fuhr ins Erdgeschoss, wo bereits ein Mann auf seine Ankunft wartete. Oder besser gesagt, auf die des Aufzugs.

Der Wartende sagte nichts, starrte ihn aber an, als er aus dem Aufzug trat. Starren war sein einziges Hobby.

Der Mann vom Dach ging ruhig auf die Straße. Am Marktplatz nahm er den Bus, stieg in der Itsenaisyydenkatu aus, setzte sich in seinen eigenen Wagen und fuhr nach Hause. Gleich hinter der Brücke schien etwas los zu sein, aber er wandte nicht einmal den Kopf. Vielleicht weil er genau wusste, was passiert war. Vermutlich war er der Einzige, der es ganz genau wusste.

Die Polizei war anfangs in einer vertrackten Situation, denn in der Regel beginnt man bei Mordermittlungen – und dieser Fall sah definitiv nach Mord aus – mit der Person des Opfers. Folglich werden sein Hintergrund, seine Lebensumstände, familiären Beziehungen, Bekannten, Kollegen, Arbeitgeber und Nachbarn unter die Lupe genommen.

Anfangs hatte es den Anschein, dass man mit dieser Ermittlungsmethode nicht weiterkommen würde. Zumindest hätte man das mit Fug und Recht annehmen dürfen.

Denn der Mann auf dem Dach hatte nur übungshalber auf ein bewegliches Ziel geschossen.

Aber einigen Polizisten – zum Beispiel Hanhivaara – war von Anfang an sonnenklar, dass eine Spur in einem solchen Fall zwei Enden hatte. Und als sie die Spur vom einen Ende her aufzurollen begannen, fanden sie zum Schluss alles heraus.

Und das machte sie kein bisschen glücklicher.

ZWEITER TEIL

ZWEI

I

Der Präsident strich sich über die Glatze und rückte die Brille zurecht. Er räusperte sich. Dieses Räuspern war jedem vertraut, der sich Jahr für Jahr seine Neujahrsansprache im Radio anhörte oder sich dieselbe samt Bild am Fernseher zu Gemüte führte. Staatsmänner hatten allen Grund, dem Fernsehen dankbar zu sein; eine Fernsehansprache war doch etwas ganz anderes, als bei einer Festveranstaltung vor einigen Hundert oder Tausend Steuerzahlern und -hinterziehern im Sonntagsanzug oder vor einem Dutzend gelangweilter Journalisten zu reden. Typisch für Staatsmänner war, dass sie einen bestimmten Tag für ihre Ansprache wählten, weshalb meist keine wirklich spontanen Äußerungen zu erwarten waren. In den Vereinigten Staaten kommentierte der Präsident die Lage der Nation stets im Januar, wenn die Golfsaison in Washington ruhte. In der Sowjetunion feierte man die Oktoberrevolution im November; dann gab der Präsident und Parteivorsitzende des Landes auf seine lakonische und leicht ironische Art einige Sätze über den Lauf der Welt zum Besten und empfing spontanen Beifall. In Finnland, das hübsch zwischen diesen beiden Staaten liegt, wandte sich der Präsident jeweils am Neujahrstag an die Bevölkerung und erklärte, seine Außenpolitik habe sowohl im Lande als auch international noch größere Anerkennung gefunden als bisher. Die Westdeutschen erwähnte er in diesem Zusammenhang in der Regel nicht.

Der Präsident saß in seinem großen Arbeitszimmer im Präsidentenpalais. Er lehnte sich zurück und strich sich erneut über die Glatze. Auf seinem massigen Eichenholzschreibtisch standen zwei Telefone; das eine war ein Direktanschluss, der freilich nicht im Telefonbuch stand, das andere war mit der Zentrale des Amtssitzes verbunden und für gewöhnliche Bürger bestimmt, weshalb es praktisch nur klingelte, wenn der Präsident nicht anwesend war und das Klingeln ihn folglich nicht stören konnte.

Der Präsident hatte in der verschlossenen Schreibtischschublade kein drittes, rotes Telefon, wie es einige andere Präsidenten besaßen. Er fand, dass er einen solchen Apparat nicht brauchte.

Es war Donnerstag, der 18. Mai und die Sonne schien.

Dennoch war der Präsident unzufrieden. Neuerdings gab es viele Gründe zur Unzufriedenheit. Die Politiker schienen bestimmte Dinge einfach nicht zu begreifen, obwohl er sich die größte Mühe gab, ihnen alles zu erklären. Die Eseleien der extremen Linken regten ihn nicht weiter auf; die Leute nahm ohnehin keiner mehr ernst, sie selbst wahrscheinlich eingeschlossen. Etwas mehr ärgerte er sich über die extreme Rechte, der er von Zeit zu Zeit auf die Finger klopfen musste, weil sie nicht zu begreifen schien, dass auch Halsstarrigkeit ein Zeichen von Dummheit ist.

Doch eigentlich war die Politik nicht der Grund für die Unzufriedenheit des Präsidenten. Er kreuzte erfolgreich auf den Gewässern der Politik, hatte nie Probleme gehabt, abgesehen von einem kurzen Fehltritt in den 1930er-Jahren, als er sich um ein Haar der falschen Partei angeschlossen hätte. Nur gut, dass er von dieser Karre rechtzeitig abgesprungen war. Später war dann eine andere Karre gekommen, eine mit viel mehr Leuten drauf; die war sicherer. Er hatte recht behalten.

Diesmal war die Unzufriedenheit des Präsidenten von undefinierbarer Art. Sie schien aus seinem Innern zu kommen.

Der Präsident räusperte sich erneut und griff dann nach

dem Telefon mit dem direkten Anschluss. Er stöhnte und legte den Hörer wieder auf.

Im Grunde war der Präsident kein schlechter Mensch. Er wünschte sich, dass sein Volk mit ihm zufrieden war, und wie der König im Märchen wollte er es mit liebevoller Hand auf den rechten Weg führen. Er hätte sogar die Hälfte seines Reiches einem anderen abgetreten, es war nicht seine Schuld, dass sich kein zweiter Herrscher fand, der seines Volkes würdig war. Die liebevolle Hand reichte auch nicht immer aus, aber der Präsident war der Meinung, wer seine Kinder liebt, der ...

Langsam kehrten seine Gedanken vom Feld der Politik zu privateren und vielleicht auch erfreulicheren Dingen zurück. Auch ohne auf den Kalender zu schauen, wusste er, dass er in gut einer Woche seinen alten Freund Ollila treffen würde. Ollila war ein netter, jovialer Bursche, mit dem der Präsident viele fröhliche Stunden verbracht hatte. Sie hatten in der Sauna gesessen und im See gebadet und ein paar kühle Bierchen getrunken, gelegentlich auch einen Kognak, und Ollila hatte die eine oder andere gewagte Anekdote erzählt, was unter Männern und hinter verschlossenen Türen keineswegs unpassend war.

Der Präsident beschloss, Ollila anzurufen. Er nahm den Hörer ab – am Direktanschluss – und wählte.

Es klingelte viermal, fünfmal. Der Präsident wurde nervös.

»Ollila«, meldete sich Nestori Ollila.

»Ich bin's«, sagte der Präsident.

Ollila verstieg sich nie zu der Frage, wer ›ich‹ sei. Einmal hatte er die Stimme des Präsidenten tatsächlich nicht erkannt, doch natürliche Vorsicht hatte ihn daran gehindert, beispielsweise zu antworten: »Ich bin es auch.« Die Vorsicht ging auf die Zwanzigerjahre zurück, als er seine Karriere als Geschäftsmann begonnen hatte, dem Vernehmen nach mit Schwarzhandel und illegalem Alkohol. Doch das waren unbewiesene Gerüchte, wie sie sich um jeden erfolgreichen Mann rankten. Neid war einer der typischsten Charakterzüge der Finnen. Ollila hatte sich längst mit der üblen Nachrede abgefunden, insgeheim genoss er es, als Gauner zu gelten, und trug seinen Ruf als Schnapsschmuggler mit einem gewissen romantischen Stolz. Manchmal wünschte er sich sogar, die Geschichten wären wahr. Kein Finne hielt eine Illegalität, die mit Schnaps zu tun hatte, für wirklich ungesetzlich, eher schon für eine gutherzige Tat mit dem Ziel, denen zu helfen, die der Hilfe bedurften. Ähnlich entwickelte sich später die Einstellung zum Steuerzahlen; der Finne als solcher ist ein konkreter Beweis dafür, dass der Begriff Volkscharakter keineswegs veraltet ist.

Diesmal wusste Ollila allerdings, wer am Apparat war. Er wusste auch, worum es ging: Der Präsident wollte bei ihm in die Sauna gehen. Das war bereits abgesprochen, auch der Tag war schon festgelegt.

»Hallo, Chef«, sagte Ollila, der die Erlaubnis hatte, den Landesvater informell anzureden.

Das enge Verhältnis zwischen den beiden bot Anlass zu allerlei Spekulationen. Ollila war absolut kein politischer Mensch. Außer natürlich in der Hinsicht, dass er als Geschäftsmann freies Unternehmertum höher schätzte als staatliche Bevormundung. Mit anderen Worten: Er wählte lieber einen Nichtsozialisten als einen Sozialisten, solange es erlaubt war. Aber von der eigentlichen Politik hielt er sich fern, obwohl er dank seiner Freundschaft mit dem Präsidenten von vielen Parteien umworben wurde. Desgleichen besaß er keinerlei akademische Würden, die der zweite Weg in die Salons der Elite waren – manchmal.

Das Einzige, was Ollila und den Präsidenten überhaupt zusammengeführt haben konnte – so glaubte die Bevölkerung –, war der Sport: Beide Männer trieben aktives Konditionstraining, Ollila mittlerweile weniger, aber auch er bedachte immer noch mehr als einen Sportverein mit großzügiger finanzieller Unterstützung.

Es musste der Sport sein. Ollila war nicht einmal als Geschäftsmann so wichtig, dass der Staat ein besonderes Interesse an ihm hätte haben können. Doch diejenigen, die sich den Kopf über das ungleiche Paar zerbrachen, hätten nur zu überlegen brauchen, wie sie selbst ihre besten Freunde – oder ihre wichtigsten Feinde: ihre Ehepartner – kennen gelernt hatten, dann wäre ihnen aufgegangen, wie entscheidend der Zufall bei diesen Dingen ist.

Und wenn jemand noch gründlicher darüber nachgedacht hätte, wäre er zwangsläufig zu dem Schluss gekommen, dass das Schicksal des Menschen vorherbestimmt ist.

»Gruß«, sagte der Präsident. Das war keine übliche Ausdrucksweise, doch wer glaubte, der Präsident habe sich absichtlich eine Formel angeeignet, die der lateinischen Begrüßung entsprach, irrte sich. An der Westküste Finnlands grüßen sich nämlich alle so, und der Präsident stammte von der Westküste.

»Wie geht's im ovalen Büro?«, fragte Ollila. Er hatte sogar das Recht, den Präsidenten ein wenig aufzuziehen.

Der Präsident lachte auf; es hatte nie jemand behauptet, er habe keinen Sinn für Humor.

Dann sagte er: »Wie geht's in Tampere?«

»Meinst du mir persönlich oder der Stadt?«

»Von den Angelegenheiten der Stadt weißt du doch nichts.«

»Ha, da irrst du dich! Mir selbst geht's jedenfalls blendend. Alles geht langsam, aber sicher voran, der Profit wächst. Du kennst ja die Kumulationstheorie, nicht wahr?«

Der Präsident lachte erneut. Er hatte immer gesagt, Ollila sei ein jovialer Typ und ein angenehmer Gesellschafter. Schon jetzt fühlte er sich viel weniger bedrückt als vor ein paar Minuten.

Ollila fragte: »Wie ist das Wetter bei euch?«

»Mal Regen, mal Sonnenschein.«

»Wie in der Politik, was?«

»Ja, oder im Geschäftsleben.«

»Nein, nein«, protestierte Ollila. »Im Geschäftsleben scheint immer die Sonne. Alles andere ist eitles Gejammer.«

Der Präsident brummte etwas vor sich hin. Ein jovialer Typ, dieser Ollila, dachte er wieder und nahm sich vor, das Adjektiv zu wechseln. Er sagte: »Das gilt vielleicht für dich, doch wohl nicht für alle.«

»Für alle, die ihr Geschäft verstehen«, meinte Ollila. »Ich zum Beispiel verstehe mein Geschäft, unter den anderen sind sowohl Füchse als auch Esel. Daran ist nichts zu ändern.«

»In jeder Branche gibt es Füchse und Esel.«

»Mag sein, außer in diesen neumodischen Gesamtschulen, wo nur Esel sitzen.«

»Ollila, du bist ein verbohrter Reaktionär.«

»Muss ich, sonst mache ich keine Gewinne mehr.«

»Sei lieber vorsichtig. Wenn du zu viel Gewinne machst, juckt es den Staat in den Fingern.«

»Ja, ja. Ich bin mal gespannt, was aus dem Salora-Konzern wird, an dem die Regierung angeblich gar kein Interesse hat.«

Der Präsident räusperte sich. Mit so plumpen Methoden ließ er sich keine Informationen entlocken. Schon gar nicht solche, die es eigentlich noch gar nicht gab.

Er sagte: »Du vergrößerst doch deine Kunststofffabrik.«

»Um die Hälfte. Plastiktüten verkaufen sich wie nur was.«

»Und die Einweihung ist genau an dem Tag, an dem ich in Tampere bin.«

»Stimmt.«

»Ich könnte den neuen Betrieb einweihen, das gibt der Sache einen festlichen Anstrich. Warum hast du mir nichts davon gesagt, als wir unser Treffen vereinbart haben?«

»Na ja, ich dachte, dass ...«

»Einem alten Freund helfe ich immer gern«, sagte der Präsident. Dann fügte er hinzu: »Auch wenn es in diesem Fall nicht ums Helfen geht.«

Ollila versicherte hastig: »Aber das ist ja ganz hervorragend. Ehrlich gesagt, ich hatte nicht damit gerechnet, dass du Zeit dafür haben würdest.« Seine Begeisterung war echt. Natürlich würde die Einweihung so viel glanzvoller werden. Ollila wusste, dass der Präsident dasselbe schon einmal getan hatte. Damals, als er die Kunststofffabrik gegründet hatte. Aber irgendwie hatte er das Gefühl, dass es auf den Glanz nicht mehr so ankam. Er war verdammt wankelmütig geworden.

»Wann ist es genau?«, fragte der Präsident.

»Am Samstag um zwölf. So ist es geplant, falls es dir passt.«

»Gut.«

Eine Weile herrschte Stille. Nicht einmal das Geräusch eines laufenden Tonbands war zu hören, oder das leise Knacken, das minderwertige Abhörgeräte von sich geben. In Finnland gab es keine Lauschangriffe. Es gab vieles, was in Finnland nicht passierte, wovon man sich nicht vorstellen konnte – ja, nicht einmal vorstellen durfte, dass es passieren könnte. Pech für Paranoiker, denn sie mussten sich gewaltig anstrengen, um ein halbwegs plausibles Objekt für ihren Wahn zu finden.

Der Präsident sagte: »Am Freitag muss ich in Tampere im Rathaus ein Gemälde enthüllen.«

»Ich weiß.«

Dem Präsidenten fiel nichts mehr ein. Der alte Überdruss meldete sich wieder.

Er sagte: »Gut, dann ist es also abgemacht.«

»Natürlich, unbedingt, von meiner Seite jedenfalls«, sagte Ollila und fügte hastig hinzu: »Willkommen in Tampere, Herr Präsident!«

2

»Nicht anfassen!« Die Stimme war schneidend und hatte eine Autorität, die man bei einem so schmächtigen Mann nicht erwartet hätte.

Der Schmächtige kam von der Toilette, die hinter den Umkleideräumen lag, zur Fünfzigmeterbahn zurück. Er war ein ungewöhnlicher Typ – ohne Übertreibung. Er war völlig kahl, dabei verriet seine Kopfhaut, dass ihm Haare gewachsen wären, wenn er es zugelassen hätte. Nur sehr wenige Menschen rasieren sich täglich den Schädel. In seinem schmalen Gesicht leuchteten auffällig rote Lippen. Man hätte glauben können, dass er Lippenstift benutzte, was bei einem Mann ebenfalls sehr ungewöhnlich gewesen wäre. In Wahrheit hatte er so lange auf den Lippen herumgekaut, dass sie geschwollen waren. Er hatte gerade wieder eine dieser Phasen. Und dieser Tick war jedenfalls ungewöhnlich – bei Männern wie bei Frauen. Er war ganz in Schwarz gekleidet, zur hautengen schwarzen Kordhose trug er ein schwarz glänzendes Seidenhemd und einen schwarzen Blouson. Nur sein Halstuch war rot. Das war nun nicht unbedingt ungewöhnlich, aber auf einer Schießbahn doch eher selten.

Man kann also ohne Übertreibung behaupten, dass er zumindest ein ungewöhnlicher Typ war. Vielleicht sogar seltsam. Vielleicht sogar krank, aber das wäre wohl doch übertrieben. Übertreiben will niemand, das tut das Leben ohnehin zur Genüge.

Die beiden Männer, die wie ganz gewöhnliche Schießbahnbesucher aussahen, traten wortlos einen Schritt zurück.

Sie hatten gerade die schöne rote Kassette berühren wollen, die auf einer Bank vor der Fünfzigmeterbahn lag.

Der eine der beiden hatte die Kassette und die Pistole, die

sie enthielt, schon einmal betrachtet, ohne sich allzu sehr zu wundern. Er hatte schon ähnliche Waffen gesehen. Es war keine Nullachtfünfzehn-Pistole, aber auch kein Unikat. Eher schon war die Kassette ungewöhnlich, wie auch ihr Besitzer ein ungewöhnlicher Besucher auf einer ganz normalen Schießbahn an einem ganz normalen Frühlingstag war. Für den anderen Mann war die Waffe dagegen wirklich etwas Neues, denn er hatte noch nicht viele Pistolen zu Gesicht bekommen. Er hatte gerade Abitur gemacht und beschlossen, sich ein Hobby zuzulegen. Er fand die Pistole merkwürdig; sie sah nicht einmal aus wie eine Pistole.

Die rote Kassette war mit Schaumstoff ausgekleidet. Sie enthielt einen Putzstock, Laufbürsten, zwei Schraubenzieher und einen Ausräumer. Und natürlich die Pistole, eine Hämmerli 120.

Der Schwarzgekleidete näherte sich. Er klappte die Kassette zu und sagte etwas versöhnlicher: »Ich habe ein hübsches Sümmchen dafür bezahlt und will nicht, dass man sie anfasst. Das verstehen Sie sicher.«

Der eine Mann antwortete: »Wir haben sie nur angesehen.«

Und der andere fügte hinzu: »Allerdings wäre es toll, wenn man einmal damit zielen dürfte.«

»Bedaure, meine Waffen verleihe ich nie«, sagte der Schwarze. Er hätte nur hinzuzufügen brauchen, »meine Zahnbürste auch nicht«, und der Spruch hätte direkt von James Bond stammen können. Aber der Satz des Schwarzgekleideten war wahrer.

»Das kann ich gut verstehen, bei so einem edlen Stück«, sagte der eine, weil ihm zwar nichts einfiel, er aber trotzdem das Gefühl hatte, etwas sagen zu müssen. Typisch für Menschen, die nie etwas zu sagen haben.

Der Schwarzgekleidete schwieg, klemmte sich die rote Kassette unter den Arm und ging zum Parkplatz.

»Eine merkwürdige Waffe«, sagte der junge Mann.

»Wenn du dich ernsthaft mit dem Schießsport befasst, wirst du feststellen, wie viele Waffen es gibt, die keine Ähnlichkeit mit denen aufweisen, die du aus Western kennst«, erwiderte der ältere, untersetzte Mann. »Die Hämmerli ist eine der besten Pistolen der Welt. Teuer ist sie auch.«

Der Jüngere, Antti Kallio, sah dem Schwarzgekleideten nach und meinte: »Wenn das stimmt, wundert es mich, dass er so einen mickrigen Wagen fährt.« Er würde noch merken, dass es vieles gab, was er über Waffen nicht wusste, obwohl er mit dem Vorrecht der Jugend glaubte, umfassend informiert zu sein.

»Ziemlich klein. Offenbar ein Fiat«, nickte Amtsgerichtsrat Palle Andersson, der auf alles schoss, worauf man legal schießen durfte, und folglich ein ausgesprochen normaler Schießbahnbesucher war. Äußerlich entsprach er genau dem Bild, das man sich von einem fünfzigjährigen Amtsgerichtsrat macht. Sein Bauch wölbte sich bereits, weshalb er zu immer besseren und kostspieligeren Schneidern gehen musste, und er roch nach *Brut,* weil eine Frau in dem Tanzlokal an der Hämeensilta-Brücke einmal zu ihm gesagt hatte, das sei ein echt maskuliner Duft. Er hatte das Rasierwasser damals rein zufällig auf der Toilette des Lokals gefunden und benutzt, seither aber nicht mehr darauf verzichtet. Damit sind auch schon die wichtigsten Kennzeichen eines fünfzigjährigen Amtsgerichtsrats genannt.

»Ein seltsamer Typ«, sagte Kallio, der sich für den liberalsten Menschen der Welt hielt. Noch so eine jugendliche Illusion, die er im Lauf der Jahre verlieren würde.

»Ja, merkwürdig ist er tatsächlich. Vom Äußeren, meine ich. Ausgesprochen individualistisch. Ich finde, in letzter Zeit ist er noch seltsamer geworden. Er hat sich den Kopf kahl geschoren, wer tut so was schon? Aber dumm ist er auf keinen Fall. Er gehört dem Schützenverein seit Jahren an und hat sich auf dem Schießstand immer vorbildlich verhalten. Nicht der geringste Anlass zur Klage. Seltsam ist er, das stimmt, und ein wenig eigenbrötlerisch. Er ist ständig hier und trainiert, aber meines Wissens hat er noch nie jemanden aus freien Stücken angesprochen. Und er nimmt nie an Wettkämpfen teil.« Als Vorsitzender des Schützenvereins war Andersson gut informiert.

Die beiden Männer sahen, wie der Schwarzgekleidete in sein Auto stieg und abfuhr.

»Was macht er eigentlich beruflich?«, fragte Kallio.

»Daran erinnere ich mich nicht. Ich habe ja keinen Umgang mit ihm.«

»Guck in der Mitgliederliste nach.«

»Gute Idee. Ich glaube, ich habe die Vereinsunterlagen dabei.«

Der gemeinsame Nenner des ungleichen Paares war Antti Kallios Vater, der seinen guten Bekannten Andersson gebeten hatte, dem Jungen die Schießbahn zu zeigen.

Andersson kramte in seinem Aktenkoffer und fand das Mitgliederverzeichnis. Er blätterte eine Weile darin. Dann sagte er: »Kellner.«

»Aha«, sagte Kallio und dachte, so ein mieser Job passt zu dem kleinen Wichtigtuer. Er behielt den Gedanken jedoch für sich, denn er hätte nicht erklären können, wieso er eine derartige Antipathie gegen den schwarz gekleideten Kellner hatte.

Nachdenklich meinte er: »Nachdem wir nun seinen Beruf kennen, kommt es mir vor, als hätte ich ihn mal in irgendeinem Restaurant gesehen. Ich erinnere mich nicht mehr, in welchem.«

»Wenn du erst mal in meinem Alter bist, wird dir das öfter passieren. Aber es ist dir sicher lieber, wenn ich das, was du gerade gesagt hast, deinem Vater gegenüber nicht erwähne.«

Kallio sah dem Älteren offen in die Augen und sagte: »Das spielt keine Rolle.«

Andersson zuckte die Achseln. Dann fragte Kallio, als wäre es ihm gerade erst eingefallen: »Warum benimmt er sich so?«

»Wie?«

»Seltsam.«

»Na ja, die Menschen sind eben verschieden.«

»Ist er schwul?«

»Es ist so leicht, Menschen abzustempeln. Über seine sexuelle Orientierung weiß ich nichts«, sagte Andersson, der zwar auch nicht frei von Vorurteilen war, in seinem Beruf aber Floskeln gelernt hatte, hinter denen sich alles verbergen ließ. Daher machte er fast immer einen sympathischen Eindruck.

»Er sieht schwul aus«, beharrte Kallio.

»Wie sieht ein Schwuler aus?«

»Na, so wie ... Wie heißt er übrigens?«

»Asko Mertanen. Wieso interessierst du dich eigentlich so für ihn?«

»Er interessiert mich nicht. Nur kleidet er sich seltsam, schert sich den Kopf, geht Menschen aus dem Weg und benimmt sich eigenartig. Er interessiert mich überhaupt nicht, aber über Merkwürdigkeiten redet man eben.«

»Na schön, er ist seltsam, aber ein verdammt guter Schütze.«

»Woher weißt du das?«

»Ich weiß alles, was hier vor sich geht«, sagte Andersson. »Ich habe ihn beim Schießen beobachtet. Er trifft ins Schwarze. Folglich ist er ein guter Schütze.«

»Er hat gute Waffen. Das hast du selbst gesagt.«

»Ja, aber er ist auch ein guter Schütze.«

»Wie gut?«

»Ich habe einmal beobachtet, wie er mit seiner Hämmerli

zehn Schüsse auf fünfzig Meter abgegeben hat. Alle ins Schwarze, in einem Radius von zwei Zentimetern.«

»Freihändig?«

»Freihändig.«

»Das ist unmöglich.«

»Er hat allerdings nicht auf Zeit geschossen.«

»Trotzdem ist das nicht möglich.«

»Nein«, sagte Andersson.

3

Nichtsnutziges Pack, dachte Asko Mertanen, als er seinen Fiat vom Parkplatz auf den holprigen Weg lenkte.

Er bog auf die alte Landstraße in Richtung Tampere ein und dachte: Schweine.

Menschen waren nicht seine größte Liebe. Nicht mehr. Nicht als solche. Es gab noch ein paar, denen er vertraute, doch sie wurden immer weniger.

Mertanen hatte sich für seine Besuche auf der Schießbahn immer ruhige Stunden ausgesucht. Nach Möglichkeit trainierte er gegen Mittag; die meisten Schützen kamen erst später, nach Dienstschluss. Da Mertanen Schicht arbeitete, konnte er sich den Luxus der Einsamkeit leisten.

Er hatte sich geärgert, weil er einem Schützenverein beitreten musste, um seinem Hobby nachgehen zu können. Wir wollen keine Zügellosigkeit, hatten sie gesagt. Sie waren alle gleich, nur darauf aus, ihre Mitmenschen zu überwachen. Mertanen hatte Vor- und Nachteile gegeneinander aufgerechnet und war zu dem Ergebnis gekommen, dass es besser war, dem Verein beizutreten. Er hätte mit Sicherheit mehr Aufsehen erregt, wenn er allein durch die Wälder oder über die Müllhalden gezogen wäre und auf Schießscheiben geballert hätte. Und es lag nicht in seiner Absicht, Aufsehen zu erregen. Eigentlich dramatisierte Mertanen seine Erinnerungen. Damals – vor vielleicht zehn Jahren – hatte er das Ganze keineswegs als brennendes Problem empfunden. Seiner eigenen Interpretation nach war er immer ein einsamer Wolf gewesen und seine Erinnerungen passten sich dieser Deutung an. Der menschliche Geist ist ein genialer Fälscher.

An diesem Tag hatte Mertanen seine Treffsicherheit mit der Hämmerli getestet. Er war mit sich zufrieden. Er war schmächtig, hatte sich aber zu Selbstdisziplin erzogen, und dazu gehörte auch regelmäßiges Armmuskeltraining. Das Ziel waren lockere, starke Muskeln. Wenn in den Muskeln keine Kraft steckte, musste man sie extrem anspannen, und das wiederum hatte zur Folge, dass die Hand zitterte und der Schuss daneben ging.

Es war früher Nachmittag am 18. Mai. Es war warm und die Sonne schien von rechts, als er über die kurvenreiche, schmale Straße brauste, die die meisten Fahrer mittlerweile mieden. Mertanen trat aufs Gaspedal. Er musste um vier Uhr bei der Arbeit sein.

Er war Kellner, sechsunddreißig Jahre alt und Junggeselle. In jungen Jahren hatte er einige Reisen unternommen. Er hatte einen Kurs über gewandtes Auftreten besucht, und nachdem er es gelernt hatte, war er ausgesprochen selten aufgetreten. Er hatte auch einen Rhetorikkurs besucht, um zu lernen, wie man überzeugend von Dingen spricht, die man selbst nicht ganz versteht, und danach hatte er immer weniger gesprochen. Von einigen Ausnahmen abgesehen.

Mertanen hatte ein negatives Bild von den Menschen und von gesellschaftlichen Systemen.

Er fuhr gut und sicher. Das wusste er, allerdings handelte es sich bei ihm nicht um das für finnische Autofahrer typische stupide Selbstvertrauen, das auf falschen Vorstellungen und sexueller Inkompetenz basiert. Als Autofahrer war

Mertanen sogar so gut, dass er nicht einmal über die stursten Hornochsen am Steuer fluchte. Das war er längst leid geworden, er hatte angefangen, etwas ganz anderes und viel Allgemeineres zu verfluchen.

Vor der Arbeit musste er noch nach Hause. Er sah auf die Uhr, beschleunigte aber nicht, denn damit hätte er nur einige Sekunden gewonnen. Ebenso gut konnte er die paar Sekunden zu spät zur Arbeit kommen.

Er hatte geerbt und sich eine Eigentumswohnung im Vorort Kaukajärvi gekauft, möglicherweise eine der besten Vorortsiedlungen der Stadt, doch das war nicht der Grund, weshalb er dort wohnte.

Vorortsiedlungen hatten einen anderen Vorteil, der ihm von Tag zu Tag und von Jahr zu Jahr mehr zusagte: Hier waren sich alle fremd, alle waren gerade erst eingezogen und würden bald wieder wegziehen, egal wie angenehm der Ort war. Niemand fühlte sich dort wirklich zu Hause. Es schien, als wäre die Siedlung nur eine Etappe auf dem Weg zur Erfüllung: Entweder wollte man zurück in die Innenstadt, in eins der alten Granithäuser, oder ganz aufs Land, an irgendein Seeufer. Mertanen wusste, dass er recht hatte: Er hatte das Defilee der Umzugswagen gesehen, außerdem wohnte er schon fast zehn Jahre in der Siedlung und kannte immer noch niemanden. Man wurde in Ruhe gelassen, und das war etwas, was Mertanen allmählich mehr und mehr zu schätzen gelernt hatte.

An der Ampel musste er anhalten. Die Zeit hätte gereicht, um sich eine Zigarette anzuzünden, doch er verwarf den Gedanken. Als die Ampel umsprang, lenkte er seinen Kleinwagen von der Landstraße auf die Nebenstraße nach Kaukajärvi. Links erstreckte sich der See, vor ihm ragten die Häuser auf.

Das Erbe war groß genug für eine anständige Wohnung gewesen. Mertanen marschierte durch den Flur an den zwei

Schlafzimmern vorbei geradewegs in das dritte, kleinere Zimmer. Er nahm die rote Kassette aus der Tasche, in der er sie transportiert hatte, und legte die Hämmerli zu den anderen Waffen. Das Regalfach war groß genug, um die Kassette aufzuklappen. So war die Hämmerli 120 neben ihrer jüngeren Schwester zu bewundern, der freien Pistole Hämmerli 150, die noch merkwürdiger aussah.

Mertanen ging ins Bad, zog sich aus und duschte. Er dachte mit leisem Verdruss an die bevorstehenden Arbeitsstunden. Er trank selbst kaum Alkohol und verabscheute Menschen, die tranken.

Vielleicht bin ich in der falschen Branche, dachte er, als er wieder ins Auto stieg und den Motor anließ.

Die Straßen waren voll. So etwas könnte ein Gefühl der Hoffnungslosigkeit auslösen, wenn man zu Hoffnungslosigkeit neigt. Doch Mertanen blieb gelassen und konzentrierte sich aufs Fahren.

Auf dem Hof hinter dem Lokal war ein Stellplatz für ihn reserviert. Er hatte ihn sich nicht durch irgendwelche Ränke verschafft; das war nicht nötig gewesen, denn die wenigsten Kellner besaßen einen Wagen. Diesmal parkte kein Fremder auf seinem Platz. Wenn das einmal vorkam, stellte er sein Auto im Allgemeinen so ab, dass er den anderen blockierte.

Hinter den Fenstern des Lokals sah man kleine rote Kugeln. Es waren Lampen. Rotlicht, dachte Mertanen und lächelte. Das Lokal hatte einen gewissen Ruf. Junge Männer suchten dort die Bekanntschaft etwas älterer Frauen und ältere Männer sprachen Studentinnen an, die das Lokal besuchten, um Orangensaft zu trinken und ihre Kasse aufzubessern, wenn der monatliche Studienkredit sich dem Ende zuneigte. Bei einigen schien das ein Dauerzustand zu sein. Das Lokal hatte auch eine Bar, in der alte Männer junge Männer anmachten. Manchmal zierten sich die jungen Männer zuerst und gaben dem eifrigen Freier erst nach mehreren

Gläschen Pfefferminzlikör nach, leicht schwankend und verlegen lachend.

Aber Mertanen wusste, dass das Lokal keineswegs das schlechteste der Stadt war. Die Stimmung war immer fröhlich, aber gesittet. Nur ein- oder zweimal pro Abend war es nötig, Betrunkene vor die Tür zu setzen. Die Inneneinrichtung ließ allerdings zu wünschen übrig: Sie war im Wesentlichen dunkelrot. Dunkelrot war der übliche Farbton in finnischen Restaurants; die Besitzer schienen zu glauben, er schaffe eine gewisse Eleganz und Raffinesse. Vielleicht hatten sie vergessen, welche Farbe für Bordelle typisch war, oder aber sie dachten, ein Wink mit dem Zaunpfahl könne nicht schaden. Die mit braunem Kunstleder bezogenen Sitzgelegenheiten waren auch nicht nach Mertanens Geschmack, doch glücklicherweise brauchte er dort nicht oft zu sitzen.

Mertanen betrat die Küche, in der gerade der Schichtwechsel stattfand.

Katri sah auf die Uhr und sagte: »Ich dachte, du kämst nicht mehr.«

Mertanen erwiderte: »Ich komme immer, das weißt du genau. Sag' mir, wann ich je gefehlt hätte.«

Katri zog die Nase kraus und schwieg.

»Und wen werden wir heute seh'n?«, sang Mertanen.

»Heute ist ein guter Tag. Es scheint ein lebhafter Abend zu werden und ich glaube, wir werden viele heftige Dramen und eine Menge klugen Weltschmerz erleben«, sagte der junge Mann, dessen Namen Mertanen immer wieder vergaß.

»Ich darf doch bitten, unseren Kunden mit ein wenig Respekt zu begegnen«, predigte Mertanen. »Vergessen wir nicht, dass wir ihnen unser täglich Brot verdanken.«

Niemand lachte. Dieses Spiel hatten sie schon so oft gespielt, dass es ihnen höchstens noch ein müdes Lächeln entlockte. Immerhin war es ein kleiner Spaß und Späße brachten etwas Abwechslung in den öden Arbeitstag.

Im Lokal wurde Mertanen gesprächig. Am Arbeitsplatz behandelte er Menschen wie Menschen, denn, so dachte er, sie steckten in derselben Tinte wie er.

Am späteren Abend hatte keiner mehr Lust auf Spielchen. Die immer gleichen Scherze, mit denen die Kunden sich die Sympathie der Kellner verschaffen wollten, waren längst sauer geworden.

In der Schlange an der Personalkasse wurde jedoch pausenlos geschwatzt.

Mertanen sagte: »Glaub' mir, sie bescheißen uns alle.«

»Ja, ja«, sagte Pirjo, die vor ihm in der Schlange stand.

»Soll ich dir eine Geschichte erzählen?«

»Nein.«

»Weißt du, wofür sie unser Geld ausgeben?«

»Wofür denn?«, fragte unvorsichtigerweise der junge Mann, der erst vor Kurzem im Lokal angefangen hatte und dessen Name Mertanen entfallen war.

Mertanen drehte sich erfreut zu seinem neuen Zuhörer um: »Zum Beispiel, um alle möglichen Schriftsteller durchzufüttern.«

»Ja, ja«, sagte Pirjo.

»Schriftsteller durchfüttern? Wieso?«, fragte die junge Unschuld.

»Stell dir mal vor, die haben ein richtiges Formular, auf das sie schreiben, was sie angeblich vorhaben. Und weißt du, was sie dafür kriegen? Sie kriegen vom Staat fünf Jahre lang ein monatliches Gehalt. Was meinst du, was sie dann tun?« Mertanen machte eine Kunstpause.

Der namenlose junge Mann sah ihn ratlos an. Er wusste es nicht.

Pirjo sagte: »Sie saufen und huren und fahren mit dem Taxi durch das ganze Land, und zum Schluss erklären sie, aus ihrem Projekt sei nichts geworden.«

»Genau«, nickte Mertanen, der bei diesem Thema kein

Ohr für Hohn hatte. »Und wieder sind mehr als hundert Riesen zum Fenster rausgeworfen.«

»Woher weißt du das?«, fragte der Neue.

»Woher ich das weiß? Woher ich das weiß, fragt er. Das wissen doch alle. Außerdem ist das gar nicht die Pointe.«

Pirjo hatte ihre Bestellung erhalten und verschwand mit dem voll beladenen Tablett.

»Die Pointe ist, dass sich keiner darüber aufregt«, sagte Mertanen.

Er gab seine Bestellung auf, bekam sie und ging. Der Namenlose starrte ihm nach.

»Wie heißt du eigentlich?«, fragte Mertanen, als er zurückkam.

Der junge Mann antwortete: »Ekku. Eigentlich Esko, aber alle nennen mich Ekku.« Er spielte mit seinem Stift und fragte: »Was hast du mit dieser Schriftstellergeschichte gemeint?«

»Ach weißt du, die Schriftsteller sind nicht mal die Schlimmsten. Bei denen ist das immerhin eine Art ehrliche Unehrlichkeit.«

»Ja, ja«, sagte Pirjo. Sie rauchte eine gesunde Zigarette und sah Mertanen gelangweilt an.

»Die Beamten sind viel schlimmer. Die lassen uns verdammt noch mal zwanzigtausend dafür zahlen, dass sie ihr liebes Hündchen ins Ausland mitnehmen dürfen.«

»Wieso?«

»Hör mal, du solltest gelegentlich lesen. Zum Beispiel Zeitungen. Die schreiben allerhand Interessantes über den Staatshaushalt.«

»Wenn es ihnen in den Kram passt«, sagte Pirjo unwirsch. Sie hatte zu Hause auch einen Plattenspieler, aber mehr als eine Platte.

Mertanen ließ sich nicht beirren: »Aber die Zeitungen sind noch gar nichts. Das Beste sind die offiziellen staatlichen Dokumente. Die Zeitungen suchen sich da zwar die auffälligsten Sachen raus, aber die wahren Leckerbissen bleiben im Dunkeln. Keiner bringt es über sich, die Berichte freiwillig zu studieren.«

»Außer dir«, sagte Pirjo.

4

Die Cafeteria des Polizeipräsidiums war kein Ort, an den die Leute von weit her pilgern würden, um einen gemütlichen Abend zu verbringen. Aber ein Bahnhofsklo war sie auch nicht. Sie verdankte ihr Aussehen den finanziellen Nöten des Staates und der Gleichgültigkeit der Planer. Da die inkompetenten Innenarchitekten nur Aufträge bekamen, die keine echte Herausforderung darstellten, glaubten sie, das läge an der Unwichtigkeit allen Planens, und gingen gleichgültig an ihre Aufgabe heran. In Wahrheit war es natürlich umgekehrt: Wegen ihrer Unfähigkeit bekamen sie nur die billigen Aufträge.

Infolgedessen war die Cafeteria des Polizeipräsidiums ein Ort, den Hanhivaara mit dem Wort ›alltäglich‹ zu charakterisieren pflegte. Diejenigen, die zu Übertreibungen neigten, verwendeten andere Adjektive.

Hanhivaara war aus dem Urlaub zurück. Sein Urlaub hatte drei Monate gedauert. Es war der längste Urlaub, den er je gehabt hatte, abgesehen von dem einen Mal, als er sich das Bein gebrochen hatte und sich monatelang mit einem Gips abquälen musste. Ein Krankenurlaub war es auch diesmal gewesen, aber nicht wegen des Beins.

Nun war er also aus dem Urlaub zurück und fühlte sich ein wenig fremd. Er war sich nicht ganz sicher, wie sich die Kollegen ihm gegenüber verhalten würden. Man würde sehen.

Während Hanhivaaras Urlaub war ein neuer Mann ins Gewaltdezernat gekommen. Er hieß Siika und war aus Oulu zugezogen, wo er sich bereits als Kriminalermittler verdient gemacht und sich als überaus fähig erwiesen hatte.

Doch Hanhivaara wusste nichts über ihn, außer dass der Neue ihm gegenübersaß, Kaffee trank und gesprächig war.

Siika sagte: »Wie wär's mit der? Eine lange Geschichte, aber gut. Wenn du zuhören magst ...«

Hanhivaara sah ihn ausdruckslos an, unterließ es aber, die Achseln zu zucken.

Siika legte los: »Also, ein reicher Marsmensch kommt in die Stadt und bietet an, mit jedem zu spielen, der will. Er hat zwei Kästen. Der eine ist aus Glas und enthält tausend Mark. Der andere ist aus Aluminium, also undurchsichtig, aber der Marsmensch sagt, er sei entweder leer oder enthalte eine Million Mark. Du kannst entweder den Inhalt beider Kästen nehmen, sichere tausend Mark plus möglicherweise eine Million, oder nur den Inhalt des Aluminiumkastens, also eventuell eine Million.« Er räusperte sich. »Soweit klar?«

Hanhivaara nickte zerstreut.

Siika fuhr fort: »Der Marsmensch ist jedoch ein unvergleichlicher Menschenkenner und er will pro Spiel nicht mehr als eine Million ausgeben. Wenn er glaubt, dass du beide Kästen nehmen wirst, ist der Aluminiumkasten leer, und du streichst nur tausend Mark ein. Wenn er aber denkt, dass du nur den Aluminiumkasten nimmst, liegt eine Million drin. Der Marsmensch erklärt, er habe das Spiel im Nachbardorf mindestens hundertmal gespielt und nie falsch geraten. Dazu kommt noch, dass Marsmenschen nicht lügen können. Was tust du also? Die Antwort scheint klar zu sein – du nimmst beide Kästen. Sobald der Marsmensch dir anbietet, mit ihm zu spielen, sind die Würfel gefallen. Er kann den Inhalt des Aluminiumkastens nicht ändern, also hast du nichts zu verlieren, wenn du beide nimmst.«

Hanhivaara starrte vor sich hin.

Siika redete weiter: »Aber ist die Sache wirklich so klar? Dutzende haben sich an diese Logik gehalten und eine Million verloren. Andererseits ist jeder, der sich vom Instinkt des Marsmenschen beeindrucken ließ und auf den sicheren Tausender verzichtet hat, hinterher zufrieden gewesen. Du weißt, dass es völlig risikolos ist, beide Kästen zu nehmen, aber das wussten auch alle anderen, die verloren haben.«

Warum bist du nach Tampere gezogen?, dachte Hanhivaara.

»Ist das ein echtes oder ein theoretisches Problem?«, fragte er.

Siika lachte.

Hanhivaara sagte: »Wenn es theoretisch ist, geh damit zu Kairamo. Wenn es dagegen echt ist, muss ich wohl meinen Beruf aufgeben. Ich habe nämlich immer geglaubt, echte Rätsel lösen zu können.«

»Kairamo habe ich es schon vorgelegt, aber er meinte, das wäre Humbug, mit dem Tagediebe die Zeit totschlagen. Er sagt, es wäre dasselbe wie Kartenspiele – überflüssig.«

»Er hat recht«, sagte Hanhivaara.

»Hat er nicht. Das menschliche Gehirn braucht Training. Es ist dazu geschaffen, sich mit logischen Problemen zu befassen, und verdorrt, wenn man ihm keine Nahrung gibt.«

Hanhivaara schob die Kaffeetasse beiseite. Er war anderer Meinung. Ein wirklich funktionierendes Gehirn bezieht seine Nährstoffe aus der Lösung real existierender Aufgaben. Ein aktiver Mensch braucht keine künstlichen Aktivitäten.

Er fragte: »Wie lange bist du schon bei der Polizei?«

»Sieben Jahre.«

»Hast du das Gefühl, in der falschen Branche zu sein?«

»Nicht unbedingt.«

»Was heißt das?«

»Manchmal ja, manchmal nein.«

»Hast du das Gefühl, dein Gehirn bekommt in diesem Job nicht genug Training?«

»Es gibt nicht viele interessante Fälle.«

»Da bin ich anderer Meinung. Jeder Fall ist interessant.«

»Was soll daran interessant sein, dass man aufs Bahnhofsklo geht, wartet, bis jemand eine Flasche aufschraubt, und ihn dann wegen Alkoholgenusses in der Öffentlichkeit festnimmt?«

»Interessant ist daran, dass dir so was als Beispiel für deine Arbeit in den Sinn kommt. Ich würde nur in äußerster Not aufs Bahnhofsklo gehen.«

Siika lief rot an. Er war noch jung, erst dreißig. Seine Eigenliebe war noch groß genug, um ihm die Schamröte ins Gesicht zu treiben.

Hanhivaara brachte seine Tasse zur Geschirrrückgabe, setzte sich dann aber noch einmal zu seinem neuen Kollegen.

»Heute ist mein erster Arbeitstag nach einem langen Urlaub und ich hab' schon jetzt jede Menge interessante Fälle. Kann mir den besten aussuchen.«

Irgendwie hatte Hanhivaara gelernt zu übertreiben. Er hatte sich am Morgen den Stapel der noch nicht abgeschlossenen Fälle angesehen. Bei keinem gab es irgendwelche Unklarheiten. Aber nach dreimonatigem Nichtstun war selbst der langweiligste Fall interessant. Das Spannendste, was er in den ersten Wochen seines Urlaubs getan hatte, war Schuheschnüren; das war nicht viel. Später hatte er sich zu Kreuzworträtseln aufgerafft und dann hatte er angefangen, von sich aus zu sprechen, und bewusst versucht, Einsilbensätze zu vermeiden. Jetzt fühlte er sich völlig gesund: Er hatte Interesse.

Dennoch vermied er den Gedanken, dass jemand getötet werden musste, damit er Arbeit hatte. Er war sich nicht ganz sicher, ob er überhaupt noch so nah am Tod arbeiten wollte.

War es Liebe gewesen oder nur Freundschaft, überlegte er. Dann strich er das Wörtchen ›nur‹ und kam zu dem Ergebnis, dass es Freundschaft gewesen war. Doch er wusste nicht, was schlimmer war: eine Freundin zu verlieren oder eine Geliebte. Er hatte seine Freundin durch ein Gewaltdelikt verloren. Das war tragisch. Und Maija kam ihm immer schöner vor, je mehr Zeit nach ihrem gewaltsamen Tod verstrich. Typisch menschlich, dachte Hanhivaara. Seine Laune besserte sich ein wenig bei der Feststellung, dass er tatsächlich ein Mensch war. Typisch menschlich war auch, dass er im Zusammenhang mit Maija nie das Wort ›ermordet‹ verwendete, nicht einmal in Gedanken, es kam ihm einfach zu ungerecht vor. Hanhivaara war ein Anhänger der Gerechtigkeit, eine seiner wenigen überidealistischen Eigenschaften; im Grunde war er jedoch Realist. Vielleicht würde Rache helfen, dachte er, denn er wusste, wer Maija ermordet hatte. Ja, vielleicht würde Rache helfen.

Er spielte mit der Pillenschachtel in seiner Tasche. Sie hatten ihm gesagt, er sei wieder gesund. Es sei das Beste für ihn, wieder zu arbeiten. Angeblich war es dasselbe wie bei jemandem, der aus einiger Höhe abgestürzt war und sich verletzt hatte. So jemand musste gleich nach der Heilung auf etwas Hohes klettern, sonst würde er es nie wieder wagen. Daraufhin hatte Hanhivaara gefragt, warum ein Mensch unbedingt irgendwo hoch hinaufklettern musste, obwohl das nun mal gefährlich war. Die Frage hatte unbeantwortet in der Luft gehangen, wie es bei unbequemen Fragen eben geht.

Rimpiaho kam in die Cafeteria und setzte sich neben Hanhivaara. Er musterte die beiden Männer und kam zu dem Ergebnis, dass Siika seinem Kollegen entweder ein Rätsel aufgegeben oder einen Vortrag gehalten hatte, zum Thema: Technische Geräte, ohne die wir nicht auskommen, die wir aber nicht haben, Teil eins.

»Wie geht's, Hanhi?«, fragte Rimpiaho.

»Hanhivaara. Falls ich meinen Namen ändere, gebe ich es im Amtsblatt bekannt.«

»Entschuldigung«, sagte Rimpiaho und fügte hinzu: »Schön, dass du wieder da bist.«

»Fang nicht an, dich zu entschuldigen. Werd' nicht gönnerhaft. Und spiel nicht die Krankenschwester. Wenn wir uns darauf einigen können, ist alles in Butter.« Hanhivaaras Stimme blieb ruhig. Er hatte Angst, fürsorglich behandelt zu werden, aber er hatte auch Angst vor Gleichgültigkeit, nach dem Motto: »Was kümmert's uns, du bist ja wieder gesund«.

»Tja, wir müssen unsere müden Knochen erheben und losfahren, um ein paar Knochen aufzusammeln«, sagte Rimpiaho. Was kümmerte es ihn.

»Was ist los?«, fragte Siika mit bebender Stimme.

»Jemand ist umgebracht worden«, sagte Rimpiaho. »Aber lass dir ruhig Zeit. Leichen laufen nicht weg.« Rimpiaho redete manchmal, als wäre er verantwortungslos, dabei tat er seine Arbeit zwar ohne übertriebenen Eifer, aber gründlich.

»Wie?«, fragte Hanhivaara.

»Erwürgt. Und anschließend mit dem Messer bearbeitet. Auch zwischen den Beinen, scheint also eine dieser speziellen Geschichten zu sein.«

»Aha«, stieß Siika hervor, der einen interessanten Fall witterte. Der Mord an Kyllikki Saari fiel ihm ein; seine Augen funkelten vor Begeisterung. Doch dann erinnerte er sich, dass dieser Mord nie aufgeklärt worden war, und seine Begeisterung ließ nach.

Hanhivaara sah durch ihn hindurch an die Wand. Warum bist du bloß hergekommen?, dachte er.

Dann wandte er sich wieder an Rimpiaho: »Mann oder Frau?«

»Frau«, sagte Rimpiaho.

»Sollten wir sie uns ansehen?«

»Das sollten wir.«

»Da ich nekrophil veranlagt bin, würde ich gern mitkommen«, sagte Siika und stellte damit den Tagesrekord in der Disziplin Platituden auf.

Doch das nahm ihm keiner wirklich übel. Es war nur Selbstschutz.

DREI

1

In dem kleinen Einzimmerapartment machte ein Kriminaltechniker Jagd auf Fingerabdrücke. Die Wohnung war mit einem Sammelsurium billiger Möbel eingerichtet. Aber Stilfragen werden irgendwie nebensächlich, wenn auf dem Bett eine übel zugerichtete junge Frau liegt.

Siika versuchte, einen Blick auf die Frau zu erhaschen, doch die anderen Ermittler versperrten ihm die Sicht. Also wandte er sich an den Spurensucher: »Wusstest du, dass man in Kanada eine Methode entwickelt hat, mit der man noch nach Jahren Fingerabdrücke entdecken kann? Sie basiert auf der Lasertechnologie. Das Objekt wird mit blauem Laserlicht bestrahlt und durch einen gelben Filter betrachtet. Man kann es auch durch den Filter fotografieren. Das funktioniert sogar bei Plastiktüten. Könntest du auf einer Plastiktüte Abdrücke entdecken?«

Er machte eine kleine Pause, dann seufzte er: »Nicht bei uns in Finnland, nein.«

Der Fingerabdrucknehmer sah ihn prüfend an.

Siika sagte: »Du stäubst hier deinen Puder rum.«

Der andere schwieg.

Siika fuhr fort: »Die Technik beruht darauf, dass viele Fingerabdrücke fluoreszierende Teilchen enthalten, die das Licht in einer Farbe aufnehmen und in einer anderen Farbe reflektieren. Der Gelbfilter lässt nur das Fluor durch, die blauen Laserstrahlen nicht.«

Der Spurensicherer rückte ein wenig zur Seite und trat Siika auf den Fuß.

Hanhivaara fasste Siika an der Schulter und fragte: »Na, ein interessanter Fall?«

»Ach was. Macht ihren Freund ausfindig, dann ist der Fall gelöst.«

»Sie hatte keinen Freund, soweit ich weiß«, sagte ein Mann, der an der Flurwand lehnte. Es war ein älterer Mann, der allmählich kahl wurde und offenbar glaubte, wenn man neben dem Gürtel auch noch Hosenträger benutzte, sei man mit einiger Sicherheit vor Tripper geschützt.

»Und wer sind Sie?«

»Wer soll ich schon sein? Bloß ein Nachbar.«

»Wie wäre es mit Ihrem Namen?«, fuhr Siika ihn an.

»Nun überschlagen Sie sich mal nicht«, sagte der Mann. »Ich hab' euch doch angerufen.«

»So. Haben Sie das Mädchen getötet?«, erkundigte sich Siika, der ein paar Semester Psychologie studiert hatte. Er wusste nicht, dass die hinterfotzigen Fragen Hanhivaaras Domäne waren, weil der sie richtig einzusetzen wusste.

Der Mann blieb ruhig: »Ich habe sie nicht umgebracht. Ich habe sie nur gefunden.«

»Sie sind zufällig hier hereinspaziert und über die Leiche gestolpert?«

Hanhivaara sagte: »Gehen wir nach nebenan. Es ist nicht nötig, dass jeder Dreck reinschleppt. Hier ist schon Dreck genug.«

An der Tür der Nachbarwohnung stand der Name *Kuuppa.*

Hinter der Tür lag eine Rentnerwohnung: massenhaft alte Sachen und massenhaft unnütze Sachen, die aus irgendeinem Grund so mit Erinnerungen befrachtet waren, dass man sie nicht wegwerfen konnte.

Für Hanhivaara war es unvorstellbar, in einer Wohnung zu leben, in der eine Vitrine mit Puppen stand, drei davon in Nationaltracht, eine in der Uniform der Leibgarde der Königin. Der englischen Königin.

»Die hat meine Frau hinterlassen«, sagte Kuuppa, der die Polizisten aufmerksam beobachtete.

»Ihre Frau ist also tot?«, fragte Hanhivaara.

»Ja. Aber das ist unerheblich.«

»Gefühlloser Bursche«, kommentierte Siika.

Kuuppa sah ihn verwundert an. »Ich meine, unerheblich für diesen Fall. Die Polizei verlangt doch immer, dass man bei der Sache bleibt.«

Hanhivaara stand mit dem Rücken zu Kuuppa vor der Vitrine und starrte die Puppen an. Er sagte: »Erzählen Sie mal, wie Sie die Leiche gefunden haben.«

Kuuppa strich sich die nicht vorhandenen Haare aus der Stirn. »Also, das war so: Ich habe geklingelt, und als sie nicht aufmachte, habe ich aufgeschlossen. Und da lag sie in ihrem Blut.«

»Sie haben aufgeschlossen? Das hört sich gar nicht gut an«, befand Siika.

»Sie hatten also einen Schlüssel zu Frau Maijalas Wohnung?«, fragte Hanhivaara.

»Ja. Und sie hatte einen zu meiner. Wir haben in einer Art Symbiose gelebt und uns gegenseitig geholfen, wenn es nötig war. Zum Beispiel die Wohnung gehütet, wenn einer von uns verreist war. Von meiner Seite aus war das ein bisschen egoistisch. Aber man liest doch immer wieder von alten Leuten, die wochenlang tot in ihrer Wohnung liegen und keiner merkt etwas, da wird man eben deprimiert. Ich wollte nicht, dass es mir so ergeht. Keine Ahnung, warum, mir dürfte es ja dann nichts mehr ausmachen. Aber wer kann schon erklären, was im Kopf eines Menschen vorgeht. Zwischen mir und Helena lief jedenfalls alles prächtig. Möchten Sie Kaffee?«

»Danke, gern«, erwiderte Hanhivaara zerstreut.

»Ein ungleiches Paar«, sagte Siika.

»Möchten Sie auch Kaffee?«, wandte sich Kuuppa an Siika, mit ruhiger Stimme, als wolle er demonstrieren, dass Kommentare Außenstehender ihn nicht interessierten.

Siika gab keine Antwort und Kuuppa ging achselzuckend in die Küche.

»Ein ungleiches Paar, meinst du nicht, Hanhivaara?«, insistierte Siika.

»Wie man's nimmt. Sagen Sie mal, haben Sie sofort die Polizei alarmiert?«

Kuuppa kam aus der Küche zurück. »Ich war ziemlich geschockt. Es war kein schöner Anblick. Ich habe bei der Polizei angerufen, sobald ich wieder Luft bekam. Das Herz, wissen Sie.«

»Erklären Sie uns Ihre Beziehung zu Frau Maijala ein wenig genauer.«

»Da gibt es nichts zu erklären. Es war so, wie ich es vorhin gesagt habe.«

»Seit wann kennen Sie sich?«

»Seit etwa zwei Jahren. Seit sie eingezogen ist.«

»Kennen Sie alle Leute im Haus?«

»Allerdings. Ich bin ein alter Mann und wohne schon lange hier. Heutzutage kennen sich die Leute ja nicht mehr. Helena wollte sich damals ihren neuen Nachbarn vorstellen und hat mich zum Kaffee eingeladen. Sie hatte auch den anderen Bewohner dieser Etage eingeladen, Mäkinen, aber der ist ein unmöglicher Typ, da ist nichts draus geworden.«

»Hat der Altersunterschied Ihre Beziehung nicht beeinträchtigt?«, fragte Hanhivaara, der wusste, dass alle Fragen gestellt werden mussten.

»Nein, wieso?«, fragte Kuuppa zurück und zeigte damit, dass Scheinheiligkeit auch ihm nicht ganz fremd war.

»›Wieso‹, fragt er«, schnaubte Siika.

Hanhivaara war gereizt. Er fingerte an der Pillendose in seiner Tasche herum. Dann gab er sich einen Ruck: »Haben die Nachbarn sich nicht das Maul zerrissen?«

»Sie meinen, eine so ungewöhnliche Beziehung hätte ihr Missfallen erregt? Durchaus möglich. Ich weiß es nicht. Mir ist nichts zu Ohren gekommen. Und an unserer Beziehung war nichts Ungehöriges.« Wieder gab sich Kuuppa tugendhafter, als er war. Natürlich wusste er, was die Nachbarn über ihn redeten.

»Sie müssen sie gut gekannt haben. Heutzutage gibt man seinen Wohnungsschlüssel nicht irgendwem«, mischte sich Siika wieder ein. Sein rundes Gesicht gab nichts preis, aber er wurde allmählich wütend. Seiner Meinung nach musste eine polizeiliche Ermittlung zügig ablaufen.

»Ich habe sie gut gekannt«, erwiderte Kuuppa. Seine Antwort war nicht gerade ein Muster für eine zügig ablaufende polizeiliche Ermittlung.

Hanhivaara nahm die Hand aus der Tasche. Genug herumgefingert. Irgendwer hatte ihn einmal mit Columbo verglichen. Daraufhin hatte er seinen Trenchcoat eingemottet, sehr zu seinem Verdruss, denn er hatte sich an den Mantel gewöhnt.

Neuerdings trug er meist einen durchsichtigen Regenmantel aus Plastik. Der hielt den Wind ab, aber besonders elegant war er nicht. Hanhivaara sehnte sich nach den Trenchcoatjahren.

»Am besten erzählen Sie uns einfach, was Sie über Frau Maijala wissen«, sagte er ruhig.

»Sie war Kellnerin. Sie sagte, sie sei zweiundzwanzig. Ich habe ihr geglaubt, es gab keinen Grund, daran zu zweifeln. Aber über ihre Vergangenheit weiß ich nicht viel. Wir hatten beide keine Lust, uns lange Geschichten anzuhören. Sie war ein schönes Mädchen. Im Beruf kam sie gut zurecht. Sie war alles in allem mit ihrem Leben zufrieden.«

»Und was ist mit ihren Bekannten?«, hakte Hanhivaara nach.

»Hatte sie einen festen Freund?«, fragte Siika, der grundsätzlich alles erst einmal anzweifelte. Vielleicht hatte ihm das den Ruf eingetragen, ein guter Ermittler zu sein.

»Ich glaube nicht«, sagte Kuuppa. »Entschuldigen Sie mich einen Moment.«

Er ging in die Küche.

Siika raunte: »Glaub mir, gleich stellt sich heraus, dass der Alte in der Ermordeten seine Tochter gesehen hat. Dann hat sie sich schlecht benommen und das war's.«

Hanhivaara schniefte. Der Gedanke war ihm auch durch den Kopf gegangen, aber er war so weit hergeholt, dass er ihn ungern laut ausgesprochen hätte.

Kuuppa kam mit Kaffeetassen und einer Kanne zurück. Er arrangierte die Tassen auf einem kleinen, farblos lackierten Tisch. Der Tisch war aus finnischem Kiefernholz und die Tassen waren ganz normale, dickwandige Kaffeetassen, die man nicht unbedingt als elegant bezeichnen konnte, die aber auch niemand beim Spülen zerbrechen würde – es sei denn, er gab sich ernsthaft Mühe.

Siika fragte: »Wieso hat eine junge und offenbar attraktive Frau keinen Freund?«

»Das weiß ich nicht«, sagte Kuuppa.

Hanhivaara hatte den Verdacht, dass Kuuppa sich unwissender stellte, als er war. Es konnte nicht sein, dass er nichts mitbekommen hatte, dafür war seine Beziehung zu der Toten zu eng gewesen.

Hanhivaara betrachtete die Häufigkeit bestimmter Erscheinungen keineswegs als Beweis dafür, dass es nicht auch anders sein könnte. Dennoch fragte er: »Ist es nicht seltsam, dass ein schönes Mädchen keinen Freund hat?«

»Ich weiß nicht mehr, was auf dieser Welt seltsam ist und was nicht. Irgendwann habe ich Holzvergaser für seltsam gehalten, später fand ich es seltsam, dass es keine Holzvergaser mehr gab. Heute betrachte ich überhaupt nichts mehr als seltsam.«

»Ein Philosoph«, sagte Siika vorwurfsvoll und sah Hanhivaara an.

Der sagte: »Dem ersten Eindruck nach handelt es sich um einen Sexualmord. Wenn es so etwas gibt. Sie wurde an bestimmten Stellen unnötig verstümmelt. Unnötig, wenn es dem Täter nur darum ging, sie zu töten.«

»Ich weiß, was Sie meinen«, nickte Kuuppa. »Ich habe sie gesehen. Trotzdem kann ich Ihnen nicht sagen, wer es getan hat.«

»Irgendwer hat es aber getan, zum Donnerwetter!«, fuhr Siika auf. »Haben Sie denn gar nichts gehört? Immerhin wohnen Sie gleich nebenan.«

»Sie ist ziemlich spät nach Hause gekommen. Bei ihrem Beruf ist das normal. Offenbar hatte sie letzte Nacht Gäste, aber auf ihren Besuch habe ich nie groß geachtet. Ich habe Stimmen und Musik gehört, ich schlafe nämlich nicht mehr so gut wie früher. Aber Schreie habe ich nicht gehört, auch sonst nichts, was auf einen Kampf hingedeutet hätte. Der oder die Besucher sind irgendwann in der Nacht gegangen. Ich habe mir nicht die Mühe gemacht, auf die Uhr zu sehen. Und bevor Sie mich fragen, sage ich Ihnen gleich, dass ich nicht zu der Sorte gehöre, die hinter der Gardine steht und die Gäste anderer Leute beäugt.«

»Zu welcher Sorte gehören Sie denn?«, wollte Siika wissen.

»Ich bin Rentner.«

»Und vorher?«

»Habe ich in einer Druckerei gearbeitet. Als Faktor.«

Hanhivaara hatte beschlossen, Kaffee zu trinken, obwohl er wusste, dass seine Unruhe dadurch nicht geringer werden würde.

Das arme Mädchen, dachte er. Doch das war zu viel, sofort musste er wieder an das andere Mädchen denken, das auf irgendeine Weise ihm gehört hatte.

Er trank seinen Kaffee.

Dann fragte er: »Sind gestern Nacht alle Gäste gleichzeitig gekommen oder sind sie nach und nach eingetrudelt?«

»Die Tür ist mehrmals gegangen.«

»Was für Bekannte hatte Frau Maijala?«

»Kollegen, nehme ich an. Männer, Frauen. Helena hat sie mir nie vorgestellt.«

»Warum nicht?«

»Wir haben uns geholfen, wenn sonst niemand da war. Wenn sie andere hatte, brauchte sie mich nicht.«

»Sie verheimlichen uns etwas«, sagte Hanhivaara plötzlich.

Kuuppa sah ihn verwirrt an, denn er hatte Hanhivaara, den menschlicheren der beiden Beamten, auf seiner Seite vermutet.

»Raus mit der Sprache«, mahnte Siika.

Schließlich gab Kuuppa klein bei, legte sich aber einen tugendhaften Vorwand zurecht: »Vielleicht ist es besser, wenn Sie es von mir erfahren. Die anderen im Haus werden Ihnen wahrscheinlich ein ganz verzerrtes Bild liefern.«

»Sicher«, sagte Siika.

Kuuppa ließ sich von ihm nicht mehr stören. »Helena war ein lebenslustiges Mädchen. Deshalb hatte sie keinen Freund in dem Sinn, wie ich Ihre Frage verstanden habe. Sie hatte nämlich mehrere Freunde.«

»Ein Flittchen«, konstatierte Siika.

»Sagen Sie das nicht, junger Mann. Helena war ein anständiges Mädchen. Nur eben sehr lebenslustig.«

Hanhivaara fragte: »Aber die Namen dieser Freunde können Sie uns nicht nennen?«

»Nein. Einige würde ich allerdings wiedererkennen, wenn ich sie sähe.«

»Eine Frage noch«, sagte Hanhivaara. »Warum sind Sie heute in Frau Maijalas Wohnung gegangen?«

»Aus reiner Gefälligkeit. Als Rentner wird einem manchmal die Zeit lang, selbst wenn man Hobbys hat. Ich wusste, dass letzte Nacht in Helenas Wohnung gefeiert worden war, und am Nachmittag habe ich beschlossen, ein wenig aufzuräumen. Ich hatte Helena zwar nicht weggehen hören, aber ich war auch nicht den ganzen Tag über zu Hause. Sie hätte also aus dem Haus gehen können, ohne dass ich es gemerkt hätte. Ich habe geklingelt. Und als sie nicht aufgemacht hat, bin ich hineingegangen. Eine schlimme Geschichte.«

Hanhivaara hätte gern gefragt, ob Kuuppa die Wohnung jemals zu einem unpassenden Zeitpunkt betreten hatte, unterließ es aber.

Er nickte Siika auffordernd zu: »Gehen wir.«

2

Asko Mertanen hatte ein verriegeltes Zimmer.

Wegen dieser verschlossenen Tür hatte er irgendwann die Einsamkeit wählen müssen. Es war sozusagen eine Summe von Paradoxa.

Seine ersten Waffen vor zehn Jahren hatte er offen an die Wand gehängt. Er hatte öfter Besuch gehabt und war immer wieder ausgefragt worden. Die meisten seiner Gäste wollten wissen, wozu er die Waffen gekauft hatte, was er damit machte und was sie gekostet hatten. Zwei dieser Fragen waren leicht zu beantworten. Aber auf die erste gab es keine Antwort.

Also hatte er die Waffen versteckt.

Doch da es immer mehr wurden, gelang es ihm nicht, alle zu verbergen. Zudem wurde er nun auch gefragt, woher ein Kellner das Geld für so viele teure oder zumindest teuer aussehende Waffen nahm.

Über die große Wohnung wunderte sich dagegen kaum jemand. Mertanen erzählte nicht viel von sich, daher nahmen die Leute, die sich eventuell darüber hätten wundern können, dass er sich eine Eigentumswohnung leisten konnte, ohne Weiteres an, er wohne zur Miete und habe außerdem mindestens einen Untermieter.

Letzten Endes brachte Mertanen alle Waffen in ein Zimmer, in seinen Waffentempel, und schloss die Tür ab.

Das hatte natürlich böse Folgen. Diejenigen, die ihn öfter besuchten, wunderten sich allmählich, was wohl hinter der verschlossenen Tür steckte. Vor allem dann, wenn er eine Party gab und irgendein Pärchen dem Drang der Natur folgen wollte und alle anderen Zimmer besetzt waren.

Anfangs erfand Mertanen allerlei Ausflüchte, versuchte es auch mit der Behauptung, dort wohne jemand, der sich allerdings nie blicken ließ. Eine Art Gespenst. Dann verweigerte er schlicht die Antwort, was die Neugierigen natürlich noch neugieriger machte. Wilde Gerüchte waren im Umlauf. Einige kamen irgendwann auch Mertanen zu Ohren, der daraufhin beschloss, seinen sozialen Umgang zu minimieren.

Zehn Jahre nach dem ersten Waffenkauf hatte Mertanen sehr wenige Freunde, einige Männer, einige Frauen. Inzwischen war eigentlich nur noch eine übrig geblieben, eine Frau.

Im Grunde hatte alles mit dem Erbe angefangen, das ihm vor zehn Jahren zugefallen war. Er war gelernter Kellner und mochte seinen Beruf, weil die Freizeit echte Freizeit war. Wenn er Feierabend machte, brauchte er bis zum Beginn der nächsten Schicht keinen Gedanken mehr an die Arbeit zu verschwenden. Selbstbestimmte Freizeit wog die monotone Routinearbeit auf. Das Erbe war nicht groß genug, um von den Zinsen zu leben, gab ihm aber die Möglichkeit, einige Investitionen zu tätigen. Er kaufte die Wohnung und einen Kleinwagen, den er später gegen einen neuen Kleinwagen eintauschte.

Dann kam er auf die Idee, schießen zu lernen. Er hatte Geld übrig und kaufte mit wohlwollender Hilfe des Verkäufers zwei einfache, billige Scheibenpistolen, mit denen er zu üben begann. Als sich herausstellte, dass er eine natürliche

Begabung hatte, wuchs sein Interesse. Gewisse psychologische Erfolgstheorien schienen sich an ihm zu bewahrheiten: Seine Resultate wurden immer besser, er kaufte immer teurere Waffen und erzielte immer glänzendere Resultate.

Inzwischen hatte er einige Prachtstücke im Schrank. Zum Beispiel die Hämmerli-Modelle 120 und 150, für die er insgesamt fast achttausend Finnmark bezahlt hatte.

Er besaß auch eine Hämmerli 230 mit Magazin.

Von einigen Ausnahmen abgesehen, bevorzugte er Einzellader. Ein Ausdruck seines Perfektionsstrebens. Erst viel später erkannte er, was das bedeutete. Anfangs hatte er nicht ahnen können, wofür ein einziger Schuss würde reichen müssen. Es war wohl Vorsehung gewesen.

Am liebsten unter seinen Pistolen war ihm jedoch die Unique DES 69, eine Standardpistole Kaliber .22. Sie hatte zwar ein Magazin mit zehn Patronen, doch das sah er ihr nach, denn sie war um der Ehre willen gebaut worden, nicht um große Mengen zu verkaufen und Profit zu machen.

Einmal war Mertanen sogar in die französischen Pyrenäen gereist, denn dort, in der Nähe der spanischen Grenze, befand sich die *Manufacture d'Armes des Pyrénées Françaises*, die die Unique entworfen und hergestellt hatte. Auf fünfundzwanzig Meter mit aufgelegtem Arm waren Einzentimeterserien mit dieser Pistole Routine. Die richtige Waffe für einen Mann, der gut schießen konnte. Dass nicht jeder eine solche Pistole besaß, fachte seine Liebe zusätzlich an.

Allerdings verschmähte er auch preiswertere Waffen nicht. Er hatte beispielsweise eine High Standard Olympia, eine Automatikpistole mit Magazin für zehn Patronen.

Auch Gewehre nannte er sein Eigen. Allerdings keine Schrotflinten, die waren ihm zu ordinär. An der Wand zwischen zwei Regalen hing sein Stolz unter den Gewehren, eine X-51, die ebenfalls aus den Pyrenäen stammte. Wann immer er an seine Reise zurückdachte, verfluchte er seine

Faulheit, die ihn daran gehindert hatte, ordentlich Französisch zu lernen. Er hätte nämlich gern die Fabrik besichtigt, doch das hatte sich nicht einrichten lassen. Mertanen war sicher, dass er sein Ziel erreicht hätte, wenn er sein Anliegen besser hätte erklären können. Für die X-51 hatte er ein kleines Vermögen hingeblättert, doch dafür hatte er zweifellos das beste halbautomatische Gewehr der Welt bekommen.

Er hob die Unique in Augenhöhe und zielte durch das Fenster nach draußen. Die Laufbeschwerung sah für Uneingeweihte wie ein Schalldämpfer aus und ließ die Waffe noch bedrohlicher wirken. Nur Mörder benutzten Schalldämpfer.

Es klingelte.

Mertanen legte die Unique ruhig auf ihren Platz im Regal, verließ den Waffenraum und schloss ab.

Vor der Wohnungstür stand eine Frau. Sie war einmal schön gewesen. Doch wenn ihr das jemand gesagt hätte, wäre sie beleidigt gewesen. Sie hielt sich immer noch für schön. Einige gaben ihr recht. Aber auch sie war Kellnerin und die harte Arbeit hatte Falten in ihr Gesicht gegraben.

Sie und Mertanen waren Freunde und Bettgenossen.

»Warum hast du dir den Kopf kahl geschoren?«, fragte die Frau, als sie im Bett lagen, und streichelte die blanke Kopfhaut.

»Mein Idol hat auch eine Glatze«, sagte Mertanen.

»Yul Brynner?«

Mertanen lachte. »Warum fällt dir von allen Glatzköpfen als erster Yul Brynner ein?«

»Wer weiß denn schon, warum einem was einfällt! Du etwa?« Sie mochte es nicht, wenn man über sie lachte.

Mertanen zog seinen Arm unter der Frau hervor. Er sagte: »Geh Kaffee kochen.«

Die Frau entgegnete: »Ein Grund, weshalb ich nie geheiratet habe, ist, dass ich keine Lust habe, mich von einem Mann herumkommandieren zu lassen.«

»Der zweite Grund ist vermutlich, dass dich nie jemand gefragt hat«, grinste Mertanen.

Die Frau schlug ihm auf die Eier. Es tat weh.

Sie sagte: »Weißt du übrigens, dass sie dich für leicht bekloppt halten?«

»Wer?«

»Meine Kollegen.«

»Sollen sie doch. Und warum?«

»Heutzutage ist es ziemlich leicht, als verrückt zu gelten. Man braucht sich nur eine Glatze zu rasieren. Simpel, oder?«

Die Frau stand auf. Sie ging nackt in die Küche und an ihrer Natürlichkeit war nichts Gekünsteltes. Menschen, die sich ihrer Nacktheit schämen, bilden sich ein, diejenigen, die sich nicht schämen, seien irgendwie unnatürlich. Dabei waren sie womöglich einfach nur schöner.

Die Frau füllte die Kaffeemaschine. Als sie die Tassen aus dem Abtropfschrank holte, fiel ihr auf, dass sie nicht erfahren hatte, wer Mertanens Idol war. Es interessierte sie auch nicht.

Plötzlich stand Mertanen hinter ihr und umfasste ihre Brüste. Sie drehte sich um, weil sie glaubte, er wolle sie küssen. Doch der Kuss blieb aus. Mertanen hielt sie nur an der Taille fest und presste seinen Bauch an ihren. Er setzte sein sonniges, gleichgültiges Lächeln auf und fragte: »Weißt du, was ich an dir ganz besonders mag?«

»Meinen Busen«, sagte die Frau.

»Nein.«

»Soll ich noch mal raten?«

»Lass nur, ich sag' es dir. Am besten gefällt mir an dir, dass du weißt, dass sie existieren, dich aber einen Scheißdreck um sie kümmerst.«

»Sie?«

»Unterbrich mich nicht. Du machst dir nichts aus den anderen, aus denen, die nur darauf lauern, über jemanden herzuziehen, ihn nach ihren eigenen, mediokren Maßstäben zu verachten. Ich mag es, dass du niemanden liebst.«

»Liebe ich niemanden?«, fragte die Frau, die selbstverständlich wusste, wie es sich damit verhielt. »Auch dich nicht?«

Mertanen sah sie lange an. Er war nicht überrascht, nur ein wenig verwundert. Er sagte: »Weich mir nicht aus. Du weißt genau, dass uns nur der Sex verbindet. Wir tun uns zusammen, wenn wir unsere unersättliche Begierde woanders nicht stillen können.«

»Unersättlich?«, lachte die Frau.

»Das war ein Witz. Gut, dass du gewitzt genug warst, zu lachen.«

Die Frau drehte sich zur Kaffeemaschine um und schniefte: »Du hast ja so recht. Ich habe niemanden. Und fast nichts. Nicht mehr.«

»Das Leben hat einen Sinn«, erklärte Mertanen. Er wartete, doch sie schnappte nicht nach dem Köder. Er musste es noch einmal versuchen.

»Weißt du, dass man dich in diese Lage getrieben hat? Dass man dich betrogen hat?«

»In welche Lage? Und wer ist ›man‹?«

Die Frau zog den Stecker aus der Dose, nahm den Filter ab und goss Kaffee ein. Sie war ruhig, fast teilnahmslos. Außer Sex gab es nicht viel, was sie interessierte. Nicht mehr. Sie hatte schon viel erlebt. Dass sie fragte, wer sie betrogen habe, war nur eine automatische Reaktion. Wer einmal betrogen worden ist, dem ist alles egal.

»Sie haben dir deine Würde genommen.«

»Ich verstehe.«

»Wirklich?« Mertanen hielt die Frau, die gerade ins Wohnzimmer gehen wollte, zurück.

»Ich weiß, was du meinst«, sagte sie, machte sich los und setzte sich mit ihrer Tasse aufs Sofa.

Mertanen versuchte, ihre Bewegungen mit denen einer Katze zu vergleichen, wie es in Krimis üblich ist. Er lachte, denn er sah nichts Derartiges. Er sah nur eine alternde Frau, die jede Hoffnung verloren hatte und sich deshalb auf Sex konzentrierte. Das ideale Objekt für seine Zwecke.

Die Frau sagte: »Ich weiß, wie ich heiße, oder etwa nicht?«

»Das weiß ich auch: Fräulein Eeva-Maria Tellervo Kilpinen.«

»Soweit richtig, aber Fräulein ist kein Name. So gut wie ich meinen Namen kenne, weiß ich auch, was du meinst. Glaubst du, es macht mir Spaß, mich beim Kellnern von den alten Hurenböcken betatschen zu lassen? Glaubst du, dass ich das will?« Ihre verbitterten Worte standen im Widerspruch zu ihrer ruhigen Stimme. Es war die Stimme eines resignierten Menschen.

»Du musst etwas tun. Du musst ihnen zeigen, dass du keine unbedeutende Größe bist. Verdammt noch mal, die schlürfen ihren Kognak und lachen uns aus!«

»Na und?«

Mertanen ärgerte sich über ihre Gleichgültigkeit, fand aber, er habe immerhin einen kleinen Fortschritt erzielt. Aus Gleichgültigkeit und Bitterkeit würde er Gewaltbereitschaft kochen. Es wäre nicht nötig gewesen, er brauchte niemanden, um seinen Einmannplan zu verwirklichen. Aber er wollte, dass jemand davon wusste. Die Enthüllung seines genialen Plans würde ihm Bewunderung einbringen, eine zusätzliche Befriedigung.

Aber noch nicht.

»Was heißt ›na und‹? Willst du behaupten, es wäre dir egal, wenn man dich erniedrigt und verachtet?«

»Dazu sind die gar nicht fähig, die können bloß lachen, das ist alles.«

»Tut es dir nicht weh, ausgelacht zu werden?«

»Sag mir, was ich dagegen tun kann, und ich mach's. Du kannst dir nicht vorstellen, wozu ich fähig bin! Guck her, zittert meine Hand? Nein!«

Mertanen überlegte. Er steckte sich eine Zigarette an und sah dem Rauch hinterher, der durch die Luft schwebte.

»Jeder stumpfsinnige Niemand in unserem Land ist wie diese abgestandene Luft. Und weißt du, warum?«

Eeva-Maria schüttelte müde, fast gleichgültig den Kopf.

»Weil ihnen gar nicht daran liegt, ihr Recht zu bekommen. Sie wollen lieber ein Auto. Und weißt du warum?«

Eeva-Maria stellte ihre Tasse auf den Tisch. Sie sagte: »Frag nicht dauernd ›Weißt du warum?‹. Ich weiß alles, was du mir sagen willst. Wenn du vorhast, es mir trotzdem noch mal zu erklären, tu's an einem Stück. Sonst wird es langweilig.«

»Sie wollen lieber ein Auto, weil das definitiv leichter zu haben ist. Sie sind faul und bequem und meinen, mit Geld wäre alles zu regeln. Wenn sie ein Auto kriegen, pfeifen sie auf ihr Recht. Dabei wird ihr Geld von denen da oben verschleudert. Diese Kognak-Heinis produzieren jährlich vierzig Kilometer Akten, vergraben sie im Archiv und lassen sie von einem dieser stupiden Idioten bewachen. Macht nichts, wenn er verblödet ist, denn es wird sowieso keiner einbrechen, um die ganzen Papiere zu lesen, geschweige denn zu klauen. Scheiße, die produzieren jedes Jahr so viel Akten, dass sie aneinandergereiht von hier bis Toijala reichen würden! Und dabei nehmen sie nicht mal dickes Papier. Ich sag dir eins: Wenn unsere Welt im Armageddon endet, haben die Forscher aus der nächsten Welt verdammt viel zu lesen.«

Mertanen lachte. Er lachte sich die Erregung aus dem Leib. Jetzt waren Intelligenz und Nerven gefragt, kein Schwadronieren.

»Kein Mensch, nicht einer, hat auch nur eine dieser Schwarten von Anfang bis Ende gelesen. Die Dinger sind ein

Zeitvertreib, eine Farce, die mit den schönsten und abgedroschensten Phrasen verteidigt wird, die du dir vorstellen kannst.«

»Ich kann sie mir vorstellen, aber ich hab keine Lust, sie zu hören«, unterbrach ihn Eeva-Maria.

Mertanen machte eine kleine Pause.

Dann sprach er weiter: »Wenn die mal so richtig anfangen zu planen, sind sie unschlagbar. Einer von diesen staatlichen Betrieben hat 1971 Verluste in Höhe von 34 Millionen gemacht. Glaub nicht, darüber hätte sich irgendwer aufgeregt! Sie haben in aller Ruhe geschätzt, dass sie die Sache in sieben Jahren in Ordnung bringen und 1978 aus den roten Zahlen raus sein würden. Mein Vertrauen in diese Schätzung ist unerschütterlich. Allerdings weiß ich zufällig, dass derselbe Betrieb 1976 an die 350 Millionen Miese gemacht hat.«

Mertanens Wohnzimmer war einfach eingerichtet, aber gepflegt. Es war nur für Besucher da. Allein hielt er sich nur selten darin auf. Normale Unterhaltungselektronik wie Fernseher und Plattenspieler gehörten zur Einrichtung, wurden aber nicht oft benutzt, am allerwenigsten der Fernseher, denn Mertanen arbeitete meist abends. Er hatte eine gewisse Neigung zu handwerklicher Tätigkeit, daher hatte er die Möbel selbst entworfen und gebaut. Das Sofa, das sich an zwei Wänden entlangzog, war groß, wirkte aber auf raffinierte Art schlaff, denn es bestand aus losen Polstern. Der Rest des Mobiliars war an der dritten Zimmerseite untergebracht, sodass in der Mitte viel freier Raum blieb. An den Wänden hingen Bilder, die Mertanen selbst gemalt hatte, farblich aufeinander abgestimmt. Er hatte nie behauptet, es handle sich um Kunstwerke, aber Gemälde waren es allemal.

Eeva-Maria stellte verdrossen ihre Tasse ab.

»Du hast mir nicht gesagt, was ich tun soll«, maulte sie.

»Noch nicht.«

»Traust du mir nicht?«

»Nein.«

Ihre langen dunklen Haare fielen fächerförmig über die Schultern, als sie den Kopf schüttelte. Sie lächelte verführerisch.

»Du kennst mich nicht. Du weißt nicht, wozu ich fähig bin.«

»Wozu bist du fähig?«

»Ich will nicht prahlen.«

Mertanen legte eine Platte auf. Leise Musik füllte den Raum.

Dann verließ er das Wohnzimmer. Er öffnete die Tür zu dem verschlossenen Raum und sah sich um. Das Zimmer war fast leer, es enthielt nur die Waffen, einen Arbeitstisch, an dem er sie reinigte, und Gardinen. Keinen Teppich, keine Gemälde. Alle Wände waren weiß.

Mertanen wählte die Unique, balancierte sie in der rechten Hand aus und kehrte ins Wohnzimmer zurück. Er war immer noch nackt.

Er setzte sich bequem aufs Sofa und streckte den rechten Arm aus. Die Unique zitterte nicht.

Er stieß ein zischendes Geräusch aus und lachte.

Eeva-Maria sah ihn an. Trotz seiner Nacktheit wirkte er ganz und gar nicht komisch.

VIER

I

Asko Mertanen hatte sich den Namen des jungen Mannes eingeprägt und sich fest vorgenommen, ihn nicht mehr zu vergessen. Der junge Mann hieß Esko Sola.

Mertanen hörte hingerissen zu, als Sola in der Schlange vor der Personalkasse loslegte: »Die Sache ist nämlich die, dass zum Beispiel das Straßenbauamt fünf Betonmischer auf Halde hat. Die sind so um die fünfzigtausend wert und werden nicht gebraucht. Einer gammelt schon seit 1962 in dem Lager rum, der ist nie benutzt worden. Aber wisst ihr, von wessen Geld die gekauft worden sind?«

»Ach Esko, mein lieber Esko, bist dumm wie Bohnenstroh. Huch, vor lauter Begeisterung fang ich an zu reimen«, kicherte Mertanen.

Pirjo sagte: »Seht ihr, was die mit meinen Haaren gemacht haben? Ich wollte bloß eine leichte Welle und jetzt hab ich einen Krauskopf wie die Neger.«

»Rassistin!«, kam eine Stimme von der Kasse.

»Ruhe«, befahl Mertanen. »Hört euch lieber unseren Sola an. Wo hast du die Geschichte mit den Betonmischern übrigens aufgegabelt?«

Sola war verwirrt. »Das hab' ich in der Zeitung gelesen.«

»Zufällig, aha«, sagte Mertanen. »Ich weiß zufällig, dass das vor fünf Jahren in der Zeitung gestanden hat. Liest du öfter rein zufällig fünf Jahre alte Zeitungen?«

»Kann sein, dass das eine alte Zeitung war«, stammelte Sola beschämt.

»Genier dich nicht, mein Junge, ich habe Hochachtung

vor dir. Du hast angefangen zu studieren. Das ist prima, an und für sich. Aber du hast noch einen weiten Weg vor dir, mein Junge. Du hast einfach keinen Stil.«

Nun wurde Sola rot.

Pirjo stöhnte: »Verdammte Nervensäge.«

»Wieso Stil?«, fragte Sola.

»Denk doch mal nach! Warum konzentrierst du dich auf so was Kleines wie Betonmischer? Das ist doch Pipikram.« Mertanen hatte seinen gesprächigen Tag, aber seine Kollegen mochten ihn fast lieber, wenn er den Mund hielt und über irgendetwas brütete, das ebenso überflüssig war wie das, worüber er redete. »Dieselbe Behörde hat einen Schwimmbagger auf Lager. Du weißt schon, so einen großen Kahn, mit dem man Schlamm vom Meeresboden holt. Und nun rate mal, was der gekostet hat und wie oft er benutzt worden ist? Genau, der Schwimmbagger ist weder zum Baggern benutzt worden noch für irgendwas anderes. Und warum nicht? Weil die da oben einen Plan gemacht hatten und glaubten, sie würden einen Schwimmbagger brauchen. Um die Fahrrinne auszubaggern. Aber als man das Trumm angeschafft hatte, brauchte man es nicht mehr. Es gab nichts auszubaggern, weil sich die Pläne inzwischen geändert hatten. Denk bloß, auch du besitzt ein kleines Stückchen Schwimmbagger.«

Mertanen verstummte, zahlte seine Bestellung und verschwand im Saal.

Bald darauf kam er zurück und biss sich wieder an Sola fest. »Du musst in großen Maßstäben denken. Nicht auf einen Betonmischer starren, wenn ein Schwimmbagger in Sicht ist.«

»Ich verstehe«, sagte Sola.

Mertanen war zufrieden. Er hatte einen Jünger. So ähnlich wie Jesus, dachte er. Er hatte längst gelernt, in großen Maßstäben zu denken.

Der Abend ging zu Ende. Die letzten Betrunkenen wurden unsanft nach draußen bugsiert. Eine einsame Nutte hielt sich noch am Tresen fest und schimpfte über den lausigen Abend.

Mertanen zog sich um. Ganz in Schwarz verließ er das Lokal. Es war sein letzter Abend hier, Freitagabend, der 19. Mai. Am nächsten Tag fing sein Urlaub an.

Einen ganzen Monat lang würde es ihm erspart bleiben, sich die boshaften Bemerkungen der Gäste anzuhören, vor jedem Dummkopf zu dienern, hin und her zu traben und Alkoholschwaden einzuatmen. Sein Beruf hatte also auch Schattenseiten. Die anderen Kellner hätten noch mehr aufzählen können.

Mertanen fuhr vom Hof auf die Aleksanterinkatu und bog in die Hämeenkatu ein. Sein Ziel war ein anderes Lokal, das eine Stunde länger geöffnet hatte. Er hatte keineswegs die Absicht, den Urlaubsbeginn mit einer Sauferei zu feiern. In dieser Hinsicht war er sehr maßvoll. Aber er wollte Eeva-Maria von der Arbeit abholen.

Seelenruhig marschierte er an der Schlange vor dem Lokal vorbei, grüßte den Türsteher und ging in die erste Etage.

An der Theke bestellte er bei Eeva-Maria einen Orangensaft, den er mit unbewegtem Gesicht trank. Um ihn herum herrschte ein gewaltiges Gedränge, man sah, wie sehr die Wirtschaftskrise den Leuten an den Geldbeutel ging. Mertanen grinste über seinen Gedanken. Dann versank er in seinen Grübeleien und nahm nichts mehr wahr. Ein junger Mann mit Schnurrbart versuchte, ihn anzusprechen, worauf Mertanen mit abweisender Kälte reagierte. Der junge Mann war klug genug, sich zu trollen.

Eeva-Maria arbeitete wie ein Roboter, ohne Gefühle und ohne Nerven. Wenn jemand brüllte, wandte sie nicht einmal den Kopf, denn sie wusste, wer wann an der Reihe war und wer wann überhaupt noch etwas brauchte. Manchen Kunden schenkte sie ein Lächeln, das weder ein Versprechen noch Mitgefühl enthielt.

Als Eeva-Maria ihre Schicht beendet hatte, nahm Mertanen sie im Auto mit in seine Wohnung.

Später lag er nackt auf dem Bett und zielte mit seiner Unique auf ein Plakat an der Wand. Es war kein Starposter, beispielsweise von Paul Newman mit seinen strahlend blauen Augen. Es zeigte lediglich in einer leicht dunstigen Gegenlichtaufnahme ein Mädchen, das ein Pferd über eine Wiese führte. Mertanen zielte zuerst auf das Pferd, dann auf das Mädchen. Beide Male machte er ein Zischgeräusch.

»Was ist das?«, fragte Eeva-Maria.

»Eine halbautomatische Pistole. Präzise wie nur was. Eine der besten der Welt. Kaliber .22.«

»Trifft man damit?«

»Kommt drauf an, wer sie benutzt. Von allein geht sie nicht los und trifft absolut nichts. Wenn ich sie anlege, sieht die Sache schon anders aus.«

»Wo hast du sie her?«

»Im Laden gekauft.«

»Ist das nicht furchtbar kompliziert? Ich dachte, einen Waffenschein kriegt man nicht so leicht.«

»Kommt auf die Waffe an. Bei dieser ist es einfach. Vor allem wenn man einem Schützenverein angehört. Das Unangenehme ist allerdings, dass man dadurch automatisch im Register der Sicherheitspolizei landet. Das lässt sich nicht vermeiden. Bei einem Kurzrevolver wird es schon schwieriger mit dem Waffenschein. Da gucken sie genau hin.«

»Aha. Und was machst du mit dem Ding?«

Mertanen drehte sich auf die Seite und sagte: »Schießen.«

»Worauf schießt du? Wo hast du das übrigens gelernt?«

»Aufs Ziel schieße ich«, sagte Mertanen und wiederholte leise: »Auf *das* Ziel.«

»Lass mich mal probieren«, bat Eeva-Maria.

»Bitte«, sagte Mertanen und stand auf. »Aber drück nicht ab. Meine Waffen sind immer geladen.«

Es war vier Uhr morgens, doch sie hatten es nicht eilig. Für Mertanen hatte der Urlaub begonnen und sie waren ohnehin beide daran gewöhnt, tagsüber zu schlafen.

Mertanens Schlafzimmer war schlicht eingerichtet. Es passte gut zum Wohnzimmer. Neuerdings stand sogar ein Bett darin; früher hatte Mertanen nur zwei dünne Schaumstoffmatratzen übereinander auf den Boden gelegt, aber dann hatte er eines Tages spontan ein Bett gekauft. So ordnet sich der Mensch in neue Normensysteme ein, hatte er selbstironisch gedacht. Den Frisiertisch hatte er für gelegentlichen Damenbesuch angeschafft. Er selbst nahm es mit seinem Äußeren nicht so genau, wie die Leute möglicherweise glaubten, die sich über seinen ungewöhnlichen Kleidungsstil und seine Glatze wunderten. Dafür brauchte man keinen Frisiertisch. In einer Ecke standen weitere selbst gebaute Möbelstücke, zwei Sessel und dazwischen ein kleiner Tisch.

Neben einem der Sessel befand sich ein Möbelstück, das man in einem Schlafzimmer nicht erwartete: ein Kühlschrank. Dort pflegte er Sekt, Weißwein und Bier für diejenigen seiner Gäste zu lagern, denen er Zutritt zu seinem Boudoir gewährte.

Er öffnete den Kühlschrank. »Möchtest du was?«, fragte er die Frau, die immer noch mit der Pistole zielte.

»Ich hab noch nie eine Waffe in der Hand gehalten. Fühlt sich gut an.«

Mertanen schlug die Kühlschranktür wieder zu. »Willst du mehr sehen?«

»Hast du noch mehr?«

»Komm mal mit.«

Er führte Eeva-Maria zu der verschlossenen Tür, die nun nicht mehr verschlossen war. Es war Jahre her, seit er jemanden in das Zimmer gelassen hatte. Aber jetzt war die Zeit gekommen.

Der Waffenständer und die Regale füllten eine Wand des Zimmers. An einer der anderen Wände stand der große Marmortisch, an dem Mertanen seine Waffen reinigte und pflegte.

»Mein Gott, was machst du denn mit so vielen?«, fragte Eeva-Maria.

»Mit einer davon werde ich den Präsidenten töten«, erklärte Mertanen.

Eeva-Maria lachte: »Jesus! Warum nicht gleich den Papst!«

2

Kairamo, Huhtanen, Rimpiaho, Hanhivaara und Siika verursachten ein Gedränge in Kairamos Dienstzimmer. Dieselbe Anzahl Menschen hatten sich auch früher schon in diesem Raum gedrängt, doch es kommt nicht unbedingt immer auf die Personenzahl an. Manchmal genügt schon die Stimme eines Menschen, um den anderen das Gefühl zu geben, sie steckten in einer Sackgasse oder einer Falle. Viele Männer haben diese Erfahrung in ihrer Ehe gemacht; keifende Männer gibt es ja weniger. Und gerade jetzt verspürte Hanhivaara tiefes Mitgefühl mit jedem, der sich etwas anhören musste, was er eigentlich gar nicht hören wollte.

Siika redete nämlich.

»Wenn man in Finnland auch nur halbwegs mit der Entwicklung Schritt halten würde, hätten wir eine Methode, mit der wir die Fußspuren des Mörders sichtbar machen könnten. In der Wohnung war ein Teppichboden, habe ich das richtig verstanden?« Offenbar hatte er, denn keiner sagte etwas. Allerdings hörten die meisten gar nicht richtig zu. »Wer über einen solchen Bodenbelag geht, hinterlässt statische Aufladungen, die exakt der Form der Schuhe entsprechen. Wenn man dann kleine Plastikkugeln auf den Teppich streut, kommen die Spuren zum Vorschein, denn die elektrische Aufladung zieht die Kugeln an. Sie ordnen sich in der Form der Sohle. Auch das Muster der Sohle und der Abnutzungsgrad des Absatzes werden sichtbar.«

Siika schwieg einen Moment und zündete sich eine Zigarette an. Er war offenbar ein vollkommen furchtloser Mann. Vielleicht hatte er den Eindruck, das Zimmer sei noch nicht ganz voll, es passe noch etwas hinein. Zum Beispiel Qualm.

Dann sprach er weiter: »Aber nicht bei uns in Finnland, nein.«

Rimpiaho sagte: »Das scheint eine brauchbare Methode zu sein, vorausgesetzt dass nur eine Person die Wohnung betreten hat.«

Siika war taub für Einwände: »Die Finnen sind so hinterwäldlerisch, dass sie nur nach Fußspuren suchen, wenn der Mörder durch ein Blumenbeet getrampelt ist.«

Kairamo klopfte mit seinem Stift auf den Tisch und sagte: »Genug von den technischen Errungenschaften. Kommen wir zur Sache. Huhtanen?«

Huhtanen steckte die leere Pfeife, auf der er herumgekaut hatte, in die Tasche. Er sah Siika an, wie um sich zu vergewissern, dass der tatsächlich den Mund halten würde.

Komisch, dass sie Kommissaren kein größeres Dienstzimmer geben, dachte er. Andererseits war es vielleicht besser so. Man könnte die Enge zum Vorwand nehmen, um Siika mit seinen Rätseln und technischen Fisimatenten vor die Tür zu setzen.

Er sagte: »Kurzbiografie. Helena Maijala wurde 1956 in Turku geboren. Sie ist fünf Jahre aufs Gymnasium gegangen.«

»Genauso lange wie Hanhivaara«, warf Rimpiaho ein, der das Abitur gemacht hatte.

Hanhivaara sagte: »Hab' ich wirklich die mittlere Reife? Du meine Güte, was bin ich gebildet. Woher weißt du das eigentlich, Rimpiaho?«

»Tja, das kam so ...«

»Schnauze!«, kommandierte Kairamo.

So viel zum Humor, dachte Hanhivaara.

Huhtanen fuhr fort: »In dieser Zeit nichts Auffälliges. Ich habe bei der Schule angerufen. Ihre ehemaligen Lehrer waren nicht überrascht, als sie von der Schule abging, sie wären aber auch nicht überrascht gewesen, wenn sie weitergemacht hätte. Genau genommen erinnert sich niemand an sie. Offenbar war es ihr eigener Wunsch, die Schule zu verlassen. Darauf kommen wir zurück, wenn wir mit den Eltern gesprochen haben, die übrigens auch hier in Tampere wohnen. Jedenfalls hat Helena Maijala danach zwei Jahre in Schweden in einem Krankenhaus gearbeitet, ist nach Finnland zurückgekommen und hat die Hotelfachschule besucht. Bekam eine Stelle, wo sie seitdem gearbeitet hat. Gestorben am frühen Morgen des 18. Mai 1978.«

Kairamo unterbrach ihn. Glaubte er. Huhtanen hatte nämlich nichts mehr zu sagen.

»Vargas hat mich angerufen«, berichtete Kairamo. »Er hat die Leiche schon heute früh aufgemacht. Sein Bericht war ausgesprochen farbig.«

Alle wussten, dass Vargas ein guter Pathologe war, aber alle wussten auch, dass er seine Worte nicht immer einfühlsam wählte. Er schockierte gern, und Kairamo, der in puncto Fantasie ziemlich steif war, war leicht zu schockieren. Er hatte eine christliche Erziehung genossen, die ihm ein für alle Mal ihren Stempel aufgedrückt hatte.

»Vargas sagte sinngemäß, am Unterleib des Mädchens sei eine kleine Operation vorgenommen worden. Mit einem Brotmesser.«

Keiner der Polizisten heuchelte Entsetzen. Es graute ihnen eventuell noch vor dem, was jemand tat, aber nicht mehr vor dem, was ein anderer darüber berichtete.

Enttäuscht sprach Kairamo weiter: »Der einzige Lichtblick ist, dass die Frau von den Misshandlungen wahrscheinlich nichts gespürt hat. Sie war erstens stark betrunken, 2,2 Promille, und zweitens tot.«

Wieder reagierte niemand darauf, dass Kairamo die Dinge irgendwie in der falschen Reihenfolge zu erzählen schien.

»Vargas sagt, sie sei erwürgt worden. Blutergüsse praktisch nur am Hals. Sie war offenbar zu betrunken, um sich zu wehren. Danach wurde ihr Körper mit dem erwähnten Messer verstümmelt.«

Offenbar hatte Kairamo seinen Vortrag beendet. Rimpiaho dachte bei sich, dass er ihn lieber im Original von Vargas gehört hätte.

Kairamo kam zum nächsten Punkt: »Die Freunde des Mädchens.«

Siika sagte: »Mir ist dieser Kuuppa suspekt.«

»Nicht schon wieder«, stöhnte Hanhivaara.

Kairamo schlug mit der Brille auf den Schreibtisch und ärgerte sich über sich selbst. Die Fassade unerschütterlicher Ruhe, die er pflegte, seit ihm klar geworden war, dass er beruflich erfolgreich war, hatte einen Riss bekommen, doch er hatte es rechtzeitig gemerkt, um sein Verhalten zu korrigieren. Also setzte er die Brille wieder auf und sagte ruhig, aber vernehmlich: »Einige in diesem Raum benehmen sich auf eine Weise, die nicht meiner Vorstellung davon entspricht, wie man sich hier zu benehmen hat.«

Huhtanens Schultern zuckten.

Auch Hanhivaara konnte ruhig und sachlich sein: »Das Mädchen hatte nicht viele wirkliche Freunde. Die Eltern haben wir, wie gesagt, noch nicht angetroffen, aber ich versuche es nachher noch mal. Von den Nachbarn scheint Kuuppa der einzige zu sein, der irgendetwas Relevantes über das Opfer weiß. Von den anderen haben sich viele zwar nicht gescheut, schlecht über die Tote zu reden, aber meiner Erfahrung nach ist derartiges Gerede meist ziemlich übertrieben und verzerrt. Am Arbeitsplatz hieß es allerdings, sie habe keine Freunde gehabt, weil sie sich mit niemandem länger abgeben wollte. Sie war ein bisschen wankelmütig.«

Rimpiaho reckte seine langen Arme und verschränkte sie dann vor der Brust. »Wankelmütig, sagst du? So habe ich die Aussagen ihrer Kollegen aber nicht verstanden. Eher so, dass sie hinter jedem Schwanz her war.«

Huhtanen merkte auf: »Wieso?«

Rimpiaho setzte zu einer Erklärung an: »Ein junger Mann in dem Lokal hat gesagt, sie hätte mit allen geschlafen, wäre aber mit keinem zufrieden gewesen.«

Kairamo führte seinem Team vor, wie man zu einer Synthese kommt: »Schon gut, schon gut. Die Wahrheit liegt wahrscheinlich irgendwo in der Mitte. Aber es dürfte feststehen, dass diese Helena Maijala eine sehr aktive Frau war.«

»Der Fall ist also insoweit klar, als wir immerhin das Motiv kennen«, sagte Siika.

»Kennen wir es?«, fragte Hanhivaara. Er meinte damit, dass die Polizei immer alles auf zweierlei Weise sehen muss. Zum Beispiel konnte man den Fall Helena Maijala als Sexualmord betrachten oder aber als einen Mord, der aus einem ganz anderen Grund verübt und dann als Sexualmord getarnt worden war. Heutzutage konnte man der Polizei nicht mehr alles Mögliche aufbinden und sie auf die erstbeste falsche Spur hetzen.

Rimpiaho hatte so lange mit Hanhivaara zusammengearbeitet und eine solche Sensibilität entwickelt, dass er Hanhivaaras Drei-Wort-Frage sofort verstand. Er sagte: »So oder so stecken wir ziemlich in der Tinte. Wenn es ein Sexualmord war, kommt als Täter jeder x-Beliebige infrage, den die junge Dame auf der Straße aufgelesen hat. Wenn es etwas anderes ist, das nur zur Irreführung als Sexualmord inszeniert wurde, haben wir es mit einem überaus kaltblütigen, brutalen Mörder zu tun.«

Irgendwie genoss Huhtanen die Situation. Er schien es immer zu genießen, wenn sexuelle Motive auftauchten. Er fragte: »Wo fangen wir an?«

Kairamo zählte an den Fingern ab: »Als Erstes nehmen wir natürlich diejenigen in die Zange, die damit prahlen, dass sie mit Helena Maijala geschlafen haben. Und dann nehmen wir uns die vor, die nicht damit prahlen, es aber trotzdem getan haben.«

»Wie soll das gehen?«, entfuhr es Siika, bevor er merkte, dass er eine dumme Frage gestellt hatte.

»Wenn wir genau hingucken, finden wir sie alle«, antwortete Kairamo, der wusste, wovon er sprach. »Des Weiteren schauen wir uns die weiblichen Kollegen an.«

»Die, die mit ihr geschlafen haben«, sagte Huhtanen.

»Das ist ein wesentlicher Aspekt«, meinte Hanhivaara.

»Danach befragen wir alle Nachbarn«, fuhr Kairamo fort, ohne sich von den Zwischenrufen beirren zu lassen.

Dann wurde es still. Alle wussten, dass nun die zermürbende Routine begann: Untersuchungen im Umfeld des Opfers, Analyse der Tatortfunde, Überprüfung bekannter Gewalttäter, ja, und eine endlose Zahl von Vernehmungen.

Hanhivaara sagte: »Und dann?«

Und Rimpiaho echote: »Genau, was dann?«

3

Hanhivaara mochte diese Situationen nicht, in denen er einer Mutter und einem Vater sagen musste: Dumm gelaufen, Ihre Tochter ist tot. Doch er dachte sich, dass es immer noch besser war, Arbeit zu haben als arbeitslos zu sein, und redete sich gleich noch ein, dass jeder Beruf seine schlechten Seiten hatte.

Diesmal war seine Aufgabe leichter als gewöhnlich: Die Eltern wussten bereits, dass ihre Tochter tot war. Hanhivaara warnte sich selbst: Mit Menschen, die soeben ihr Kind verloren haben, sollte man nach Möglichkeit behutsam umgehen oder jedenfalls nicht richtig boshaft.

Hanhivaara holte tief Luft. Und klingelte.

Die Routine beherrschte er aus dem Effeff: Polizei, guten Tag, ich hätte ein paar Fragen, darf ich reinkommen und so weiter.

Auch die Situation war nicht ungewöhnlich: Die Mutter, die am Küchentisch saß, hatte geweint, und die Hände des Vaters zitterten.

Hanhivaara verbot sich in diesem Stadium jegliche Interpretation.

Die Küche war nicht sehr geräumig, immerhin aber groß genug für einen Esstisch, auf dem eine abwaschbare, geblümte Tischdecke lag. Eine solche Tischdecke ließ die verschiedensten Deutungen zu: kleine Kinder in der Familie, die beim Essen dauernd kleckern; eine Hausfrau, der praktische Gesichtspunkte wichtiger sind als Schönheit; eine Hausfrau, die kein Stilgefühl hat und sich einbildet, das Plastikding sähe aus wie ein richtiges Tischtuch; ein Ehemann, der beim Essen dauernd kleckert.

Angewidert von sich selbst beendete Hanhivaara seine fruchtlosen Deutungsversuche. Hatte er sich nicht gerade erst jegliche Interpretation verboten?

Die Frau sah auf und Hanhivaara hätte beinahe losgeheult, denn auch er hatte einmal getrauert.

»Olavi Maijala. Und das ist meine Frau Elsa«, sagte der Mann mit den zitternden Händen.

»Darf ich mich setzen?«, fragte Hanhivaara.

Er durfte.

Hanhivaara entschied sich für ein direktes, sachliches Vorgehen. Andernfalls würde sich das Gespräch in die Länge ziehen und sicher auf der Klageschiene landen. Das wollte er nicht.

»Erzählen Sie mir von Ihrer Tochter«, begann er.

»Sie war so ein braves Mädchen«, brachte Elsa Maijala unter Tränen hervor.

»Eine Hure war sie«, sagte Olavi Maijala, und seine Hände zitterten heftig.

Hanhivaara konnte seine Spottlust nicht bezwingen: »Eine brave Hure also. Gar keine Seltenheit.«

Elsa Maijala heulte laut los. Ihr Mann sagte: »Hör auf. Das bringt Helena auch nicht mehr zurück.«

In seiner Stimme lag Resignation, aber außerdem noch irgendetwas, das Hanhivaara nicht identifizieren konnte.

»Hören Sie, wir sind ganz normale Leute. Sagen Sie, was Sie von uns wollen, und dann gehen Sie«, fuhr Olavi Maijala fort.

»Wo waren Sie, als Helena starb?«

Der Mann blieb vollkommen ruhig. »Wann war das?«

»Zwischen drei und vier in der Nacht zum Donnerstag.«

»Da war ich zu Hause. Ich arbeite bei der Bahn, bin gegen eins wieder in Tampere angekommen, also muss ich so etwa um zwei hier gewesen sein. Elsa hat schon geschlafen. Wie immer.«

»Hatte Helena Freunde oder Bekannte?«

»Das weiß ich nicht. Sie war eine verdammte Hure. Und Huren haben Freier.«

»Sie standen sich nicht sehr nahe?«

»Elsa hat sie immer bemuttert, aber mir war klar, was für ein Leben sie führte.«

»Sie wussten, wo sie wohnte?«

»Ich bin sogar mal in der Lotterbude gewesen. Leider. Ein Bett stand drin, sonst nicht viel. Es war widerlich! Schnapsflaschen und massenweise Pariser und mittendrin eine Kristallvase mit Blumen. Ekelhaft!«

Hanhivaara machte sich Notizen. Elsa Maijala schluchzte nicht mehr, aber ihr Gesicht war tränenüberströmt.

Die Küche war pieksauber, wie es die Küchen etwas ärmerer Leute meistens sind. Pedantische Sorgfalt, die den Geldmangel nicht verbergen kann. An allen Schranktüren war der Lack abgenutzt. Doch das Motto kleiner Leute ist nun mal: Es ist keine Schande, in geflickten Kleidern herumzulaufen, aber sauber müssen sie sein.

Nirgendwo Schnapsflaschen. Hanhivaara überlegte, was der Schrank unter der Spüle enthalten mochte. Exalkoholiker sind extreme Puristen, fiel ihm ein, während er sich seine Notizen machte. Dann wandte er sich wieder an Olavi Maijala.

»Wann haben Sie Ihre Tochter zuletzt gesehen?«

»Das ist Wochen her, wenn nicht Monate.«

»Und Sie, Frau Maijala?«

Lautes Weinen war die Antwort.

Olavi Maijala sagte: »Sie haben sich getroffen, wenn ich unterwegs war. Oft.«

»Und Sie, Frau Maijala?«, wiederholte Hanhivaara.

Das Schluchzen verstummte. Die Frau sagte: »Am Montag.«

»Wie wirkte sie?«

Elsa Maijala trocknete sich die Augen. »Ich weiß nicht. Wie sonst auch. Sie war fast immer fröhlich. Auch am Montag. Niemand wollte sie umbringen.«

»Es gab also nichts Besonderes? Keinen speziellen Grund, fröhlich zu sein?«

Es dauerte eine halbe Minute, bevor Elsa Maijala den nächsten Heulanfall überstanden hatte. Dann sagte sie: »Helena hat mir erzählt, sie wollte sich verloben.«

Hanhivaara stellte die nahe liegende Frage: »Mit wem?«

Olavi Maijala brummte: »Mit dem Weihnachtsmann wahrscheinlich.«

»Ich weiß nicht, wie er heißt«, sagte Elsa Maijala.

Daraufhin verabschiedete sich Hanhivaara. Aber er dachte voll böser Vorahnungen: So, so.

Vor dem Haus blieb er stehen und überlegte, ob er noch einmal hineingehen und die Maijalas fragen sollte, wo sie am Vortag gewesen waren, als man vergeblich versucht hatte, sie zu erreichen. Jeder Polizist hätte diese Frage stellen müssen. Hanhivaara entschied, dass er das nicht nötig hatte. Die Information interessierte ihn nicht die Bohne. Außerdem schien der Mann ein Moralist, womöglich gar ein religiöser Fanatiker zu sein, und solche Leute mochte Hanhivaara nicht. Er wollte nicht noch einmal in die Wohnung.

FÜNF

1

Asko Mertanen hielt sich für einen großen Denker. Außerdem glaubte er, für eine große Mission ausersehen zu sein. Da Religiöses in seinem Denken keinen Platz hatte, konnte er nicht sagen, wer ihn auserwählt hatte. Doch ihm war ohnehin die Vorstellung am liebsten, dass er sich selbst erkoren hatte.

Seine hochfliegenden Gedanken hatten konkrete Gestalt angenommen. Seine Aktivitäten hatten ein Ziel.

Seine Kollegen hielten ihn nicht für einen großen Denker. Es war typisch, dass nur wenige in seiner Umgebung begriffen, wie häufig Männer, die sich für große Denker hielten, aus der Gesellschaft ausgeschlossen wurden.

Mertanen wusste, dass auch er Gefahr lief, aus der Gesellschaft ausgestoßen zu werden. Er befand sich in einer Konfliktsituation: Wenn er nicht gefasst wurde, blieb ihm der verdiente Ruhm versagt; wurde er aber überführt, waren die Dummköpfe, die sich Richter schimpften, ganz gewiss nicht fähig, die überragende Größe seiner Vision zu erkennen, sondern würden ihn ins Gefängnis stecken.

Er war dem Ruhm einen Schritt näher gekommen, indem er Eeva-Maria von seinem Plan erzählt hatte. Gleichzeitig war er damit aber auch einen Schritt näher am Gefängnis. Dass er das begriff, sah er als neuerlichen Beweis seiner Verstandeskraft an. Wenn man ihn als verrückt bezeichnete – was seiner Meinung geschehen würde, falls er gefasst wurde –, musste man wenigstens fähig sein, Verrücktheit sinnvoll zu definieren.

»Wer von euch ist fähig, so logisch zu denken wie ich?«, würde er fragen und anschließend verächtlich lächeln, denn niemand würde die Hand heben.

Der Samstag hatte glänzend begonnen. Als er die Augen aufschlug – schon früh morgens, obwohl er erst lange nach Mitternacht schlafen gegangen war –, hatte er sofort gesehen, dass es ein schöner Tag war. Er fühlte sich frisch und kraftvoll.

Einen kleinen Kratzer bekam der glänzende Tag, als Eeva-Maria fragte: »Das war doch wohl nicht dein Ernst?«

»Was?«, fragte Mertanen zurück und streichelte den Lauf seiner Unique. Er zischte zweimal und stellte sich vor, im Plakat an der gegenüberliegenden Wand seien zwei kleine Löcher erschienen.

»Dass du den Präsidenten erschießen willst.«

»Natürlich war es mein voller Ernst. Wenn es um den Präsidenten geht, lüge ich nie, und auch sonst nur selten.«

Eeva-Maria war an Mertanens seltsame Scherze gewöhnt, doch diese Geschichte klang zu verrückt für einen Scherz und zu unglaublich, um wahr zu sein. Aber sie sorgte für Nervenkitzel, das war nicht zu leugnen.

Eeva-Maria hatte in ihrem Leben vieles erlebt. Sie konnte allerdings keinen trunksüchtigen Vater und keine mannstolle Mutter vorweisen. Auch kein Waisenhaus, Internat oder Jugendgefängnis, nicht einmal eine Kindheit in äußerster Armut.

Folglich musste sie die Verantwortung für sich und ihre Taten selbst tragen.

Das hatte sie auch immer getan, ohne etwas zu bereuen oder sich etwas anderes zu wünschen als die allergewöhnlichsten Dinge. Es fiel ihr nicht im Traum ein zu behaupten, sie wünsche sich Seelenfrieden, Harmonie, eine glückliche Ehe und schöne Kinder. Seelenfrieden bedeutete für sie Langeweile, Harmonie, Mangel an Reizen, eine glückliche

Ehe Selbstbetrug, und Kinder waren einfach ein Albtraum. Sie fiel ein wenig aus dem Rahmen.

Eeva-Maria glaubte an persönliche Erfahrungen und lachte über ihre Gedankengänge.

Mertanen nahm an, dass sie über ihn lachte, verzog jedoch keine Miene, sondern stellte trocken fest: »Du scheinst mir nicht zu glauben.«

»Dir traue ich alles zu«, antwortete sie und überlegte, ob sie gerade die Wahrheit gesagt hatte.

Doch wenn sie auf ihre Vergangenheit zurückblickte, konnte sie ebensogut denken: Warum nicht? Denn es lag auf der Hand, dass Mertanens Gerede eine Aufforderung war, sich an dem Anschlag zu beteiligen.

Eeva-Maria entstammte einer Familie von der Sorte, die man in Ermangelung eines besseren Ausdrucks und infolge ungenauen Denkens als normal bezeichnet. Ihr Vater war Beamter gewesen, ein strenger Mann, der sich hochgedient hatte in der festen Überzeugung, seiner Berufung zu folgen. Und wer einer Berufung folgt, darf sich nicht fragen, ob ihm sein Leben gefällt. Als er in Pension ging, hatte er wahrhaft eintönige Berufsjahre hinter sich, aber er selbst, seine Frau und die beiden Kinder waren finanziell versorgt.

Eeva-Marias Bruder war irgendwo in der Karibik ertrunken. Vielleicht hatte er sich aber auch nur endgültig abgesetzt, wer konnte das so genau wissen. Und wen interessierte es überhaupt.

Ihre Mutter war Hausfrau. Sie hatte geheiratet und sich so verhalten, wie es von ihr erwartet wurde. Zwischen Küche und Putzeimer gab es keinen Platz für wilde Leidenschaften. Ängstlich hatte Eeva-Maria beobachtet, wie ihre Mutter allmählich verwelkte. Ängstlich, aber auch voller Hass.

Und dieser Hass war das einzig Außergewöhnliche an dieser durch und durch gewöhnlichen und banalen Lebensgeschichte.

Die Konflikte spitzten sich natürlich zu. Eeva-Maria und ihr Vater hatten in den letzten Jahren vor seinem Tod kaum noch miteinander gesprochen.

Was natürlich kein großes Unglück war.

Ihr eigenes Leben hatte Eeva-Maria anders gestaltet. Finanziell war sie dabei nicht besonders gut weggekommen, doch sie fand, die Gefühlserlebnisse, die sie gehabt hatte, wogen den Geldmangel auf. Sie hatte systematisch Erlebnisse gesammelt. Sie wollte wissen, welches Gefühl eine Tat oder ein Gedanke auslöste. Die Sucht nach Erfahrungen hatte sie natürlich durch die ganze Skala geführt, von sexueller Aktivität über Drogen bis an die Grenze zur Kriminalität, vielleicht auch ein Stückchen über diese Grenze hinaus.

Inzwischen verfügte Eeva-Maria bereits über eine ansehnliche Kollektion erlebter Gefühlszustände.

Also dachte sie: Warum nicht?

Mertanen sagte: »Wusstest du, dass sie sogar Eisenbahnschwellen aus Jugoslawien importieren?«

»Wer?«, fragte Eeva-Maria unbedacht.

Mertanens Waffe beschrieb einen Bogen und richtete sich geradewegs auf ihr Gesicht.

Mertanen sagte: »Du solltest sie schleunigst kennen lernen. Sonst kriegen sie dich. Sie wollen dich ausnutzen. Aussaugen. Ohne Gegenleistung.«

»Halte das Ding woandershin.«

Die Pistole beschrieb denselben Bogen in umgekehrter Richtung.

»Alle Holzköpfe, die von unserem Geld jugoslawische Eisenbahnschwellen kaufen. Alle, die sich von Berufs wegen fein anziehen, um auszusehen, als bräuchten sie kein Geld, damit wir glauben, sie vergreifen sich nicht an unserem Geld, weil sie ja keins brauchen. Von denen rede ich.«

»Von den Politikern?«, fragte Eeva-Maria.

»Nenn sie, wie du willst.«

Dann sagte Mertanen langsam, würdevoll, feierlich und seltsamerweise ohne lächerlich zu wirken: »Wir müssen uns sorgfältig vorbereiten.«

»Natürlich«, antwortete Eeva-Maria, und ihre Stimme klang absolut sicher, gerade so, als hätte sie die Sache bereits seit ein paar Jahren geplant.

Sie blickte an die Wand und lächelte. Es schien ihr ratsam, Mertanen nicht mehr anzulächeln. Er verstand alles falsch: Man regt sich nicht gleich auf, man hat nicht erst die Gefühle und verschafft sich dann ein Erlebnis. Umgekehrt ist es richtig: Erst handeln, dann abwarten, wie man sich fühlt.

Eeva-Maria hatte den Eindruck, dass die Leitung dieser Operation gerade in neue Hände überging.

2

An der Tür zu Hanhivaaras Dienstzimmer drehte Siika sich noch einmal um. Er sagte: »Pass mal auf. In einer Schublade in einem dunklen Zimmer liegen vierundzwanzig schwarze Socken und vierundzwanzig weiße Socken. Wie viele muss ich mindestens aus der Schublade nehmen, um mit Sicherheit zwei gleichfarbige Socken zu haben?«

»Drei«, erwiderte Hanhivaara.

Es fuchste Siika jedes Mal, wenn ihm jemand die richtige Antwort gab. Er ging hinaus und nahm sich vor, beim nächsten Mal eine noch schwierigere Frage zu stellen. Hanhivaara war glücklich. Siika hatte es doch nicht ganz geschafft, ihm den Samstagmorgen zu verderben.

Hanhivaara schrieb seinen anspruchslosen Bericht über die Vernehmung von Helena Maijalas Eltern ins Reine. Anschließend versteckte er seine ursprünglichen Notizen in der untersten Schreibtischschublade. Das tat er immer, denn er dachte: Vielleicht brauche ich sie noch. Nach einer Karenzzeit warf er sie dann weg. Dafür gab es keine exakte Frist; er mistete aus, wenn ihm danach zumute war.

Als ein sympathisch wirkender junger Mann eintrat, dachte Hanhivaara, dass selten sympathisch wirkende junge Männer vor ihm standen. Die meisten sahen abstoßend aus, und selbst diejenigen, die nach außen hin einen sauberen und ordentlichen Eindruck machten, hatten durch die Bank einen Charakterfehler. Das lag eigentlich nicht an den jungen Leuten, sondern an Hanhivaaras Berufswahl.

Es hatte ihn gestört, dass Elsa Maijala nicht wusste, wie der künftige Verlobte ihrer Tochter hieß. Doch Sexualverbrechen hatten immer etwas Zufälliges an sich, systematische Ermittlungen führten ins Leere. Folglich fand er es nicht weiter überraschend, dass der Beinaheverlobte von selbst bei ihm aufkreuzte.

»Was weißt du von der Sache?«

»Ich habe Helena sehr gern gehabt.«

»Und als du gemerkt hast, dass sie auch mit anderen schläft, hast du sie umgebracht, wie?« Hanhivaara gab sich keine Mühe, seine schlechte Laune zu verbergen.

Der junge Mann, fast noch ein Knabe, zuckte zusammen. Hanhivaara steckte sich eine Zigarette an, ohne seinem Gegenüber eine anzubieten. Er war es leid, darauf zu warten, dass der Besucher zur Sache kam.

»Wie heißt du?«, fragte er.

»Pekka Suvanto.«

»Und was willst du hier?«

Der Junge blieb sachlich: »Helena ist ermordet worden. Ich will wissen, von wem und warum.«

Wir auch, hätte Hanhivaara antworten können. Doch stattdessen fragte er: »Warum willst du das wissen?«

Pekka Suvanto sah ihn verwundert an und fragte zurück: »Warum ich das wissen will? Ist das nicht ganz natürlich?«

»Neugier ist zweifellos natürlich. Aber auch du wirst warten müssen, bis es in der Zeitung steht. Wir sind hier kein Nachrichtenbüro.«

Suvanto sagte: »In der Nacht, als Helena getötet wurde, war ich bei ihr.«

»Interessant«, sagte Hanhivaara.

Suvanto hatte eine andere Reaktion erwartet. Er stand da in seiner blauen, bügelfreien Hose und seiner blauen Strickjacke, die Schuhe blank gewienert, und war verlegen. Unter der Strickjacke trug er ein graues Hemd, das Hanhivaara an die Armee erinnerte. Seine Haut war glatt und faltenlos, offenbar war er noch jünger, als Hanhivaara auf den ersten Blick geschätzt hatte. Seine Haare waren kurz geschnitten, seine Hände sauber und glatt. Die gerade Nase, die blauen Augen und der kleine, mädchenhafte Mund vervollständigten das Bild eines schüchternen, aber harmlosen Gymnasiasten.

Hanhivaara griff zum Telefon und wählte. »Kommst du mal rüber?«, sagte er und legte gleich wieder auf.

Er klopfte mit der Streichholzschachtel auf den Tisch, ohne seinen Besucher noch eines Blickes zu würdigen. Er hatte beschlossen, sich von nichts mehr mitreißen zu lassen. Es gab ohnehin nichts wirklich Begeisterndes, und wenn man sich doch einmal für etwas erwärmte, wurde es einem weggenommen. Ein grauer, wässriger Film schob sich vor seine Augen, und er stellte verwundert fest, dass er sich selbst bemitleidete.

Wieder zündete er sich eine Zigarette an. Die Dinger wirkten beruhigend und waren gesundheitsschädlich, genau das Richtige für Hanhivaara, für den das ewige Leben eine Schreckensvision war. Ebenso die Seelenwanderung – einmal war schlimm genug.

Huhtanen kam herein und Hanhivaara sagte: »Darf ich vorstellen: der Mörder.«

Huhtanen stutzte: »Nein, ich bin Polizist.«

»Der junge Mann hier ist so gut wie geständig. Den Rest holen wir auch noch aus ihm raus.«

Huhtanen grub seine Pfeife hervor. Wenn er eines Tages aufhören würde, seine Pfeife aus der Tasche zu graben, würde man ihm sein Grab schaufeln.

Er setzte sich und ächzte: »Ich sag dir, Ischias ist kein Honigschlecken.«

»Süßschnabel«, gab Hanhivaara zurück.

Suvanto hatte sich eingebildet, eine wichtige Person zu sein; Hanhivaara war ein Meister darin, den Leuten ihre Einbildung zu nehmen.

Draußen war es beinahe sommerlich. Aber im Präsidium blieb die Stimmung immer gleich, ob Sommer oder Winter. Die Sonnenstrahlen bohrten sich ihren Weg durch die Ritzen in der Jalousie und zeichneten waagerechte Gitterstäbe auf Suvantos Gesicht.

»Na?«, sagte Huhtanen.

»Setz dich«, sagte Hanhivaara.

»Na?«, wiederholte Huhtanen.

Suvanto sah Hanhivaara an. Auf dessen Nicken begann er: »Wie gesagt, in der Nacht, als Helena ermordet wurde, war ich bei ihr.«

»Woher weißt du, wann sie ermordet wurde?«, fragte Hanhivaara.

»Aus der Zeitung.«

»Warum bist du nicht schon gestern gekommen?«

»Ich hatte Angst«, sagte Suvanto. Ehrlichkeit und Unschuld standen ihm ins Gesicht geschrieben.

»Und jetzt?«

Suvanto wippte mit den Beinen, konnte die Hände nicht still halten, und an seinem Hals pochte eine Ader. Man sah ihm an, dass er auch jetzt Angst hatte. Oder zumindest nervös war.

»Und jetzt die ganze Geschichte von Anfang an«, sagte

Hanhivaara. Er sah auf die Uhr und wünschte sich, er stünde in diesem Moment gerade erst genießerisch unter der Morgendusche. Dann dachte er, dass irgendwer sich gerade in diesem Moment etwas zu essen wünschte. Mit dieser Art Relativierung zauberte er das Jucken am Rücken fort. Relativierung war für jeden gesund und Hanhivaara hatte sich in den letzten Monaten zum Meisterrelativierer entwickelt. Es fehlte nicht mehr viel und er war der glücklichste Mensch der Welt. Er musste nur noch lernen, seine Verbitterung auch dann zu unterdrücken, wenn er merkte, dass es anderen noch schlechter ging.

Suvanto räusperte sich.

Huhtanen fing an zu husten.

Dann begann Suvanto: »Der 17. Mai war ein Mittwoch. Helena hatte Frühschicht. Sie hatte um vier Feierabend. Ich selbst bin schon um zwei von der Arbeit gekommen.«

»Moment, Moment«, unterbrach ihn Huhtanen. »Wo arbeiten wir denn?«

»Ich unterrichte Volkswirtschaft an der Universität. Hauptsächlich.«

Hanhivaara überlegte, ob er den Zeugen von nun an siezen sollte. Normalerweise lag er mit seinen Altersschätzungen fast immer richtig.

Huhtanen war durch nichts zu erschüttern: »Alter?«

»Neunundzwanzig.«

»Du siehst jünger aus«, sagte Huhtanen.

»Ich weiß. Wenn ich in eine Kneipe will, muss ich mich dauernd ausweisen.«

Huhtanen lachte auf. Hanhivaara lutschte am Daumennagel.

»Weiter«, sagte Huhtanen.

»Ich war mit Helena verabredet. Wir wollten irgendwo essen gehen und dann in ein Tanzlokal. Aber dann gab es plötzlich ein Problem. Die Universität bekam überraschend

Besuch aus Schweden und ich sollte mich von sechs bis neun um die Gäste kümmern. Vorher habe ich mich mit Helena getroffen, kurz nach vier, und bin mit ihr essen gegangen.«

»Wo?«

»Im *Goldenen Schweinestall.*«

»Von dem hab ich schon gehört«, mischte sich Hanhivaara ein.

»Wird überprüft«, sagte Huhtanen.

»Woher kommt eigentlich der Name?«, fragte Hanhivaara.

Suvanto wusste Bescheid: »Der Besitzer ist ein ziemliches Original. An sich war er Schneider von Beruf und nebenbei hat er ein bisschen gemalt. Bilder. Jedenfalls hat er mit dem Schneidern aufgehört und das Restaurant gekauft. Der Name soll wohl seinen Sinn für Humor beweisen. Außerdem dachte er, bei den Studenten würde der Name ziehen. Das hat zwar nicht funktioniert, aber das Lokal ist trotzdem gut besucht. Es hat keine Ähnlichkeit mit einem Schweinestall und auf der Speisekarte steht auch nicht nur Spanferkel. Der Name ist einfach nur ein Name.«

»Danke, das reicht«, sagte Huhtanen.

»Wir haben also dort gegessen und dann musste ich zurück zur Universität. Wir haben uns für halb zehn in einem anderen Lokal verabredet. Na ja, es war dann so, dass ich Helena erst nach langem Suchen in einer ganz anderen Kneipe gefunden habe. Sie war ziemlich betrunken und wollte absolut nicht gehen. Erst gegen zwei habe ich es geschafft, sie nach Hause zu bringen.«

»Und in welcher Beziehung hast du zu ihr gestanden?«, fragte Hanhivaara.

»Wir wollten uns verloben.«

Das ist er also, dachte Hanhivaara. Unverschämtes Glück.

»Wann?«, fragte Huhtanen.

»Gerade am Mittwoch.«

»Unverschämtes Pech«, meinte Huhtanen.

Hanhivaara machte sich schweigend Notizen.

Huhtanen fragte weiter: »Aus der Verlobung ist also nichts geworden?«

»Nein.«

»Wie hast du darauf reagiert?«

Das Reden hatte Suvanto offenbar beruhigt. Er zappelte nicht mehr auf dem Stuhl herum, seine Hände lagen still und er antwortete gleichmütig: »So was kommt eben vor. Bei Helena musste man auf alles gefasst sein.«

»War sie in Begleitung, als du sie am Mittwochabend gefunden hast?«, fragte Hanhivaara.

»Sie war ständig in Begleitung.«

»Das war sicher nicht angenehm für dich. Warum wolltet ihr euch verloben?«

»Weil wir uns geliebt haben.«

Naives Jüngelchen, dachte Hanhivaara. »Du hast geglaubt, du könntest sie zähmen?«

»Ja, das hab ich.«

Supernaiv und eingebildet obendrein, dachte Hanhivaara und fragte weiter: »Habt ihr euch an dem Abend gestritten?«

»Wir haben uns nie gestritten. Helena hat gelegentlich Streit gesucht, aber ich habe mich nicht darauf eingelassen. Mittwochnacht habe ich sie nach Hause gebracht und ins Bett gesteckt, dann bin ich gegangen.«

»Wieso in aller Welt war sie dann am nächsten Morgen tot?«

»Das weiß ich nicht. Jemand hat sie umgebracht, nehme ich an.«

»Das warst nicht etwa du?«, übernahm Huhtanen.

»Nein.«

»Hast du dich über ihr Benehmen nicht aufgeregt?«

»Ich kannte Helena.«

»Erzähl uns ganz genau, wie der Abend verlaufen ist.«

»Da gibt's nicht viel zu erzählen. Nachdem ich sie gefunden hatte, haben wir ein paarmal getanzt. In ihrer Wohnung haben wir noch ein bisschen Kognak getrunken. Sie hat mit dem Ring gespielt, den ich ihr geschenkt hatte, und gesagt, sie wäre sich nicht mehr sicher. Sie war ein bisschen nervös, wie immer, wenn sie betrunken war. Dann fing sie an, Blütenblätter von den Verlobungsnelken abzuzupfen, eins nach dem andern, immer mit dem Spruch: Er liebt mich, liebt mich nicht, liebt mich ... Sie hat es geschafft, eine der Nelken kahl zu rupfen, ehe sie einschlief. Und dann bin ich gegangen.«

Hanhivaara hatte das Gefühl, dass irgendetwas an der Sache nicht stimmte. Das gleiche Gefühl hätte jeder vernünftig denkende Mensch gehabt.

»Ich weiß nicht, woran es liegt, aber irgendwie kommt mir deine Geschichte merkwürdig vor. Warum ist die Verlobung ins Wasser gefallen? Du hast Helena doch an dem Abend gefunden. Außerdem, wer verlobt sich heute noch!«

»Wie gesagt, Helena war in ihrem Zustand nicht entscheidungsfähig. Ich wollte am nächsten Tag wiederkommen, um sie noch einmal zu fragen. Das habe ich auch getan, aber sie hat mir nicht aufgemacht.«

»Hast du keinen Schlüssel?«

»Nein.«

»Hat Helena Maijala in dieser Nacht noch weitere Gäste erwartet?«

»Meines Wissens nicht. Ich bin gegen halb drei gegangen.«

Huhtanen wurde wieder lebendig. Er zeigte mit dem Pfeifenstiel auf Suvanto und sagte: »Du scheinst nicht viel über die Frau gewusst zu haben.«

»Mag sein. Aber sie wäre sicher nicht wach geworden, selbst wenn jemand geklingelt hätte. Sie war ziemlich betrunken.«

»Vielleicht hatte irgendwer einen Schlüssel.«

Hanhivaara wandte sich an Huhtanen: »Mit welcher Begründung wollen wir ihn festnehmen? Er verheimlicht uns etwas.«

»Ich verheimliche gar nichts.«

»Wo und wann habt ihr euch kennengelernt?«, fragte Huhtanen.

»Im Uni-Café. Vor einem halben Jahr.«

»Was hat sie da gemacht?«

»Sie hat behauptet, sie würde studieren.«

»Was?«

»Sprachen.«

»Und, hat sie studiert?«

»Nein.«

»Also: Was machte sie da?«

»Offenbar hat sie Studentin gespielt«, entgegnete Suvanto trocken.

Hanhivaara fand immer noch, dass an der Geschichte etwas faul war. Er kleidete sein Gefühl in eine Frage: »Was hast du eigentlich in ihr gesehen?«

Suvanto räusperte sich. Nicht weil er heiser war, sondern um ein Lächeln zu verbergen. Er sagte: »Das ist Klassendenken. Sie haben den Eindruck, dass wir sozusagen verschiedenen Kreisen angehören. Dass wir eigentlich nicht zusammenpassen. Oder?«

Huhtanen eilte seinem Kollegen zu Hilfe: »Ich habe nichts weiter gehört als die Frage, was du in Helena gesehen hast. Du neigst zu voreiligen Schlüssen, scheint mir.«

Woher nehmen die Leute bloß die Kraft, Polizisten zu verachten, dachte Hanhivaara.

Die Streifen waren von Suvantos Gesicht verschwunden. Er saß ganz im Schatten, sofern man in einem hellen Zimmer im Schatten sein kann.

Die Polizisten warteten auf seine Antwort, die ihrerseits auf sich warten ließ.

»Ich bin es gewöhnt, meine Gedanken zu verbalisieren«, sagte Suvanto schließlich. »Aber diesmal bin ich mir selbst nicht ganz sicher.«

»Und wir sind an Menschen gewöhnt, die sich nicht ganz sicher sind. Wir sind auch an Menschen gewöhnt, die ihre Gedanken nicht verbalisieren können«, sagte Hanhivaara und betonte das Fremdwort nur ganz unmerklich. »Also spuck es nur aus. Das Formulieren übernehmen wir.«

Suvanto war beleidigt und sah immer mehr wie ein kleiner Junge aus. Er sagte: »Helena war intelligent und sensibel. Und sie hatte ihre Konflikte. Es ist leicht, einen intelligenten und sensiblen Menschen zu lieben. Ein Mensch mit Konflikten wiederum ist eine Herausforderung. Deshalb war sie ein Idealfall.«

»Du hast sie also als Fall gesehen. Mit Fällen verlobt man sich nicht.« Hanhivaaras unverkennbarer Ärger hatte sich nicht daran entzündet, dass Suvanto die Frau kalt lächelnd als Fall bezeichnete, sondern daran, dass er ganz offensichtlich log.

Suvanto schwieg.

»Was für Konflikte hatte sie?«

»Alle möglichen. Junge Menschen haben alle möglichen Konflikte.«

Hanhivaara stand seufzend auf. Er ging auf Suvanto zu und beugte sich zu ihm hinunter, sodass der junge Mann seine Verärgerung spürte. Dann setzte er sich auf die Schreibtischkante. Er war dem Zeugen sehr nah, was diesem offensichtlich gar nicht gefiel.

Hanhivaara sagte: »Wenn du weißt, dass sie Konflikte hatte, weißt du auch, worum es ging. Zumindest ungefähr.«

Und dann hatten Hanhivaara und Huhtanen Gelegenheit zu beobachten, wie ein Mensch sich geistig am Kragen packt. Der Vorgang äußerte sich auch körperlich: Suvanto setzte sich gerade hin und bemühte sich, Stimme, Gestik und Mimik unter Kontrolle zu halten, was ihm allerdings nicht ganz gelingen wollte. Er sagte: »Sie konnte sich nicht zwischen Mann und Frau entscheiden.«

Hanhivaara seufzte wieder, diesmal aber nicht vor Ärger oder schlechter Laune, sondern vor Erleichterung.

Huhtanen begann, seine Pfeife zu reinigen. Niemand wäre auf die Idee gekommen, dass er damit seine Überraschung überspielte. Er hatte das Pfeifenputzen zu einer derart mechanischen und sich ständig wiederholenden Tätigkeit entwickelt, dass er dahinter alles verbergen konnte.

»Na also«, sagte Hanhivaara. »Jetzt brauchen wir eigentlich nur noch ein paar Namen. Wenn sie sich nicht zwischen Mann und Frau entscheiden konnte, hätten wir gern den Namen des Mannes und den der Frau.«

»Ich habe allgemein gesprochen.«

»Nein, das hast du nicht. Du wolltest den Eindruck erwecken, dass du allgemein sprichst.«

»Ich wollte ihr zeigen, dass ein Mann definitiv besser für sie war. Ich glaube, das ist mir auch gelungen, und ich glaube, dass irgendeine Frau diese Entscheidung nicht akzeptieren wollte.«

»Eigenliebe«, sagte Hanhivaara.

Er überlegte, wie groß die statistische Wahrscheinlichkeit war, dass eine Frau eine andere Frau so brutal ermordete. Allerdings fand er statistische Wahrscheinlichkeiten nicht besonders überzeugend. Warum sollte es nicht eine Frau gewesen sein?

»Wie gesagt, ich will den Namen dieser Frau.«

»Ich kenne keine Namen.«

»Dann wollen wir eine Beschreibung«, sagte Huhtanen.

Suvanto überlegte eine Weile und meinte dann: »Ich weiß einen besseren Weg. Wir gehen in das Lokal, in dem Helena gearbeitet hat, und ich zeige Ihnen einige von ihren Freundinnen.«

»Ich hatte eine exakt verbalisierte Beschreibung erwartet«, sagte Hanhivaara. »Aber meinetwegen.«

»Waren es viele?«, fragte Huhtanen.

»Vom Personal wohl nur eine, aber unter den Stammkundinnen könnte ich Ihnen auch ein paar zeigen.«

Suvanto schien erleichtert, mit dem heiklen Thema fertig zu sein. Er begann sich freier zu bewegen und lächelte.

Doch davon ließ sich Hanhivaara nicht beeindrucken: »Die Schuld ist damit längst noch nicht auf die Frauen abgeschoben. Du stehst nach wie vor ganz oben auf der Liste.«

Huhtanen fügte hinzu: »Männer morden häufiger als Frauen. Wir haben einen Kollegen, der weiß alles über Statistiken, alles über die Entwicklung der Kriminalistik und alles über logische Puzzlespiele. Und wenn wir all das berücksichtigen und du nicht der Täter bist, dann bist du ein statistisches Wunder, ein Hindernis für die Entwicklung der Kriminalistik, ein logisches Puzzle, in dem ein Steinchen fehlt.«

Für Huhtanens Verhältnisse war das mehr als eine Äußerung. Es war eine Predigt.

Hanhivaara war drauf und dran, eine Pille zu schlucken. Gerade mal drei Monate war er weg gewesen, und schon fühlten sich alle berechtigt, alte Gewohnheiten über den Haufen zu werfen.

SECHS

1

Asko Mertanen fühlte sich in der Horizontale überaus wohl. Er hatte den ganzen Samstagvormittag im Bett gelegen und auf den Lippen herumgekaut, die allmählich wieder rissig wurden. Er hatte geglaubt, davon losgekommen zu sein, als er seinen Entschluss gefasst hatte, doch es hatte sich sogar noch verschlimmert. Seine Angewohnheit irritierte Eeva-Maria, aber sie sagte nichts.

Mertanen studierte die Tageszeitungen neuerdings besonders gründlich. Ausschlaggebend für seinen Entschluss war eine kleine Nachricht gewesen, die er vor gut einem Monat gelesen hatte. Darin hatte es geheißen, der Präsident werde die Stadt besuchen, um ein Kunstwerk zu enthüllen. Nun war es nur noch eine Woche bis zu diesem Tag.

Neben dem Bett befand sich sein Basislager. Es enthielt einen Stapel Zeitungen. Mertanen war schon seit Langem ein eifriger Zeitungsleser. Er hatte nur zwei abonniert, das Lokalblatt und die größte überregionale Zeitung, doch er hatte sich angewöhnt, am Kiosk die diversen Parteiorgane zu kaufen, die sehr informativ waren und seine Auffassung von der unaufhaltsamen Katastrophe bestätigten. Über sämtliche Ereignisse schrieben die einzelnen Zeitungen völlig unterschiedliche Wahrheiten, aus denen sie zudem gegensätzliche Schlüsse zogen. Zuerst hatte ihn das verwirrt. Er hatte das Gefühl gehabt, nie herausfinden zu können, welche der vielen Wahrheiten die richtige war, da er selbst keinen Zugang zu den Quellen hatte. Das hatte seinen Glauben an die Kraft logischen Denkens erschüttert und ihn vorübergehend aus dem Gleichgewicht gebracht, bis ihm klar geworden war, dass es keine Wahrheit gab. Es gab nur eine Riesenmenge unterschiedlich eklatanter Lügen und Fälschungen. So musste es sein. Anders war nicht zu erklären, dass die als bierernst bekannten Journalisten völlig widersprüchlich über ein und dasselbe Ereignis berichteten. Da Mertanen keinerlei theoretische Ausbildung besaß, war ihm der Begriff der unbedingten Zweckdienlichkeit nicht bekannt. Bei seinem Bildungsstand musste er zu dem Schluss kommen, dass hinter allem eine große Verschwörung steckte.

Genau, das war es: die Große Verschwörung.

Die fehlende Ausbildung stellte jedoch weiterhin eine gewisse Barriere dar.

Mertanen glaubte sich mit der Fähigkeit gesegnet, klar zu denken. Das mochte sogar zutreffen, doch Grundlage des Denkens ist häufig Wissen – obwohl Wissen natürlich auch ein Ergebnis des Denkens sein kann – und allem Anschein nach waren nirgends Informationen zu bekommen. Folglich hatte Mertanen eine sehr ungenaue Vorstellung von der Großen Verschwörung. In einem Punkt war er sich jedoch absolut sicher: Die Verschwörung war auch gegen ihn gerichtet.

Bei seiner leidenschaftlichen Zeitungslektüre war er irgendwann einmal auf einen Artikel gestoßen, in dem behauptet wurde, Zeitungsmeldungen verstärkten die seelische Belastung der Menschen. Er selbst wusste gar nicht, was Stress war, er war nie gestresst. Und da er in diesem Irrglauben gefangen war, konnte er immer noch nicht begreifen, warum seine Lippen von Zeit zu Zeit bluteten. Aber er hatte begriffen, dass Zeitungsmeldungen bei vielen Menschen offenbar tatsächlich Stress auslösten. Unbegreiflich war ihm allerdings, warum niemand etwas dagegen tat.

Das Lager neben seinem Bett bestand nicht nur aus Zeitungen. In Griffweite waren außerdem ein Korb Äpfel, eine

Thermoskanne mit Kaffee, Zigaretten, ein Aschenbecher, seine Unique DES 69 und X-51 sowie eine Hämmerli Master Luftpistole, denn er war es leid, immer nur so zu tun, als ob er schieße. Er stand zurzeit ungern auf, denn er fand, er müsse sich ausruhen.

Er hatte eine Mission.

Er biss in einen Apfel, legte ihn dann neben das Kopfkissen und lud die Luftpistole. Dann setzte er sich auf, lehnte sich an die Wand und zielte auf ein Blechgehäuse am anderen Ende des Zimmers.

Ein dumpfes Zischen zeigte an, dass die Bleikugel den Lauf verlassen hatte, und fast im selben Moment fiel sie scheppernd auf den Boden des Blechgehäuses, nachdem sie die daran befestigte Zielscheibe in der Mitte durchschlagen hatte. Wie exakt in der Mitte, wusste Mertanen nicht, denn das Papier war um die Neun und um die Zehn herum völlig zerfetzt, sodass die jüngste Kugel keinerlei Spuren mehr hinterließ. Er würde bald aufstehen und die Zielscheibe auswechseln müssen. Sobald er sich ausgeruht hatte. Er nahm an, zwei bis drei Tage würden genügen.

Mertanen legte die Pistole hin und goss sich Kaffee ein. Eeva-Maria hatte ihn gekocht, bevor sie die Wohung verlassen hatte.

Mertanen war sich nicht ganz sicher, ob er mit Eeva-Maria zu weit gegangen war. In diesen Tagen konnte man nur wenigen trauen.

Sie hatten über die Sache gesprochen wie erwachsene Menschen, besonnen und ohne unnötige Zankerei.

Am Morgen hatte Eeva-Maria Kaffee gekocht. Sie war völlig ruhig und benahm sich wie an irgendeinem beliebigen Morgen. Trotzdem konnte Mertanen sich ihrer nicht völlig sicher sein. Er hatte ihr seinen Plan auch noch nicht in allen Einzelheiten erläutert. Sie wusste nicht, dass der Präsident in die Stadt kommen würde, auch nicht, dass es schon sehr bald passieren würde. Ebenso wenig wusste sie von den Vorbereitungen.

Aus ihrem Lächeln wurde man nicht immer klug.

Sie tranken zusammen Kaffee. Eeva-Maria lächelte und sagte: »Auf uns und auf den Plan.« Ein feierlicher Trinkspruch.

»Auf uns und auf das Gelingen«, erwiderte Mertanen.

Eeva-Maria fragte: »Was ist meine Rolle?«

»Deine Aufgabe ist es, zu wissen.«

»Was zu wissen?«

»Dass ich es getan habe. Wenn man sich an jemandem rächen will, wenn man etwas erreichen will, ist es gut, dass irgendwer davon weiß, sonst hat man nicht viel davon. Bei einem Racheakt ist es entscheidend, dass das Opfer Bescheid weiß, aber in diesem Fall ist das leider nicht möglich.«

Eeva-Maria stellte die Tasse ab. Sie war vollständig angezogen, hatte die Haare gekämmt, die Zähne geputzt, die Lippen angemalt und auch Augenlider und Wimpern mit Farbe versehen. Daher schienen ihre Worte mehr Gewicht zu haben als die des Mannes, der nackt, haarlos und mit aufgesprungenen Lippen auf dem Bett saß. Sie sagte: »Das reicht mir nicht.«

Mertanen fingerte an seiner Waffe herum und fragte: »Wieso nicht? Was willst du noch?«

»Ich will die Erfahrung auch machen. An Erlebnissen aus zweiter Hand liegt mir nichts.«

Mertanen biss sich auf die Lippen. »Das ist unmöglich.«

»Es muss möglich sein oder aus der Sache wird nichts.«

»Du scheinst nicht zu verstehen. Ich will nicht unbedingt geschnappt werden.«

»Ich auch nicht.«

Mertanen lächelte triumphierend. »Eben. Wir kommen nicht nah genug an ihn heran, um es auf irgendeine andere Weise zu schaffen als auf meine.«

»Und die wäre?«

Er hob die X-51 vom Fußboden auf. »Ich kann ihn problemlos aus dreihundert Meter Entfernung erledigen. Damit bin ich weit genug weg, um zu entkommen. Du hingegen kannst nicht schießen. Also muss ich es tun.«

Eeva-Marias dunkles Haar glänzte. Sie war eine stattliche, schöne Frau, wie sie fand, und ließ sich von niemandem ausnützen. Auch von Mertanen nicht. Diesmal schien es allerdings keinen Ausweg zu geben. Sie sagte: »Dann will ich wenigstens zugucken, wenn du es tust. Ich will haargenau wissen, wo und wann. Andernfalls kannst du dir deine Pläne an den Hut stecken.«

Mertanens Waffe bewegte sich ein paar Zentimeter. Er fragte: »Was soll das heißen? Drohst du mir etwa?«

»Das heißt, dass ich kein Wort mehr von der Sache hören will, dass das Ganze für mich nichts als bekloptes Gerede sein wird und dass ich meine Kollegen fragen werde, was sie von meiner Analyse halten.«

Mertanen ließ die Waffe los und trank Kaffee. Er gab sich gelassen, doch seine Gedanken sprangen unberechenbar wie Tischtennisbälle hin und her. Die eine Seite legte einen Schmetterball hin. Mertanen sagte: »Na gut. Abgemacht.«

»Versuch nicht, mich für dumm zu verkaufen. Ich sehe doch, wie du mit dir kämpfst. Du musst meinen, was du sagst, oder es wird nichts aus der Sache.«

»Ich habe doch gesagt, abgemacht.«

»Dann verrate mir deinen Plan.«

»Du musst zur Arbeit. Ich sage es dir, wenn du zurückkommst.«

»Das will ich hoffen.« Eeva-Marias Stimme klang überraschend hart.

»Ich verrate dir den Teil, den ich selber kenne. Es ist noch nicht alles so klar, wie du zu glauben scheinst.«

Eeva-Maria gab sich damit zufrieden und ging. An der Tür

dachte sie, dass Mertanen längst gehandelt hätte, wenn er vorgehabt hätte, sie zu erschießen. Sie war sicher, dass sie mitmachen durfte, das Problem war nur, ob Mertanen fähig sein würde, seinen Plan zu verwirklichen.

Und nun saß Mertanen auf dem Bett, schoss mit der Luftpistole auf die Zielscheibe an der Wand und hatte das Gefühl, dass irgendetwas falsch lief.

2

Das Restaurant wirkte wie eine riesige Halle. Und diese Halle war gefüllt mit sehr jungen Menschen. Zu jung, als dass Hanhivaara sich wohlgefühlt hätte. Suvanto dagegen wirkte in dieser Umgebung wie ein Fisch im Wasser.

Nachdem der junge Mann seine Aussage gemacht hatte, war der Rest des Samstags schal und ereignislos verlaufen. Es war so ähnlich wie beim Sporttraining, egal in welcher Disziplin: Man macht einen großen Sprung aufwärts, dem eine ermüdend lange gerade Strecke folgt, bevor man endlich wieder einen kleinen Hüpfer schafft. Hanhivaara hatte Suvantos Auftauchen irrtümlich für einen solchen Hüpfer gehalten – na ja, vielleicht war es ja tatsächlich einer, doch der Rest des Tages war jedenfalls gerade Strecke, Routine, Berichte, Überprüfung von Helena Maijalas Aktivitäten und von Suvantos Aussage. Hanhivaara hätte mehr Vergnügen an den Ermittlungen gehabt, wenn zündende Einfälle gefragt gewesen wären.

Sie bildeten ein seltsames Trio: ein blasser, achtundvierzigjähriger Kriminalhauptmeister, ein zweiter, einige Jahre jüngerer Kommissar, der den Mund nicht einmal aufbrachte, um an der Garderobe Danke zu sagen, und ein bebrillter junger Mann im braunen Cordanzug, der noch jünger aussah, als er war.

»Ich fühl mich hier nicht wohl«, maulte Hanhivaara.

»Ich weiß«, antwortete Huhtanen. »Hier kann man sich nicht wohlfühlen. Es ist viel zu schummrig.«

Hanhivaara bestellte bei einer säuerlich dreinblickenden Kellnerin ein Bier. Er wusste selbst nicht warum, denn eigentlich hatte er gar keine Lust auf Bier. Die anderen folgten seinem Beispiel.

Hanhivaara deutete mit dem Kopf auf die forteilende Kellnerin und fragte: »Die?«

»Nein«, erwiderte Suvanto. »Die, die ich meine, arbeitet an der Bar.«

Hanhivaara schaute zur Bar hinüber. Er sah einen blonden jungen Mann, der sich gerade vorbeugte und einem jungen Mädchen ein Glas reichte. Einem viel zu jungen Mädchen, fand Hanhivaara.

Vergrätzt sah er Suvanto an.

Der sagte: »Da hinten ist noch eine Bar. Die Frau arbeitet meistens dort.«

Das Bier kam und Hanhivaara stand auf. Er ging zu der zweiten Bar, blieb drei Meter davor stehen und beobachtete das Treiben eine Weile. Dann kehrte er an seinen Tisch zurück. »Um die vierzig, dunkle Haare. Ist sie das?«

»Die Beschreibung kommt der Wahrheit nahe«, entgegnete Suvanto.

»Name?«, fragte Hanhivaara und setzte das Bierglas an.

»Ich habe doch schon gesagt, dass ich ihren Namen nicht kenne«, erklärte Suvanto. »Aber ich habe sie gelegentlich mit Helena gesehen.«

»Wir hatten etwas Konkreteres erwartet. Wir dachten, du wüsstest etwas«, sagte Hanhivaara.

»Helena hat mir von der Affäre erzählt«, seufzte Suvanto resigniert. »Glauben Sie mir, ich weiß es.«

»Seltsam, dass sie keinen Namen genannt hat«, wandte Hanhivaara ein.

»Na schön, mein Junge, dann mach dich mal auf die Socken«, sagte Huhtanen.

Suvanto sah ihn verdutzt an. Er war zwar Dozent, aber mitunter schwer von Begriff.

»Du hast doch behauptet, hier gäbe es ein paar Gäste, die sich ebenfalls für Helena Maijala interessieren. Interessiert haben. Schau mal nach, ob sie schon da sind.«

Huhtanens Stimme klang nicht im Geringsten boshaft. Überhaupt hatte sie nicht viele Nuancen. Bisher hatte noch keiner herausgefunden, was Huhtanen im Grunde seines Herzens dachte oder was für ein Mensch er war. Und als Hanhivaara später etwas über seine Denkweise erfuhr, wünschte er sich, er wäre unwissend geblieben.

Suvanto stand auf und drehte eine Runde.

Hanhivaara wandte sich an seinen Kollegen und fragte: »Glaubst du, das bringt uns weiter?«

»Abwarten«, sagte Huhtanen.

Er hatte schon wieder die Pfeife im Mundwinkel. Sie wirkte beinahe wie ein Stimmfilter. Huhtanen bekam Farbe.

Das Warten waren beide Männer gewöhnt. Worauf hatten sie nicht schon gewartet. Meistens auf irgendetwas Unangenehmes. Und fast immer war dann auch etwas Unangenehmes geschehen, ganz unerwartet.

Das Lokal hatte die Form eines L und bot nach Hanhivaaras Meinung Platz für mindestens tausend Leute, die darauf hofften, sich einen Rausch anzutrinken. Doch die Schätzung lag wohl zu hoch.

Suvanto kam zurück. »Niemand zu sehen.«

»Dann warten wir«, sagte Hanhivaara.

»Ich weiß nicht, ob sie jeden Tag hierher kommen.«

»Heute ist nicht jeder Tag, heute ist Samstag«, beschied Hanhivaara.

»Wir warten«, nickte auch Huhtanen.

Danach schenkten die beiden Polizisten dem bebrillten

Jüngling, der bei ihnen am Tisch saß und eigentlich kein Jüngling mehr war, keine Beachtung mehr.

Suvanto hielt sich an sein Bier und nach zwei weiteren Runden zeigte er den Polizisten zwei junge Frauen, die die Treppe hinaufkamen und geradewegs auf ihren Tisch zuzusteuern schienen. Doch die sorgfältig auf sorglos geschminkten Frauen übersahen die beiden älteren Männer natürlich und auch Suvanto schien sie nicht zu reizen. Sie gingen am Tisch vorbei zur Tanzfläche im rückwärtigen Teil des Lokals.

Sie sahen sich verblüffend ähnlich: die gleiche Kleidung – geblümter Salsarock und weiße Bluse –, ähnliche Schuhe, deren Absätze gut und gerne zehn Zentimeter kürzer hätten sein können, ohne dass sie wie die Arbeitsschuhe eines Kartoffelbauern gewirkt hätten, dieselbe Frisur, die von hinten ganz natürlich aussah, aber über der Stirn in eine Richtung gezwungen worden war, die der liebe Herrgott nicht vorgesehen hatte, das gleiche grelle Make-up mit karminrotem Lippenstift und fast schwarzem Lidschatten.

Symmetrische Autoerotik, dachte Hanhivaara.

Bei der rasch durchgeführten Aufgabenverteilung forderte Hanhivaara die Bardame für sich. Damit fiel Huhtanen das Los zu, sich mit den hoffnungslosen Fällen – so charakterisierte Hanhivaara, der eine Abneigung gegen jegliche Übertreibung hatte, die beiden jungen Damen – in ein Separee zurückzuziehen.

Huhtanen, der geschminkte Frauen mochte, schlug sofort in den Handel ein.

Und so fand sich Hanhivaara bald darauf im Personalraum wieder, mit einer Frau, die sich gesittet benahm, eine angenehme Stimme besaß und nicht versucht hatte, ihr ursprüngliches Aussehen völlig zu übertünchen. Er hatte seine Bitte um eine Befragung dem Oberkellner vorgetragen, der zuerst empört getan, dann aber rasch nachgegeben hatte. Aus irgendeinem Grund legen sich finnische Gastronomen ungern mit der Polizei an.

Hanhivaara hielt der Frau seine Zigarettenschachtel hin und betrachtete die Hand, die nach der Zigarette griff. Es war eine schöne Hand, doch er erging sich nicht in Bewunderung, sondern stellte lediglich fest, dass sie nicht zitterte. Entweder hatte die Frau keinen Grund, sich vor Hanhivaara beziehungsweise vor der Polizei im Allgemeinen zu fürchten, oder sie wusste, dass sie eine Menge zu befürchten hatte, und hielt sich deshalb unter Kontrolle.

»Wie heißen Sie?«, fragte Hanhivaara.

»Eeva-Maria Kilpinen«, antwortete die Frau, die ihm in dem kleinen Personalraum gegenübersaß.

»Kennen Sie eine Helena Maijala?«

Atmete die Frau etwas geräuschvoller ein? Wohl nicht. Hanhivaara hatte das Gefühl, er entwickle allmählich eine Vorliebe für simple Fälle, die ihm nichts abverlangten.

Die Frau sagte: »Ich kannte sie.«

»Sie wissen also, dass sie tot ist.«

»Das weiß hier jeder. Sie hat bei uns gearbeitet.«

»Natürlich.« Hanhivaara rauchte in aller Ruhe seine Zigarette und ließ den Blick über die Spinde schweifen, die an der Wand aufgereiht waren. Er hatte immer schon wissen wollen, ob an der Innenseite der Türen wirklich Fotos von nackten Frauen hingen, wie er es so oft im Film gesehen hatte.

Er sagte: »Würden Sie bitte Ihren Spind öffnen?«

»Warum?«

Hanhivaara zuckte die Achseln: »Sie müssen nicht, wenn Sie nicht wollen.«

Bestimmt hatte Eeva-Maria Kilpinen ohnehin keine Fotos an der Spindtür, schließlich war sie eine Frau. Andererseits sagte man ihr lesbische Neigungen nach. Also hatte sie vielleicht doch ein paar Pin-ups?

Die Frau rührte sich nicht vom Fleck. Hanhivaara war überrascht. Die meisten Menschen hätten in dieser Situation ihren Schrank geöffnet, um zu demonstrieren, dass sie vertrauenswürdig und absolut unschuldig waren. Aber nicht diese Frau.

»Wie gut kannten Sie Helena Maijala?«

»Wie gut kennt man seine Kollegen?«

»Genau das war meine Frage.«

Nun zuckte die Frau die Achseln. »Man sagt Hallo, man sagt Tschüss, man sagt, ein lausiger Sommer, man sagt, du bist aber blass heute oder du siehst aber munter aus, überhaupt sagt man dies und jenes …«

Hanhivaara unterbrach sie: »Wollen Sie mit diesem sinnlosen Geschwätz andeuten, dass Sie Helena Maijala nicht besonders gut gekannt haben?«

»Genau das.«

»Wir haben anderslautende Informationen.«

Keine Reaktion. Die Frau drückte ihre Zigarette aus. Erst nach einer ganzen Weile sagte sie: »So? Was denn für welche?«

»Es wäre besser, wenn Sie von sich aus darüber berichten«, erwiderte Hanhivaara, der allmählich zu seiner Routine zurückfand und tat, als ginge ihn die ganze Sache nichts an und als wäre es ihm völlig gleichgültig, ob die Zeugin redete oder nicht.

Nun wirkte die Frau nachdenklich, aber immer noch keineswegs ängstlich. Sie hat ein schönes Lächeln, dachte Hanhivaara. Dann sagte er sich, dass derartige Gedanken gefährlich waren. Mit näheren Beziehungen zu einer Zeugin hatte er traurige Erfahrungen gemacht. Hastig nahm er die Hand aus der Jackentasche und überlegte sich, dass er besser aufhören sollte, die Pillen bei sich zu tragen. Sie gaben ihm das unangenehme Gefühl, abhängig zu sein. Und er wollte keine Abhängigkeit, von gar nichts.

Obwohl Hanhivaara schwieg, wurde die Frau weder unruhig noch verlegen. Viele Menschen fürchteten sich vor der Stille. Hanhivaara hatte damit seit Langem keine Probleme mehr, doch er hätte sich gewünscht, dass sein Schweigen irgendeine Wirkung auf Eeva-Maria Kilpinen gehabt hätte. Doch sie saß unbeeindruckt da, schwieg ebenfalls und wirkte völlig unbefangen.

»Sie wollen nicht darüber reden«, konstatierte Hanhivaara in einem Ton, der zu besagen schien: Na schön, dann eben nicht.

Hanhivaara stand auf. »Dann muss ich eben noch einmal wiederkommen. Mit den Unterlagen.«

Als er bereits an der Tür stand, sagte die Frau: »Das finde ich unfair. Sagen Sie mir wenigstens, was man mir vorwirft.«

»Überhaupt nichts.«

»So kommt es mir aber vor. Stehe ich etwa unter Mordverdacht?«

Eine ziemlich gewagte Bemerkung aus dem Mund einer Frau, die durchaus die Täterin sein konnte.

»Wir werfen Ihnen nichts vor, das habe ich doch gerade gesagt. Wir sammeln lediglich Informationen über Helena Maijala, die Sie gut gekannt haben. Ich verstehe nicht, wieso Sie nicht darüber reden wollen.«

»Ich habe sie nicht gut gekannt, sondern nur flüchtig. Sie hat mich ein paarmal ins Theater eingeladen und gelegentlich waren wir zusammen in einer Kunstausstellung.«

»Das passt nicht recht ins Bild.«

»Da haben Sie recht. Helena hatte keine künstlerische Begabung und verstand nicht allzu viel vom Theater, von der Malerei auch nicht. Aber sie schien sehr lernbegierig zu sein. Vielleicht hatte sie einen Freund, der gern intelligente oder snobistische Gespräche führte.«

»Mag sein. Aber wie ist es mit Ihnen, warum sind Sie mit ihr ins Theater und in Ausstellungen gegangen?«

»Ach wissen Sie, ich habe merkwürdige Hobbys. Vielleicht sehe ich nicht wie eine Kunstliebhaberin aus, ich habe keine Ahnung, wie so jemand auszusehen hat.«

Hanhivaara nagte an einem eingerissenen Fingernagel, der immer wieder an der Kleidung hängen blieb. Als er die vorstehende Kante abgebissen hatte, sagte er: »Und nach dem Theater haben Sie bei ihr noch einen Kaffee getrunken?«

»Ich war ein paarmal bei ihr, ja. Sie hatte eine ziemlich unordentliche Einzimmerwohnung, in der ich mich nicht besonders wohlgefühlt habe.«

»Das ist kein Grund, sie umzubringen.«

»Ich dachte, Sie werfen mir nichts vor. Hätten Sie noch eine Zigarette für mich? Ich habe meine an der Bar liegen gelassen.«

Hanhivaara hielt ihr die Schachtel hin. Es klopfte. Der Oberkellner steckte den Kopf zur Tür herein und fragte, ob es noch lange dauern werde. Es gebe Kundschaft.

Hanhivaara sah den Oberkellner an, der es daraufhin für ratsam hielt, sich zurückzuziehen.

Dann fragte er: »Hat Helena Maijala je versucht, Sie zu verführen?«

Die Frau lachte leise auf. Sie verstand sich glänzend darauf, ihre Gefühle zu kontrollieren. »Ach, darum geht es. Nein, sie hätte mich nie verführen können. Schon der Gedanke ist lachhaft.«

»Ich habe nicht behauptet, dass es ihr gelungen ist. Meine Frage war, ob sie es versucht hat.«

»Nein.«

»Ich habe aber den Eindruck gewonnen, dass sie möglichst viel erleben wollte«, sagte Hanhivaara.

Eeva-Maria ließ die Zigarette fallen. Sie hob sie hastig auf und fragte: »Erleben? Was denn?«

Hanhivaara sonnte sich gern in der Überzeugung, dass ihm nicht viel entging. So war ihm auch nicht entgangen, dass der Frau die Zigarette entglitten war. Das musste etwas zu bedeuten haben. Aber was? Seine Frage war doch ganz harmlos gewesen.

»Sie wollte die Liebe sowohl mit Männern als auch mit Frauen erleben, um herauszufinden, welche Art ihr lieber war.«

»Mit mir hat sie es jedenfalls nicht probiert. Und jetzt muss ich gehen.«

»Waren Sie in der Nacht, in der sie gestorben ist, bei ihr?«

»Nein.«

»Haben Sie ein Alibi?«

»In einem Krimi habe ich einmal die Anmerkung des Übersetzers gesehen: ›Alibi heißt Nachweis der Abwesenheit‹. Den habe ich nicht. Ich war allein zu Hause.«

»Aha.« Hanhivaara öffnete die Tür. »Sie hatten es eilig.«

Die Frau stand auf, ging wortlos hinaus und stakste in Richtung Bar davon.

Hanhivaara suchte den Oberkellner und ließ sich zu dem Separee führen, in dem sein Freund Huhtanen mit zwei jungen Frauen saß. Bei dem Gedanken, dass er womöglich im unpassenden Moment hereinplatzte, musste er lächeln.

Er steckte den Kopf zur Tür hinein und sagte: »Wir sehen uns morgen.«

Huhtanen nickte nur.

3

Hanhivaara hatte Zeit genug, zwischendurch nach Hause zu gehen.

Auf der Hämeenkatu, gegenüber vom Lokal, nahm er den Bus, fuhr zur Itsenaisyydenkatu, betrat eines der Hochhäuser, ging in den zweiten Stock hinauf und schloss die Tür auf.

Er war zu Hause. Auf dem Fußboden vor dem Briefschlitz lagen ein paar Werbesendungen. Er schob sie mit dem Fuß beiseite, überlegte es sich anders, hob sie auf und warf sie in den Papierkorb.

Dann setzte er sich und las eine Frauenillustrierte, die an die Vorbesitzerin der Wohnung adressiert war. Sie war schon vor zwei Tagen gekommen, aber Hanhivaara hatte es noch nicht geschafft, sie dem Briefträger zurückzugeben. Er wusste nicht einmal, wo seine Vorgängerin jetzt wohnte. Es interessierte ihn auch nicht. Wenn nur die Post sich allmählich dafür interessieren würde.

Eigentlich interessierte ihn auch die Illustrierte nicht, er blätterte nur darin herum, weil er sich auf nichts konzentrieren konnte.

Der Mord ließ ihm keine Ruhe. Die Ermittlungen traten auf der Stelle, bisher hatten sie keinen dringend Verdächtigen. Es sah schlecht aus. Wenn Helena Maijala tatsächlich von einem flüchtigen Bekannten ermordet worden war, hatte die Polizei ernsthafte Probleme. Hanhivaara dachte an Kuuppa, den Nachbarn, dann dachte er an die beiden Mädchen, dann an Suvanto und schließlich an Eeva-Maria Kilpinen und an Helena Maijalas Eltern. Am Ende war er kein bisschen klüger.

Er stand auf und wanderte durch die Wohnung, die er nach langem Zögern gekauft hatte. Vor zwei Wochen war er eingezogen, aber er hatte immer noch nicht alle Wände gestrichen. Und solange der Mord nicht aufgeklärt war, würde er mit seinen Malerarbeiten auch nicht fertig werden. Er besaß nun drei Zimmer und Küche, vielleicht unnötig viel Platz, aber er hatte sich überlegt, dass sich in einer so großzügigen Umgebung vielleicht auch sein geistiges Leben entfalten würde.

Die Farbeimer in der Ecke und das wüste Durcheinander störten ihn nicht, noch nicht.

Er hatte beschlossen, sich anzusehen, was Eeva-Maria Kilpinen nach Feierabend trieb. Er rief auf dem Präsidium an und bat um ein Zivilfahrzeug, das er zu seiner Überraschung problemlos bekam. Glück gehabt.

Doch er musste noch viele Stunden warten, bevor die Beschattung beginnen konnte. Eigentlich mochte er diese Aktionen, die im Polizistenleben seltener vorkamen, als die Leute glaubten.

Um halb zwei hatte er seinen Wagen auf der Näsilinnankatu in der Nähe von Eeva-Maria Kilpinens Arbeitsplatz geparkt. Er stand auf der Straße und behielt die Tür zum Lokal im Auge.

Um fünf vor zwei saß er wieder im Wagen, folgte einem alten, schwarzen VW über die Itsenaisyydenkatu und wünschte, er wäre zu Hause. Beschatten war doch nicht seine Lieblingsbeschäftigung. Zumindest nicht mit dem Auto. Autos hatten etwas Seltsames. Sie waren keine Menschen, aber ihr Verhalten war trotzdem unberechenbar.

Um zwei Uhr fünfzehn bog er – immer noch wie zufällig hinter dem schwarzen VW – auf die Straße nach Kaukajärvi ab. Er sah, wie der VW vor einem fünfstöckigen weißen Haus hielt, das ziemlich gediegen aussah – nach heutigem Maßstab. Es lebe die finnische Architektur, dachte er. Er fuhr fünfzig Meter an der Einfahrt vorbei, parkte fast gerade am Bordstein, stieg aus und ging mit raschen Schritten zurück.

Das Haus hatte nur zwei Eingänge. Die Frau schien auf den hinteren zuzugehen.

Hanhivaara hoffte, dass der Lift in der obersten Etage war und die Frau auf ihn warten musste. Vor allem hoffte er, dass sie ihn überhaupt benutzte, sonst war die Auswahl an Namen unnötig groß.

Er hatte Glück. Als er die Haustür erreichte, sah er noch einen Zipfel des hellen Mantels im Aufzug verschwinden.

In jedem Stockwerk waren drei Wohnungen. Der Lift hielt im fünften Stock.

Hanhivaara notierte sich die drei Namen; keiner davon war Kilpinen. Dann schrieb er noch die Adresse und das Kennzeichen des VW auf.

4

Mertanen setzte sich auf und richtete den Lauf der Unique auf Eeva-Marias Gesicht. Seine Hand zitterte nicht, obwohl er fürchtete, richtig gehört zu haben.

»Was?«, fragte er laut, fast wütend.

Eeva-Maria rührte sich nicht vom Fleck. Es klang fast wie ein Wiegenlied, als sie mit ruhiger Stimme sagte: »Leg die Waffe weg. Sie könnte losgehen. Das wäre unangenehm für mich. Und für dich auch.«

Mertanen zielte ungerührt auf ihren Kopf und wiederholte seine Frage: »Was hast du da gesagt?«

Das Wiegenlied ging weiter: »Tu die Waffe weg, sei so lieb. Dann erzähl ich es dir.«

Mertanen senkte den Lauf, behielt die Unique aber in der Hand. Eeva-Marias Muskeln lockerten sich. Sie schauderte unwillkürlich, hatte sich aber sofort wieder in der Gewalt. Ruhig setzte sie sich neben Mertanen aufs Bett und nahm sich einen Apfel.

Eeva-Maria hatte psychologisches Gespür. Ihre Sorglosigkeit steckte Mertanen so weit an, dass die Muskeln seines rechten Arms sich entspannten. Seine Augen blieben jedoch wachsam und er biss sich mit unverminderter Heftigkeit auf die Unterlippe, während er zischelte: »Sprich!«

»Ein älterer Polizist hat mit mir gesprochen. Aber mit uns hat das nichts zu tun.«

»Woher willst du das wissen?«

»Es kann nichts mit uns zu tun haben. Außer dir und mir weiß doch niemand von der Sache.«

»Hoffentlich.« Mertanen versuchte, seiner Stimme einen drohenden Klang zu geben.

»Erinnerst du dich an Helena Maijala?«

Sofort wurde Mertanen wieder nervös. »Was hast du mit der zu tun?«

»Wir waren Kolleginnen, verdammt noch mal! Natürlich haben sie mich vernommen, so wie alle anderen auch.«

Mertanen war keineswegs leichtgläubig. »Bist du in den Mord verwickelt?«

»Natürlich nicht.«

»Warum sind sie dann zu dir gekommen?«

»Ich habe sie gekannt. Die Polizei sammelt Informationen über Helena. Deshalb. Mit unserem Vorhaben hat das nichts zu tun.«

Mertanen war immer noch nicht ganz überzeugt. Doch Eeva-Maria war ihm gegenüber im Vorteil. Sie war gerade von der Arbeit gekommen und war voll bekleidet, daher wirkte sie weitaus vernünftiger als Mertanen, der den ganzen Tag im Bett gelegen und mit der Luftpistole herumgeballert hatte und zudem immer noch splitternackt war.

Er fragte: »Warum sind sie ausgerechnet auf dich losgegangen?«

»Weiß ich nicht.«

»Was wollten sie wissen?«

»Sie hatten von irgendjemandem gehört, Helena wäre eine Art bisexuelles Wunder gewesen.«

»Und, war sie eins?«

»Ein Wunder war sie nicht. Aber sie hat ihre sexuelle Entwicklung tatsächlich mit vielen Menschen vorangetrieben.«

»Auch mit dir?«

»Das war ganz harmlos. Es ist nichts daraus geworden.«

»Aber jetzt sind sie hinter dir her und dann finden sie mich.« Mertanens Stimme stieg um eine halbe Oktave.

»Niemand ist hinter mir her. Beruhige dich, du hast doch gar nichts mit der Sache zu tun. Du hast Helena ja nicht mal besonders gut gekannt.«

»Was sollen wir jetzt tun?«

Diese Frage machte Eeva-Maria glücklich. Untergebene fragen den Boss, was zu tun sei. Nicht umgekehrt.

»Wir verhalten uns still«, sagte sie.

»Reicht das? Verdammt noch mal, ich habe diese Aktion von langer Hand geplant. Ich will nicht scheitern, hörst du?«

»Wir scheitern nicht, wenn wir es so machen, wie ich es sage.«

Mertanen sah sie verdutzt an. Dann lächelte er böse. »Wir tun, was du sagst? Zum Donnerwetter, ich hab die Sache von Anfang bis Ende geplant und jetzt kommst du an und willst mir Befehle geben? Das kommt überhaupt nicht infrage!«

Seine Hand verkrampfte sich um die Pistole. Die Waffe gab ihm Sicherheit. Ihr vertraute er.

Eeva-Maria begriff, dass sie zu weit gegangen war, und versuchte, ihren Fehler auszubügeln: »In der Sache mit Helena tun wir, was ich sage. So hatte ich es gemeint. Über deine Aktion entscheidest du natürlich ganz allein.«

Mertanen war nicht dumm. Er nahm Eeva-Marias Erklärung nicht für bare Münze. Ihm war klar, dass er einen Fehler gemacht hatte und nun versuchen musste, ihn zum Besten zu wenden.

Und dann noch die Geschichte mit Helena, dachte er. Verdammte Scheiße.

SIEBEN

I

Siika murrte: »Jedes Mal muss das ganze Material ins Kriminallabor geschickt werden. Das dauert doch alles lächerlich lange.«

Rimpiaho quasselte für sein Leben gern. Er war noch jung, nicht einmal dreißig. Munter sagte er: »Warte mal ab, im Herbst bekommen wir ein technisches Ermittlungszentrum. Kivimaa wird auf jeden Fall dahin versetzt. Du vielleicht auch. Stell dir bloß vor, ein Auto, vollgepackt mit allen möglichen Apparaten. Und das Beste: Im Fotolabor arbeitet eine Frau.«

So leicht ließ sich Siika nicht den Wind aus den Segeln nehmen: »Klar doch, sicher kriegen wir ein Ermittlungszentrum mit Einsatzfahrzeug und allem Drum und Dran. Bestimmt wird da auch eine Frau angestellt. Fragt sich nur, wann. Ich wette, im Herbst sagen sie, jetzt geht's los, nur das Auto ist leider noch nicht da. Dann blicken die hohen Herren mal wieder hoffnungsfroh in die Zukunft und vertrösten uns auf die allernächste Zeit.«

Siika hatte sich dermaßen in Rage geredet, dass er nach Luft schnappen musste, bevor es weiterging: »In den USA wird bei Kriminaluntersuchungen schon seit Langem Videotechnik eingesetzt. Allein an der Ostküste konnten dank technischer Hilfsmittel 2.500 Kriminelle festgenommen und Diebesgut im Wert von umgerechnet 250 Millionen Finnmark sichergestellt werden.«

Stille. Siika: »Aber nicht bei uns, nein.«

Huhtanen und Rimpiaho hatten sich verbündet.

Huhtanen kaute auf seiner Pfeife herum und meinte bedächtig: »In den USA werden jährlich 12.000 Morde begangen.«

Und Rimpiaho sagte: »Aber nicht bei uns, nein.«

Hanhivaara musste lächeln. Zum Glück gab es dazu gelegentlich noch Anlass. Seine Einstellung zu Siika war ausgesprochen zwiespältig. Einerseits hätte er gern zu ihm gesagt: Warum zieht jemand aus Oulu nach Tampere? In Oulu gibt es immerhin eine Küste – aber nicht in Tampere, nein, nein. Andererseits hatte Siika seine amüsanten Seiten.

Der Sonntag hatte in gedrückter Stimmung begonnen. Die Ermittler fühlten sich beinahe selbst schon kriminell: keine solide Spur, nichts, worauf man eine Theorie aufbauen konnte. Und das Gehalt lief trotzdem weiter.

Sonntag, aber kein Ruhetag.

Kairamo kam in den Sitzungsraum.

Hanhivaara hatte den Verdacht, dass Huhtanens Pfeife der Grund war, weshalb der Kommissar die Besprechungen nicht mehr in seinem Dienstzimmer hielt. Niemand machte ihm einen Vorwurf daraus; an sich war seine Entscheidung ganz vernünftig. Nur Hanhivaara wunderte sich, wieso Kairamo es für nötig hielt, durch Nichtrauchen sein Leben zu verlängern.

»Stillgestanden!«, schnarrte Hanhivaara.

Rimpiaho sah zum Fenster hinaus und verbiss sich das Lachen. Kairamo, der sich längst von dem Gedanken verabschiedet hatte, dass Hanhivaara lediglich gewöhnungsbedürftig war, tat, als hätte er die indirekte Ehrenbezeugung seines Kriminalhauptmeisters nicht bemerkt.

Er legte die Akten, die er unter den Arm geklemmt hatte, auf die Tischplatte. Birkenholz mit Flammenmaserung, ein seltsamer Luxus in einem Raum, wo es eine Resopalplatte auch getan hätte. Eines Tages würde sich jemand den wertvoll aussehenden Tisch unter den Nagel reißen.

»Ein schwieriger Fall«, sagte Kairamo. »Aber wir werden ihn lösen.«

»Auf ungebremsten Optimismus folgt oft tiefe Depression«, kommentierte Hanhivaara.

Kairamo entgegnete: »Wie war's im Urlaub, Hanhivaara?«

»Prachtvolles Wetter«, sagte Hanhivaara und merkte im selben Moment, dass er offenbar zu weit gegangen war. Kairamo machte selten boshafte Andeutungen.

Der Kommissar legte die Brille vor sich auf den Tisch, was ungefähr dasselbe bedeutete, wie wenn der Richter im Sitzungssaal mit seinem Hämmerchen auf den Tisch klopft: Ruhe, oder der Saal wird geräumt!

Dann sagte er: »Wir haben jede Menge Material. Der Kreis der Verdächtigen ist nicht allzu groß. Der Tatort ist sorgfältig untersucht worden. Trotzdem haben wir praktisch keine vernünftige Spur.«

»Und die Presse sitzt uns im Nacken«, warf Hanhivaara ein.

Kairamo beachtete ihn nicht. »Vielleicht sollten wir uns diesen Suvanto noch einmal vorknöpfen. Er hat uns zwar auf weitere Verdächtige aufmerksam gemacht, doch das könnte auch ein Ablenkungsmanöver des Mörders sein. Dann haben wir Kuuppa, den Nachbarn, der zweifellos etwas merkwürdig ist, aber das ist ja kein Verbrechen. Natürlich sind die anderen Nachbarn überzeugt, dass er es war …«

Hanhivaara sagte: »Ist doch klar, ein junges Mädchen und ein alter Mann.«

Kairamo fuhr ungerührt fort: »Hanhivaara hat diesbezüglich Erfahrungen, aber das tut hier nichts zur Sache. Als Nächstes haben wir eine Frau namens Eeva-Maria Kilpinen, die offenbar in enger Beziehung zu der Ermordeten stand. Dasselbe gilt für die beiden Mädchen, Tuija Halme und Eerika Rastio, die Huhtanen nachher genauer charakterisieren wird.«

Huhtanen ergriff das Wort: »Wir können aber auch die anderen nicht ausschließen. Helena Maijala hatte viele Freundinnen und Freunde, vorwiegend solche, mit denen sie nur einmal zusammen war. Das erweitert den Kreis der Verdächtigen ein wenig.«

»Die Kollegen sollten wir vorläufig auch nicht ausschließen«, fügte Rimpiaho hinzu.

Siika fragte dazwischen: »Wie viele stehen eigentlich auf der Liste der engsten Freunde, Bekannten und Verwandten? An die fünfzig, oder?«

Kairamo, der sich nie mit dem Ungefähren begnügte, setzte die Brille auf und zählte: »Auf die Liste der Hauptverdächtigen haben es achtundvierzig geschafft.«

Hanhivaara sagte: »Wir sollten auch Helenas Eltern nicht vergessen.«

»Das wäre zwar grotesk, aber Hanhivaara hat recht, wir dürfen keinen vergessen«, meinte Kairamo.

Bevor Siika den Mund aufmachen konnte, sagte Hanhivaara: »Ich würde jetzt gern Huhtanens Bericht hören. Er war gestern Abend in charmanter Gesellschaft.«

Kairamo nickte nur. Huhtanen blickte auf den Tisch und deklamierte: »Hochmut ist eine Sünde der Jugend und ungerechtfertigter Hochmut macht mich wütend.«

»Oho«, kommentierte Hanhivaara.

»Tja, ich musste den beiden Hübschen einen Schrecken einjagen. Wirklich kriminell sind sie nicht, denn sie haben tatsächlich Angst gekriegt. Ich habe ihnen ›lebenslänglich‹ für brutalen Mord in Aussicht gestellt und extra darauf hingewiesen, dass es im Gefängnis keine Tanzabende gibt. Daraufhin haben die Mädchen sich mir anvertraut.«

Huhtanen schien auf seine Leistung stolz zu sein. Er fuhr fort: »Beide hatten Helena Maijala zur selben Zeit kennen gelernt. Zuerst redeten sie beide gleichzeitig. Also habe ich die eine aufs Klo geschickt und mit der anderen weitergemacht. Dann umgekehrt, die eine aufs Klo, die andere zur Vernehmung. Es stellte sich heraus, dass beide sich sehr für Helena Maijala interessiert haben. Natürlich haben sie es zuerst abgestritten und sich geniert. Aber als ich verständnisvoll erklärte, dass an diesen Dingen nichts Schändliches oder Kriminelles sei, schmolzen sie dahin.«

Hanhivaara wieherte los, doch es war ein sozusagen militärisches Lachen, das abrupt aufhörte. Rimpiaho dagegen hielt sich den Bauch, denn er war ein fröhlicher Mensch.

Huhtanen sah Rimpiaho besorgt an und sagte: »Dich sollte ich auch besser aufs Klo schicken.« Doch es klang eher belustigt als verärgert. Er fuhr fort: »Die beiden hatten sich hübsch zurechtgemacht.«

Hanhivaara unterbrach ihn: »Meine Psychologiebücher behaupten, dass geschminkt und sexy nicht dasselbe ist.«

Huhtanen überhörte die Bemerkung. »Bei der Vernehmung stellte sich heraus, dass die Mädchen sich nichts aus Männern machen. Männer bringen ihnen die Haare durcheinander. Aber auch bei ihrer Art von Liebe kann es Eifersucht geben. Und die war bei beiden unübersehbar vorhanden. Sie haben ein Motiv, aber keinen mörderischen Charakter. Ich würde sagen, wir können sie von der Liste streichen.«

»Huhtanen hat sich verändert«, meinte Rimpiaho. »Früher haben wir niemanden ausgeschlossen, bevor der Fall geklärt war.«

Siika mischte sich erneut ein: »Ein Mann ist als Mörder verurteilt worden und man gibt ihm die Chance, eine Behauptung vorzubringen. Wenn seine Behauptung wahr ist, wird er ertränkt, wenn sie unwahr ist, wird er gehängt. Was muss er sagen, um sich aus der Schlinge zu ziehen?«

»Blödmann«, sagte Hanhivaara.

Siika verteidigte sich: »Ich wollte lediglich darauf hinweisen, dass wir nicht alles für bare Münze nehmen sollten, was uns irgendwer auftischt.«

»Hast du keine Einzelheiten?«, wandte sich Hanhivaara an Huhtanen.

»Du meinst Daten, Uhrzeiten und dergleichen?«

»Erraten.«

»Hab' ich. Das eine Mädchen hatte sich am Vorabend, also am Dienstag, mit der Maijala getroffen, danach hat angeblich keine der beiden die Frau mehr gesehen.«

»Besser, wir prüfen es nach«, meinte Rimpiaho.

»Hatten sie einen Schlüssel zu Helena Maijalas Wohnung?«, fragte Hanhivaara.

»Die eine ja, die andere nein.«

»Mit anderen Worten, die eine hat es zugegeben, die andere nicht«, präzisierte Hanhivaara.

Rimpiaho sagte: »Diese Helena Maijala ist ziemlich sorglos mit ihren Schlüsseln umgegangen.«

»Jedenfalls habe ich bei der Vernehmung nichts herausgefunden, womit man eine der beiden oder alle zwei in die Klemmfalle kriegen würde.«

»Klemmfalle gefällt mir«, sagte Hanhivaara.

»Philologe«, schnaubte Huhtanen.

Siika räusperte sich: »Mir scheint, wir halten hier ein nettes Plauderstündchen. Offenbar hat keiner die geringste Idee, wie es weitergehen soll.«

Hanhivaara sagte: »Ich habe Eeva-Maria Kilpinen letzte Nacht observiert. Sie ist nicht auf der Straße geblieben, aber nach Hause ist sie auch nicht gefahren, sofern sie nicht ein Pseudonym und eine Zweitwohnung besitzt.«

»Und zu wem ist sie gegangen?«, erkundigte sich Kairamo.

»Es gibt drei Alternativen, ich werde es nachprüfen. Allerdings glaube ich nicht, dass es viel zu bedeuten hat.«

»Und Siikas Vorschlag wäre?«, fragte Kairamo.

»Natürlich weitere Vernehmungen. Aber ohne Druckmittel bekommt man dabei selten wesentliche Informationen.

Meiner Meinung nach sollten wir es mit einer Art Brainstorming probieren. Wir gehen die Gegenstände, die am Tatort gefunden wurden, Stück für Stück durch und listen auf, welche Assoziationen sie bei jedem Einzelnen auslösen. Dasselbe sollten wir mit den Tatortfotos machen. Es gibt fast immer ein Beweisstück, dessen Bedeutung sich nicht sofort erschließt.«

»Verrückt«, sagte Huhtanen.

2

»Findest du es merkwürdig, dass ein Mann, der wegen Unterschlagung vorbestraft war, in Finnland Justizminister werden konnte?«, fragte Mertanen.

Das war seine Art, den Sonntag zu beginnen. Der Auftakt zur Predigt in seinem ganz speziellen Gottesdienst. Beichte, Messe und Abendmahl.

»Stimmt das?«, fragte Eeva-Maria.

»Ja, das stimmt, aber ich hatte gefragt, ob du es merkwürdig findest«, beharrte Mertanen.

»Vielleicht«, sagte Eeva-Maria.

»Genau das meine ich. Egal, ob man wer weiß was anstellt und sich dabei auch noch erwischen lässt. Und das Verrückteste an der Sache ist, dass sich keiner darüber aufregt.«

»Ja, vielleicht.«

»Glaubst du, dass in dem Skandal um die Radiofirma jemand verurteilt wird, jemand Wichtiges, meine ich?«

»Ich weiß nicht.«

»Aber ich weiß es. Das ist der Unterschied zwischen uns beiden.«

Eeva-Maria schwieg. Sie hatte gemerkt, dass sie sich genau überlegen musste, was sie sagte.

Außerdem war Mertanen ziemlich strapaziös. Irgendwie

spielte er immer dieselbe Platte; solche Leute langweilten sie.

Es war ein sonniger Tag. Ein guter Tag, um einen Mord zu planen.

Mertanen hatte zur Abwechslung sein Bett verlassen. Er hatte ein schwarzes Seidenhemd und eine schwarze Samthose angezogen, den feinen Flaum, der auf seinem Kopf spross, abrasiert und die Glatze poliert. Nun stand er vor dem Spiegel und band sich das rote Halstuch um, das er als Ausdruck unfehlbaren Geschmacks und raffinierter Eleganz empfand.

Er bereitete sich darauf vor, die erste richtige Mahlzeit seit drei Tagen zu sich zu nehmen. Eeva-Maria hatte sie zubereitet, was nicht hieß, dass Mertanen nicht kochen konnte. Es bedeutete lediglich, dass sie diesmal das Kochen übernommen hatte.

Sie tranken einen leichten Weißwein zum Essen. Auch das war Eeva-Marias Idee gewesen. Sie hatte geglaubt, der Wein würde Mertanen zur Ruhe bringen. Doch stattdessen wurde er nur noch gesprächiger und aufgeregter.

»Als Nächstes stehen Schießübungen auf dem Programm«, sagte er.

»Hast du nicht schon genug geübt?«

»Diesmal geht es um ein ganz besonderes Training. Ich habe nämlich noch nie auf ein lebendes Ziel geschossen.«

Eeva-Maria brach ein Stück vom Stangenbrot ab. Sie hatte immer noch nicht begriffen. »Es ist Schonzeit, Jagen verboten. Was, wenn du erwischt wirst?«

»Ich habe nicht vor, mich erwischen zu lassen«, antwortete Mertanen und sah ihr starr in die Augen.

»Lohnt sich das Risiko wegen so einer Bagatelle?«, fragte Eeva-Maria zerstreut.

»Um es ein für alle Mal klarzustellen: Erstens ist es keine Bagatelle und zweitens muss ich das Risiko eingehen.«

»Wann brichst du auf?«

»Wieso aufbrechen? Ich werde nicht stundenlang unterwegs sein.«

Eeva-Maria tunkte das Brot in die Kräutersoße und biss hinein. Ihre ungewöhnlich kleinen Eckzähne kamen zum Vorschein und verschwanden gleich wieder. Sie sah Mertanen nicht an, denn seine Schießübungen interessierten sie nicht.

»Natürlich muss die Generalprobe unter möglichst schwierigen Bedingungen stattfinden. Zum Beispiel mitten in der Stadt.«

Eeva-Maria blickte auf. Mertanen lächelte sein unbeteiligtes Lächeln.

»In der Stadt?«, fragte sie leicht beunruhigt.

»Erstens muss sie den Verhältnissen bei der echten Feuerprobe möglichst nahekommen. Ich weiß nicht, ob die Hauptaktion in der Stadt passieren wird, aber die Bedingungen werden auf jeden Fall schwierig sein. Also darf ich es mir bei der Generalprobe nicht zu leicht machen. Zweitens sind in der Stadt mehr Menschen als auf dem Land.«

Allmählich begriff Eeva-Maria, wovon Mertanen sprach, doch die einzige sichtbare Reaktion war ein leichtes Zucken der Augenlider. Sie vollbrachte ein Meisterstück an Selbstbeherrschung. Sie biss noch ein Stück Brot ab und fragte: »Du willst einen Menschen erschießen? Wen?«

Mertanen war sichtlich enttäuscht, weil es ihm nicht gelungen war, sie zu schockieren. Seine Miene zeigte, dass er noch ein kleines Kind war, und seine Pläne zeigten, dass er nie erwachsen werden würde. Niemals würde er all die Feinheiten begreifen, die ersonnen wurden, um Menschen auszutricksen. Und sein Vorhaben bewies, dass er selbst nur die brutalsten und einfachsten Methoden kannte.

»Ich weiß nicht, wen ich erschießen werde«, erklärte er. »Ich muss mir auf der Straße einen aussuchen.«

»Du bist verrückt«, stellte Eeva-Maria tollkühn fest.

Diesmal zeigte Mertanen Selbstbeherrschung. Er fragte nur: »Wieso?«

»Womöglich verscheuchst du deine große Beute, indem du zuerst auf die kleinere losgehst«, versuchte Eeva-Maria logisch zu argumentieren. Dabei hätte sie am liebsten geschrien: Bitte keine Unschuldigen!

»Ich muss ausprobieren, wie es sich anfühlt. Und ich muss meine Nerven testen. Es hilft nichts, tagaus, tagein auf der Schießbahn zu stehen und Zielscheiben zu durchlöchern. Das ist nur Spielerei. Was ich brauche, ist Realität.«

Eeva-Maria stand auf, um Geschirr, Besteck und Essensreste vom Tisch zu räumen. Sie hatte urplötzlich den Drang, sich zu bewegen. Doch Mertanen packte sie am Handgelenk und zwang sie, sich auf seinen Schoß zu setzen. Seine Stimme war nur ein Flüstern: »Machst du noch mit?«

»Natürlich.«

»Bestimmt?«

Sie riss sich los. »Wo und wann findet der Test statt? Ich will dabei sein.«

»Ich habe dir versprochen, dass du bei dem großen Knall dabei sein darfst. Von dem Test war nicht die Rede. Da helfen auch keine Erpressungsversuche. Wir sind jetzt an dem Punkt, wo du mir entweder gehorchst oder ich dich umbringe.«

Unser Verhältnis ist geschmacklos, dachte Eeva-Maria. Sie hatte allmählich genug davon. Aber bevor sie Schluss machte, wollte sie Bescheid wissen. »Ich glaube dir«, sagte sie und dachte, dass an ihr eine große Schauspielerin verloren gegangen sei. Dann fiel sie auf die Knie und flehte: »Aber lass mich wenigstens zugucken. Ich will dich nicht erpressen, ich bitte dich nur von ganzem Herzen.«

Ein solches Verhalten hatte Mertanen noch nie erlebt, daher hatte er keine Reaktion parat. Und wie immer, wenn seine Erfahrung ihn im Stich ließ, verlor er die Beherrschung.

»Steh auf!«, brüllte er.

»Nein, nein. Bitte, lass mich zugucken.«

»Meinetwegen, du darfst zusehen, aber jetzt steh um Himmels willen auf.«

Eeva-Maria stand auf und wartete.

»In zwei Tagen«, sagte Mertanen.

»Wo?«

»In der Innenstadt.«

»Wo da?«

»Irgendwo in der Nähe der Hämeensilta-Brücke.«

»Du hast dir schon einen Platz ausgesucht?«

»Habe ich. Einen sehr guten.«

»Wo ist der?«

»Das verrate ich dir nicht.«

»Asko!«

»Ich sage dir nur so viel: Wenn du die Ereignisse aus der Nähe sehen willst, solltest du zum Beispiel vor der alten Post auf der Hämeenkatu stehen. Näher würde ich an deiner Stelle nicht herangehen. Es kann immer eine verirrte Kugel geben. Selbst bei mir.«

Eeva-Maria schloss den Mund.

Mertanens Selbstbewusstsein wuchs, denn er hatte die Frau wieder auf seine Seite gezogen. Sie hatte zuerst gezögert, dann aber von Neuem Interesse gezeigt. Gut so.

Er nahm seinen Teller und half beim Abdecken.

Als sie anschließend Kaffee tranken und leise Radiomusik hörten, fragte Eeva-Maria: »Also in zwei Tagen. Um welche Zeit?«

»Irgendwann, wenn viele Leute unterwegs sind«, erwiderte Mertanen scheinbar gleichgültig.

»In zwei Tagen? Also übermorgen?«

»Genau.«

»Ich will dir meinen Rat nicht aufdrängen, bestimmt hast du dir alles gründlich überlegt. Aber ich habe ein paar Anmerkungen.«

»Nur zu.«

»Warum hast du dir den Kopf kahl geschoren und warum kleidest du dich so ungewöhnlich? Du fällst doch überall auf. Jedes Kind kann dich genau beschreiben.«

Mertanen brach in ein schepperndes, lautes Lachen aus, das die Radiomusik übertönte und von den Wänden widerhallte.

Eeva-Maria glaubte schon, er werde seinen Lachanfall überhaupt nicht mehr überwinden. Da verstummte er urplötzlich. Auf seinem Gesicht lag keine Spur von Belustigung, es war ein versteinertes Gesicht, in dem die rosenroten, schorfigen Lippen den einzigen Farbfleck bildeten. Er glaubte zu lächeln, als er sagte: »Du hältst mich tatsächlich für verrückt, wie?«

»Aber nein.«

»Ich erkläre es dir, meine Liebe.«

Eeva-Maria erschrak, denn Mertanen hatte sie nie ›meine Liebe‹ genannt. Die Welt war wirklich verrückt, wenn ein Kosename einem Angst einjagte, dachte sie.

»Eigentlich kann ich es dir sogar zeigen«, sagte Mertanen.

Er verschwand. Bald darauf kam er wieder zurück, nicht völlig verändert, aber doch genug, dass ihn nicht jedes Kind als Asko Mertanen identifizieren würde. Er trug dieselbe Kleidung wie vorher, doch auf dem Kopf saß eine dunkle Perücke, deren Haare ihm bis auf die Schultern reichten.

»Wenn es so weit ist«, erklärte er, »werde ich mich außerdem ganz anders anziehen. Du brauchst also nicht zu befürchten, dass mich jemand wiedererkennt, meine Liebe. Falls mich überhaupt jemand zu Gesicht bekommt, wird er mich der Polizei als ziemlich korpulent beschreiben. Und dabei bin ich eher mager, stimmt's?«

Eeva-Maria sah allmählich ein, dass er listiger war als sie. »Du lieber Himmel, wie einfallsreich du bist«, war alles, was sie sagen konnte.

Doch Mertanen kam nun erst richtig in Fahrt: »Ich werde ein Gewehr verwenden und als Perfektionist werde ich mich mit einer einzigen Kugel begnügen. Es wird ein Volltreffer sein, auch wenn ich noch nicht entschieden habe, an welcher Stelle die Kugel in den Körper eindringen soll.«

»Ein Gewehr? Du hast doch mit der Pistole trainiert.«

»Meine Liebe, in der Wohnung kann man nicht gut mit dem Gewehr üben. Du bist heute aber einfältig.«

Schon wieder ›meine Liebe‹. Eeva-Maria fand das gar nicht gut.

»Und das endgültige Objekt? Wo und wann passiert es?«

Mertanen wurde schubweise immer offenherziger. »Ich finde, in diesem Stadium können wir die Dinge ruhig beim Namen nennen. Ich weiß nicht, wo und wann genau ich den Präsidenten erschießen werde, aber vielleicht möchtest du es ungefähr wissen?«

»Jaa …«, sagte Eeva-Maria gedehnt.

»Er kommt in allernächster Zeit nach Tampere. Das genaue Besuchsprogramm wird sicher in der Zeitung stehen. Die Journalisten scheinen sich enorm für den Präsidenten zu interessieren, egal ob sie ihn mögen oder nicht. Außerdem hat er hier in der Gegend einen alten Kumpel. Vielleicht nennen diese hohen Herren sich nicht Kumpel, aber das ist nebensächlich. Jedenfalls wird der Präsident den Abend bei ihm verbringen. Und ich weiß, wo die Villa von diesem Kumpel steht, ich war sogar auf dem Nachbargrundstück. Ich bin kein Stümper.«

»Wann also?«, fragte Eeva-Maria.

»Nächsten Samstag«, nickte Mertanen.

3

Da keinem etwas Besseres eingefallen war, spielten sie nun also freies Assoziieren. Ein lustiger Sonntag.

Siika, der Vater des Gedankens, zählte Gegenstände auf, und die anderen versuchten, sich die seltsamsten Bedeutungen und Verbindungen einfallen zu lassen. Es war lächerlich.

Hanhivaara wirkte unendlich gelangweilt. Rimpiaho sah nie gelangweilt aus. Huhtanen kaute auf seiner Pfeife und sah aus, als wollte er sagen: Warum nicht, ist ja sowieso egal. Und Siika war Feuer und Flamme.

Obwohl die Ergebnisse bisher mager waren.

Siika kam zum nächsten Gegenstand: »Kassettenrecorder.«

Hanhivaara nuschelte: »Von einem Recorder war nie die Rede. Jedenfalls hat keiner der Zeugen ihn erwähnt.«

»Stimme«, sagte Rimpiaho.

»Die Nachbarn«, sagte Huhtanen.

»Stille«, sagte Siika.

Und so weiter.

Niemand brachte den Recorder mit dem Mord in Verbindung. Alle Kassetten waren abgehört worden. Sie enthielten nur Musik. Nichts Geheimnisvolles.

Das Recordergespräch ging weiter.

Hanhivaara sagte: »Wenn wir beim Geheimdienst wären, würden wir auf den Bändern nach Codes suchen, nach Übereinstimmungen oder geheimen Signalen. Aber mit derartigem Unsinn brauchen wir uns wohl nicht abzugeben?« Die Frage war an Siika gerichtet.

Statt einer Antwort nannte der den nächsten Gegenstand: »Stablampe.«

»Noch so ein Spionageding«, meinte Rimpiaho.

Huhtanen sagte: »Kellner.«

Stillstand. Bis allen aufging, dass Helena Maijala selbst Kellnerin gewesen war. Es konnte sich also ohne Weiteres um ihr Eigentum handeln. In dunklen Lokalen verwenden Kellner manchmal solche Lampen und Helena Maijala hatte in einem ziemlich dunklen Lokal gearbeitet.

Siika hakte den nächsten Punkt ab: »Messer.«

Rimpiaho sagte: »Mädchen.«

Huhtanen sagte: »Mord.«

Auch dabei kam nichts heraus.

Während Siika mit eintöniger Stimme einen Gegenstand nach dem anderen aufzählte, betrachteten die anderen die Tatortfotos.

Das Foto, das Hanhivaara in der Hand hielt, zeigte eine junge Frau, deren Körper zahlreiche Schnittwunden aufwies, umso mehr, je weiter der Blick nach unten wanderte. Die junge Frau trug ein goldenes Kruzifix um den Hals. Sie lag auf einem Bett, dessen Laken blutgetränkt war. Ihr Kopf ruhte auf einem Kissen und neben dem Kissen saß ein Teddybär, das Symbol ewiger Unschuld.

Auf dem nächsten Foto, das mit Weitwinkelobjektiv und aus größerer Entfernung aufgenommen worden war, sah man etwas mehr vom Zimmer. Neben dem Bett stand ein Tisch, auf dem sich der Recorder befand, umgeben von einem ziemlichen Durcheinander. Ein Glas war umgekippt, ein normales, billiges Weinglas, wie sie aus England importiert wurden. Eine Wein- und eine Kognakflasche. Zigaretten und Streichhölzer. Außerdem lagen einige kleinere Gegenstände auf dem Tisch: ein Ring – der Verlobungsring, wie sich später herausstellte –, Kastagnetten, offenbar Mitbringsel aus Spanien wie das Plakat über dem Bett. Die Kerze war heruntergebrannt, der Kerzenhalter aus billigem Glas hatte einen Sprung, Stearin war auf den Tisch geflossen und hatte den dreißig Zentimeter langen Kamm in Wachs gebettet.

Hanhivaara war sicher, dass einer dieser Gegenstände ihm etwas sagen wollte. Aber wahrscheinlich hatte er nur zu viele Krimis gelesen, denn nichts auf dem Foto verriet ihm den Namen des Mörders.

Siika zog die Vorhänge zu und schob ein Magazin in den Diaprojektor.

Das große Farbbild von Helena Maijalas Zimmer und seiner Bewohnerin war natürlich noch grauenvoller als die Schwarzweißabzüge. Das Blut war bräunlich, nicht schwarz wie auf den Papierfotos. Auch auf dem Teppich erkannte man Blutspritzer, doch im Übrigen hatte der Teppich strahlende Farben und wirkte zumindest auf dem Foto ganz neu. Es war ein dicker Flickenteppich, die waren im Allgemeinen schnell abgetreten.

Niemand sagte ein Wort.

Das nächste Dia. Die Aufnahme der kleinen Kochnische verriet, dass die Tote nicht viel vom Spülen gehalten hatte. Die Farben waren gedämpft, sicher hatte Helena Maijala sie nicht selbst ausgesucht, dachte Rimpiaho.

Hanhivaara betrachtete weiterhin jeden Gegenstand für sich. Auf dem Fensterbrett stand eine Kaffeemaschine. In der Kanne war noch Kaffee. Was bedeutete das? Gar nichts. Die Kühlschranktür stand einen Spaltbreit offen. Was bedeutete das? Bei einer wilden Party konnte es passieren, dass man den Kühlschrank nicht richtig zumachte. Auf der Spüle mehrere volle Aschenbacher. Sie sahen aus, als wären sie aus einem Lokal geklaut. Und? Nichts.

Ein neues Dia. Das ganze Zimmer, mit Weitwinkelobjektiv. Keine Blumen. Was bedeutete das? Offenbar hatte Helena Maijala keine Lust gehabt, Blumen zu gießen, das passte durchaus ins Bild. In einer Vase standen jedoch drei rote Nelken und ein Stiel ohne Blüte: Liebt mich, liebt mich nicht, erinnerte sich Hanhivaara.

Alle schwiegen. Niemand hatte etwas zu sagen außer Siika, der sich die Gelegenheit nicht nehmen ließ: »Zwei finnische Münzen sind zusammen dreißig Pfennig wert. Aber die eine ist kein Zehner. Wie ist das möglich?«

Nun war Rimpiaho an der Reihe, Siika auflaufen zu lassen, denn er wusste die Antwort. Er sagte wie nebenbei: »Die andere ist einer.« Dann starrte er wieder auf das Dia.

Hanhivaara war in Gedanken versunken. Er hatte Siikas Rätsel gar nicht gehört.

ACHT

I

Eeva-Maria hatte einen Entschluss gefasst.

Sie hatte sich lange mit Mertanen unterhalten. Sie hatte die Nacht mit ihm verbracht, aber kaum Schlaf gefunden. Das war eine neue Erfahrung für sie, denn normalerweise schlief sie gut.

Es war ein sonniger Vormittag. Montag. Eeva-Maria fand es herrlich zu leben.

Sie hatte sich die Zeit genommen, zum Friseur zu gehen und sich die Haare blond färben zu lassen. Eine helle Phase war jetzt am Platz, fand sie. Schließlich galt Weiß als Farbe der Unschuld, und sie hatte beschlossen, sich von der Sündenlast zu reinigen, mit der Mertanen sie übergossen hatte. Diese Entscheidung schien ihr aus verschiedenen Gründen äußerst vernünftig.

Zuerst zum Friseur und dann zur Polizei.

Aber sie brauchte einen Mutmacher.

Sie kam vom Friseur und stand nun auf der Hämeenkatu. Es war Vormittag, einen Kognak würde sie also nirgends bekommen. Außer im Alkoholgeschäft natürlich. Aber wenn sie dort eine Flasche kaufte, stellte sich die Frage, wo sie den Kognak trinken sollte. Die Lokale erzogen ihre Gäste vormittags zum Maßhalten und servierten nichts Stärkeres als Bier. Eeva-Maria machte sich eigentlich nichts aus Bier, doch sie beschloss, trotzdem in einer nahe gelegenen Hotelbar einzukehren.

Die Bar befand sich im ersten Stock. Sie war schummrig und abends vorwiegend von Handelsreisenden bevölkert, die glaubten, ein verwegenes, hemmungsloses Leben in Hotelbars zu führen, während sie in Wahrheit die Bardame, eine bereits etwas reifere, dunkle Schönheit, wie sie von vielen Kunden genannt wurde, mit ihren ständigen Angeboten unsäglich langweilten.

Auf einem der Barhocker saß ein Mann im grauen Anzug. Eeva-Maria grüßte die Bardame und bestellte ein Bier. Da sie nicht zu Gesprächen aufgelegt war, zog sie sich mit ihrem Glas in eine Sitzecke zurück. Sie musste ein wenig nachdenken.

Wie konnte sie ihre Geschichte glaubhaft vorbringen?

Sie hatte sich Mertanen gegenüber nicht anmerken lassen, wie sehr sein Vorhaben sie schockiert hatte.

Sein erster Plan war ihr irgendwie folgerichtig erschienen. Er hatte einen gewissen Glanz. Aber auf offener Straße Unschuldige zu erschießen fand sie nicht in Ordnung. Das kam ihr amerikanisch vor – und verrückt. Sie glaubte, dass sie ihren Schock gut genug überspielt hatte, um Mertanen zu täuschen.

Doch nun hatte sie ein Problem. Sie konnte anonym bei der Polizei anrufen und melden, dass ein Verrückter in der Nähe der Hämeensilta-Brücke Präzisionsschießen auf menschliche Ziele üben wolle.

Die andere Möglichkeit war, persönlich zur Polizei zu gehen, von Mertanen und von ihrer Beziehung zu ihm zu berichten und nur in einem Punkt zu lügen: Sie würde behaupten, Mertanen habe ihr erst am Vorabend von seinem verrückten Plan erzählt, den Präsidenten und noch jemand anderen umzubringen. Mertanen würde natürlich aussagen, sie sei von Anfang an eingeweiht gewesen. Aber ihr offenes Geständnis und ihr fast hysterisches Verhalten – zu so viel Schauspielerei glaubte sie sich fähig – würden sicher zu ihren Gunsten sprechen.

Es wäre eine glänzende Katharsis, die Reinigung von allem

Bösen. Und das Beste daran: Eine solche Erfahrung fehlte ihr noch.

Sie überdachte die Sache bei einem zweiten Bier.

Dennoch kam sie zu keiner Entscheidung. Vielleicht war ein anonymer Anruf doch ungefährlicher.

Aber wenn sie telefonierte, würde Mertanen sie womöglich trotzdem mit hineinziehen, selbst wenn er nicht ganz sicher sein könnte, dass sie es war, die die Polizei informiert hatte. Allzu viele Anzeichen für Ritterlichkeit hatte sie nicht an ihm bemerkt.

Das dritte Bier beruhigte Eeva-Maria so weit, dass sie sich imstande fühlte, zur Polizei zu gehen. Allerdings gab sie sich noch eine Warnung mit auf den Weg: Auf die gespielte Hysterie würde sie besser verzichten. Falls die Polizei nämlich herausfand, dass Eeva-Maria am Morgen kühl wie eine Schüssel Dickmilch – zumindest äußerlich – beim Friseur gesessen hatte, wäre alles aus.

Besser gab sie sich verschämt und unsicher: Wahrscheinlich redet der Mann nur dummes Zeug, aber man weiß ja nie – in dem Stil. Er hat so schrecklich viele Waffen in seiner Wohnung, deshalb dachte ich, es wäre vielleicht doch besser, mich zu melden. Vielleicht würde man ihr die Geschichte abkaufen. Warum eigentlich nicht? Danach hätte sie bei den Polizisten einen Stein im Brett und wäre sogar eine Art Nationalheldin, wenn es ihnen gelang, Mertanen zu einem Geständnis zu bewegen. Vielleicht bekam sie sogar die Lebensrettungsmedaille, die der Präsident ab und zu verlieh; es wäre die erste, die er für die Rettung seines eigenen Lebens vergeben konnte.

Eeva-Maria schüttelte den Kopf. Vom dritten Bier war sie allzu aufgedreht geworden.

Sie zahlte und ging. Die Bardame sagte freundlich: »Ciao.« Und in die Portiersprache hatte sich ein neuer Ausdruck eingeschlichen: »Hüpfen Sie bald mal wieder rein.«

Eeva-Maria wollte sich die Stelle ansehen, wo es passieren sollte. Dann würde sie sich auf den Weg zum Polizeipräsidium machen.

Wie gesagt, es war ein schöner Tag zum Leben.

2

Ha, mein Plan hat nicht den kleinsten Schönheitsfehler, dachte Mertanen.

Er hatte einen Weg gefunden, wie er Eeva-Maria zu strengstem Stillschweigen verpflichten konnte.

Unglaublich, dass die Frau sich einbildete, er würde alles schlucken, was sie ihm erzählte. Man konnte niemandem vertrauen.

Doch er wusste sich zu behaupten.

Er wusste, dass Eeva-Maria zum Friseur gegangen war, denn er hatte sie in seinem kleinen Fiat hingebracht und anschließend ganz in der Nähe gewartet. Sie war nicht wieder herausgekommen.

Folglich hatte sie sich noch nicht endgültig entschlossen, seine Pläne zu verraten.

Und bald würde es dafür zu spät sein.

Mertanen begann sich anzukleiden.

Die Perücke hatte er bereits auf. Nun zog er Jeans an, die er normalerweise nicht benutzte. Sie waren alt und abgetragen und würden kein Aufsehen erregen. Sie waren ziemlich weit; bei Mertanens Körperbau saßen selbst Jeans locker. Er schnallte den Gürtel enger. Auch das blaue T-Shirt und die Tennisschuhe würden niemandem ins Auge stechen.

Ein wenig ungewöhnlich war dagegen der aus Plastiktüten hergestellte und mit Papierschnipseln gefüllte Gürtel, den er sich um den Bauch band. Als er den Anorak darüberzog, war aus dem schlanken ein eher rundlicher, wenn nicht gar molliger Mann geworden. Er bewegte sich etwas schwerfällig, doch es ging.

Sonnenbrille auf.

Dann sah Mertanen in den Spiegel. Wie sollte mich jemand erkennen, dachte er. Ich erkenne mich ja selbst nicht wieder.

Er lachte und begann, seine Kunstledertasche zu packen. Viel brauchte er nicht. Er hatte sich mit den Örtlichkeiten vertraut gemacht und wusste, dass er mit Rohrzange und Gewehr auskam. Die X-51 lag bereits in ihre Einzelteile zerlegt in ihrem Kasten, ebenso das Zielfernrohr. Nun verstaute er beides in der Tasche und zog den Reißverschluss zu.

Er trällerte ein kleines, selbst gedichtetes Lied: »Sie glauben zu wissen, doch sie wissen nichts.«

Natürlich hätte er seiner Freundin gegenüber vorsichtiger sein müssen. Frauen sind unberechenbar, dachte er, während er das Haus verließ und in seinen Wagen stieg.

Es war eine gute Idee gewesen, Eeva-Maria über die Generalprobe zu informieren, aber das falsche Datum anzugeben. Er würde heute schießen, einen Tag früher, als sie glaubte. Damit nahm er ihr die Chance, ihn zu verraten. Nachdem er einen unschuldigen Passanten erschossen hatte, konnte sie niemandem auch nur ein Sterbenswörtchen darüber sagen. Auch über die eigentliche Operation nicht. Denn falls sie zur Polizei ginge und Mertanen geschnappt wurde, würde ihr niemand glauben, dass sie nicht auch von dem Probeschuss gewusst hatte. Sie stünde als seine Komplizin da. Und im Gefängnis würde sie sich nicht wohlfühlen.

Nein, Eeva-Maria würde es nicht wagen, den Mund aufzumachen. Die ideale Verbündete.

Mertanen fuhr langsam und vorsichtig, aber nicht zu langsam, denn dadurch konnte man in Verdacht geraten, betrunken zu sein. Er fuhr langsam, obwohl sein Herz sich nach Action sehnte. Seine Hände klammerten sich instinktiv um das Lenkrad. Doch die Handflächen schwitzten nicht. Mertanen war absolut ruhig. Er hatte festgestellt, dass die Planungsphase an den Nerven zerrte. Handeln war dagegen etwas ganz anderes, es wirkte wie ein Beruhigungsmittel, das das Zentralnervensystem lähmte. Der normale Sekretionsprozess war unterbrochen, nur die Muskeln funktionierten wie immer. Der Adrenalinpegel stieg, doch das rasche Pochen seines Herzens wirkte geradezu beruhigend.

Mertanen bog von der Kalevantie auf die Salhojankatu ab und weiter auf die Lähteenkatu, eine relativ wenig befahrene Straße in der Nähe des Zentrums, wo er parkte. Er nahm seine Tasche, schloss den Wagen sorgfältig ab und vergewisserte sich, dass auch der Kofferraum verriegelt war.

Er ging zur Itsenaisyydenkatu und bestieg einen der blauen Stadtbusse. Zu Fuß wäre es auch nicht weit gewesen, aber Mertanen war nicht unterwegs, um sich sportlich zu betätigen.

Na ja, wie man's nimmt.

Er stieg aus. Ein Bekannter musterte ihn, erkannte ihn jedoch nicht. Alles bestens.

Mertanen hatte sich das Dach eines Hochhauses unmittelbar an der Stromschnelle ausgesucht. Von dort hatte er freien Blick auf die ganze Umgebung.

Als er auf dem Dach lag, fiel ihm ein, dass er keinen Beschluss über die Kategorie seines Opfers gefasst hatte.

Mann?

Frau?

Kind?

So liefen seine Gedanken. Und dann entschied er sich für das Zufallsprinzip.

Als der Zufall ihm ein Kind ins Fadenkreuz schob, scheute er davor zurück, dem kleinen Jungen zum Schicksal zu werden, wählte den nächsten Passanten und schoss.

Ruhig packte er seine Sachen ein. Seine Gelassenheit war nun noch größer als vor der Tat. Es war eine tiefe, fast todesähnliche Ruhe. Mertanen war zu keinem Gedanken fähig, aber wenn es ihm möglich gewesen wäre, hätte er gedacht, dass er den Test ehrenvoll bestanden hatte. Er hätte gedacht: Nun bin ich bereit.

Mechanisch zerlegte er das Gewehr und packte es in die Tasche. Er hatte den Vorgang so oft geübt, dass ihm keine falsche Bewegung unterlief.

Er verließ das Dach, ging zum Aufzug und stand bald darauf auf der Straße. Irgendwer war ihm im Haus begegnet, er hätte nicht sagen können, ob Mann oder Frau.

Am Markt stieg er in den Bus und an der Itsenaisyydenkatu wieder aus.

Kurz darauf saß er in seinem Wagen.

Auf der Fahrt nach Kaukajärvi verstieß er kein einziges Mal gegen die Verkehrsvorschriften. Aber er benahm sich wie ein Betrunkener; je näher er dem Ziel, in diesem Fall seiner Wohnung, kam, desto schwächer wurde der Schutzpanzer. Er stieg eine Etage zu früh aus dem Aufzug, lief die Treppe in den fünften Stock hinauf, und als er die Tür hinter sich geschlossen hatte, war er sicher, dass niemand gesehen hatte, wie ein langhaariger, korpulenter Mann seine Wohnung betrat.

Er zog die Kleider aus und nahm die Perücke ab. Das Sicherste wäre gewesen, die Sachen zu vernichten, aber er glaubte sich nicht in Gefahr. Seine Ruhe machte ihn nervös; eine paradoxe Situation.

Mit festem Schritt ging er in das verschlossene Zimmer, legte die Waffe auf den Tisch und begann sie zu reinigen.

Ein kleiner Blutstropfen fiel auf den Putzlappen. Er fuhr sich mit der Zunge über die Unterlippe und entdeckte drei kleine Wunden.

3

Rimpiaho kam aus der Bank.

Jemand schrie. Rimpiaho sah sich um und wollte seinen Augen nicht trauen. Auf dem Bürgersteig, keine fünf Meter von ihm entfernt, lag eine Frau. Wenn das alles gewesen wäre, hätte Rimpiaho seinen Augen voll und ganz getraut, doch da das Gesicht der Frau blutüberströmt war, hegte er seine Zweifel. Er kam sich vor wie im Kino. Denn der Frau war allem Anschein nach in den Kopf geschossen worden. Rimpiaho meinte, etwas gehört zu haben, das wie ein Schuss geklungen hatte.

Die Frau schrie nicht.

Um exakt zu sein: Die Frau, die auf der Erde lag, schrie nicht. Eine andere Frau schrie. Und ihr Schrei war einigermaßen furchtbar. Doch Rimpiaho musste den Schrei ertragen, denn die Schreiende war unversehrt. Er drehte ihr den Rücken zu und beugte sich über die liegende Frau.

Dann handelte er so, wie er es auch dann getan hätte, wenn er nie zur Polizeischule gegangen wäre.

Sein scharfer Blick hatte den Notrufmelder an der Hauswand entdeckt. Er brach das Siegel und begann zu sprechen, schwer atmend, aber präzise.

Dann hockte er sich wieder neben die Frau am Boden. Er hatte schon öfter Tote gesehen. Hier war nichts mehr zu machen.

Rimpiaho richtete sich auf und begann, die neugierigen Gaffer zurückzudrängen.

»Was ist passiert?«

»Wer ist das?«

»Warum liegt die da?«

»Eine Betrunkene, die sich den Kopf aufgeschlagen hat.«

Das typische Geplapper, aber keiner wäre auf die Idee gekommen, etwas zu tun.

Endlich fragte jemand: »Hat irgendwer einen Krankenwagen gerufen?«

Rimpiaho sagte: »Schon unterwegs. Wenn auch umsonst.«

Mit heulenden Sirenen kam der Krankenwagen heran.

Ein Streifenwagen traf ein, das Blaulicht auf dem Dach drehte unermüdlich seine eintönige Runde. Einen Moment später war auch eine grüne Minna zur Stelle.

Der Verkehr floss ungehindert weiter; der Krankenwagen und die Polizeifahrzeuge parkten auf dem Bürgersteig.

Die Polizisten sperrten den Schauplatz ab. Die Neugierigen wurden zurückgescheucht. Der Polizeifotograf begann, die Leiche zu umkreisen. Er tat seine Arbeit effektiv und ohne Zeit zu vergeuden.

Die Spurensicherung vermaß die Position der Leiche. Ein Streifenbeamter notierte die Namen der Augenzeugen. Rimpiaho hielt die Frau fest, die vor ein paar Minuten geschrien hatte und sich nun klammheimlich davonstehlen wollte.

Keiner der Anwesenden hatte irgendetwas anderes gesehen als eine Frau, die zu Boden gefallen war. Keinerlei Handgemenge. Nur eine Frau, die zu Boden gefallen war. Das klang ganz und gar unwahrscheinlich.

Kivimaa, der Kriminaltechniker, hatte sich mittlerweile davon überzeugt, dass es praktisch keine Spuren zu sichern gab. Es gab nur eine Frau, die zu Boden gefallen war.

Rimpiaho bat die vormals schreiende Frau um eine Aussage.

Die Frau weinte. Zwischen den Schluchzern brachte sie einzelne Worte heraus, aber nichts Exaktes oder Verständliches.

Rimpiaho besaß Ausdauer. Ohne eine Miene zu verziehen oder die Frau anzufahren, wartete er zehn Minuten lang.

Mit gleicher Beharrlichkeit kämpfte die Frau gegen den Weinkrampf an. Endlich brachte sie heraus: »Ich habe nur ein furchtbares Geräusch gehört. So ein furchtbares. Ich kann es nicht beschreiben ... Und dann ... dann ist Blut aus dem Kopf gespritzt.«

Kivimaa trat zu Rimpiaho und erklärte: »Die ist aus verdammt großer Entfernung erschossen worden.«

»Du lieber Himmel, jetzt werden die Filme Wirklichkeit«, sagte Rimpiaho.

Huhtanen, der hinter ihm aufgetaucht war, korrigierte ihn: »Keineswegs. Der Film ahmt die Wirklichkeit nach und die Wirklichkeit ahmt den Film nach.«

Als hätte Huhtanen Ästhetik studiert.

Oder so was Ähnliches.

DRITTER TEIL

NEUN

1

Nun waren nicht nur Asko Mertanens Lippen rot, sondern auch seine Augen. Er hatte geweint, denn etwas war gründlich schiefgelaufen. Vor einer Weile hatte er zwei von den Beruhigungstabletten geschluckt, die er einem flüchtigen Bekannten, einem Arzt, abgeschwatzt hatte. Drogen waren nicht seine Sache, aber bei der Ausarbeitung seines Plans hatte er sich als vorausschauender Realist vorsichtshalber auch die Pillen besorgt. Sie halfen. Mertanen konnte seiner Niederlage nun gefasster ins Auge sehen: Er war wieder allein, niemand würde je von seiner Heldentat erfahren.

Die Zeitungen waren gekommen und er hatte am Kiosk noch weitere dazugekauft. Sie lieferten ihm die Erklärung, weshalb er in der letzten Nacht vergeblich auf Eeva-Maria gewartet hatte. Es war eine schlimme Nacht gewesen: War das verdammte Weib doch zur Polizei gegangen? Jedes Brummen des Aufzugs hatte Mertanen in Alarmbereitschaft versetzt. Einmal hatte der Lift im fünften Stock gehalten und Mertanen hatte kampfbereit mit der Unique vor der Schlafzimmertür gestanden. Doch es waren nur die Nachbarn gewesen.

Die erste Zeitung war glücklicherweise schon um halb vier in der Frühe gekommen. Oder unglücklicherweise, wie man es nimmt. Die Sonne war bereits aufgegangen und der Himmel war strahlend blau. An dieses Blau würde Mertanen sich erinnern, solange er lebte.

Auf der ersten Seite war ein groß aufgemachter Bericht. Das hatte Mertanen erwartet. Der Inhalt entsprach jedoch nicht ganz seinen Erwartungen und deshalb waren seine Augen nun rot geweint.

SKRUPELLOSE BLUTTAT IN TAMPERE,

schrie die Schlagzeile.

Unbekannter Attentäter erschießt eine Frau,

lautete der Untertitel. Mertanen las weiter:

Mitten in der Stadt und mitten am helllichten Tag wurde am Montag in Tampere eine Frau erschossen. Augenzeugen dieses unerhörten Vorfalls waren Dutzende von Passanten, die um die Mittagszeit auf der Hämeenkatu unterwegs waren.

Die offenbar einem Attentat zum Opfer gefallene Kellnerin Eeva-Maria Kilpinen, 45, aus Tampere starb, bevor der von einem zufällig anwesenden und schnell reagierenden Polizeibeamten alarmierte Krankenwagen eintraf.

Kriminalmeister Ville Rimpiaho, der als erster Vertreter der Ordnungskräfte vor Ort war, berichtete unserem Reporter:

»Ich war gerade aus der Bank gekommen, als ich jemanden schreien hörte. Ich drehte mich um und sah eine Frau und neben ihr eine zweite Frau, die am Boden lag und aus deren Kopf Blut strömte. Was mein erster Gedanke war, weiß ich nicht mehr, aber als ich zu der Frau hingelaufen war, sah ich, dass sie ganz offensichtlich erschossen worden war. Ich kontrollierte die Umgebung, aber der Schütze war nicht zu sehen. Niemand rannte davon. Daraufhin habe ich den Krankenwagen und meine Kollegen alarmiert«, sagte Kriminalmeister Rimpiaho.

Der zuständige Ermittlungsleiter Kari Kairamo, Chef des Gewaltdezernats bei der Kripo Tampere, war gestern wenig gesprächig.

»Die Ermittlungen laufen gerade erst an«, sagte Kommissar Kairamo. »Vorläufig kann ich keinen Kommentar abgeben.«

Eeva-Maria Kilpinen, das Opfer des Anschlags, war alleinstehend. Die bisherigen Untersuchungen haben ergeben, dass sie am Morgen beim Friseur gewesen war und danach in der Bar eines Hotels drei Bier getrunken hatte. Was sie danach tat, ist nicht bekannt, doch offenbar wurde sie bereits wenige Minuten nach dem Verlassen der Bar getötet.

Ob sie sich in dieser kurzen Zeitspanne mit jemandem getroffen hat, ist noch ungeklärt.

Eeva-Maria Kilpinen war seit zehn Jahren in Tampere als Kellnerin tätig. Sie galt als pünktliche und zuverlässige Mitarbeiterin.

Die polizeilichen Ermittlungen konzentrieren sich nun auf die Lebensumstände des Opfers. Nach Auffassung eines an den Ermittlungen beteiligten Polizeibeamten wurde Eeva-Maria Kilpinen offenbar aus großer Distanz mit einem Kleinkalibergewehr erschossen.

Wo der Mörder seinem Opfer aufgelauert hat, konnte noch nicht mit letzter Sicherheit ermittelt werden, doch die Polizei hat bereits einen begründeten Verdacht.

Die zahlreichen Passanten, die den Vorfall beobachteten, konnten der Polizei kaum behilflich sein.

»Ich habe nur eine Art Klatschen hinter mir gehört«, berichtete ein Augenzeuge, der anonym bleiben möchte. »Als ich mich umdrehte, sah ich nur, dass eine Frau zu Boden fiel. Das war alles. Ich weiß nichts von der Sache. Und die Tote habe ich nicht gekannt.«

Die Frage, ob Amokläufe amerikanischen Zuschnitts sich nun auch in Finnland verbreiten, wollte Kommissar Kairamo nicht beantworten. Sie sei beim gegenwärtigen Stand der Ermittlungen unangebracht. Zunächst müsse das Tatmotiv eruiert werden, erst dann könne man Spekulationen über den Charakter des Mörders und über eventuelle Vorbilder für seine Tat anstellen.

Bis zum gestrigen Abend hatte es noch keine Verhaftung gegeben. Die Ermittlungen werden ohne Unterbrechung weitergeführt, bis der Täter gefasst ist. Die Polizei bittet um sachdienliche Hinweise unter der Telefonnummer 931/21480.

Mertanen las den Bericht und alles andere, was über den Fall geschrieben worden war. Sogar den Leitartikel, der härtere Maßnahmen gegen die zunehmende Kriminalität forderte und andeutete, die Methoden der psychologischen Begutachtung müssten von Grund auf geändert werden.

Mertanen betrachtete auch das Bild von Eeva-Maria, das auf der ersten Seite prangte.

Wo hatten sie das wohl aufgetrieben? Nicht unbedingt ein gelungenes Foto, dachte er.

Erst danach brach der Damm und er weinte haltlos.

Warum? Und wie?, fragte er sich. Wie zum Teufel war das möglich? Wieso hatte er nicht bemerkt, dass es Eeva-Maria war?

Sie hatte ihre Haare blond färben lassen, daran lag es natürlich, aber es gab noch andere Gründe. Er hatte zu lange gewartet. Deshalb hatte er nicht mehr darauf geachtet, wen er im Visier hatte, obwohl er sich vorgenommen hatte, auf gar keinen Fall einen Bekannten zu erschießen. Es war ihm nur noch darauf angekommen, endlich das Dach verlassen zu können. Er hatte es eilig gehabt.

Später, nachdem er zwei Beruhigungstabletten genommen und die zweite Zeitung gelesen hatte, in der dieselbe Geschichte mit etwas anderen Worten erzählt wurde, war er bereits zu der Einsicht gelangt, dass er einen Fehler gemacht hatte.

Er beruhigte sich mit einer dritten Pille und gelangte zu einer weiteren Einsicht: Nun galt es, überlegt zu handeln.

Er machte sich keine Illusionen über die Polizei. Er besaß viele Waffen und wusste, dass über kurz oder lang auch die Polizei darauf aufmerksam werden würde. Irgendwann würde sie an seine Tür klopfen. Eeva-Maria hatte ihn nicht verraten, das stand fest. Andernfalls hätte er das Klopfen längst gehört. Doch ihre Beziehung würde trotzdem ans Licht kommen.

Mertanen wusste, dass er mit Überheblichkeit nichts erreichen würde. Nur kühle Überlegung konnte die Situation retten.

Also wurde er wieder aktiv. Ganz in Schwarz gekleidet ging er ins Wohnzimmer und stellte das Radio an. Ein melancholisches Saxofonsolo veranlasste ihn, hastig einen anderen Sender zu suchen. Eine Dokumentation, das war jetzt auch nicht das Richtige. Er schaltete auf den Plattenspieler um und wählte eine LP, Country; Dolly Partons verführerische Stimme.

Dann bereitete er sich sein Frühstück zu, das nur aus Kaffee und Toast bestand.

Während Dolly Parton im Hintergrund trällerte, begann Mertanen, sein Täuschungsmanöver vorzubereiten. Die X-51 war gereinigt und geölt, doch das war im Moment nicht so wichtig. Sie war registriert, er hatte einen Waffenschein. Es würde Verdacht erregen, wenn er sie verschwinden ließ. Andererseits, wenn er sie nicht verschwinden ließ und wenn die Polizei so weit kam, Probeschüsse abzufeuern und Projektile zu vergleichen, ging es nicht mehr um Verdächtigungen, sondern um Gewissheit.

Aber die Waffe wurde noch gebraucht.

Noch fünf Tage, verdammt!

Doch vorher.

Das Täuschungsmanöver.

2

Auch auf dem Polizeipräsidium war der Dienstag nicht der beste Tag.

»Ach ja«, seufzte Hanhivaara. »Jetzt haben wir zwei von einem unbekannten Täter gelieferte Leichen statt einer. Es wird allmählich peinlich.«

»Es kann sich auch um zwei Täter handeln, vergiss das nicht«, mahnte Huhtanen.

»Ja, ja«, seufzte Hanhivaara.

Siika sagte: »In einer Kleinstadt lebt ein Friseur, der alle Männer in der Stadt rasierte, die das nicht selbst erledigen, aber nie einen, der sich selbst rasiert. Soll der Friseur sich nun selbst rasieren oder nicht? Wenn er es tut, verstößt er gegen seine Regel, denn er rasiert jemanden, der sich selbst rasiert. Wenn er es aber nicht tut, handelt er ebenfalls gegen seine Regel, denn er verweigert einem, der sich nicht selbst rasiert, die Rasur. Was soll der Friseur in seinem Dilemma tun?«

Siika war ein guter Polizist, aber jeder hat nun mal seine Schwächen.

Huhtanen brummte: »Selbstmord wäre die logische Konsequenz.«

Rimpiaho sagte: »Es bietet sich aber an, die beiden Leichen irgendwie miteinander zu verbinden. Eeva-Maria Kilpinen war doch gerade erst im Zusammenhang mit dem Mord an Helena Maijala vernommen worden. Und nun ist sie plötzlich tot.«

»Denkt nur an den Kennedy-Mord«, meinte Siika. »Da ist es vielen Zeugen so ergangen …«

Kairamo klopfte mit seiner Brille auf den Aktenordner, der vor ihm lag: »Die Versuchung ist groß, alle möglichen Schlüsse zu ziehen. Ich denke aber, wir sollten Derartiges der Presse überlassen. Wir müssen uns auf die Fakten konzentrieren und einen vernünftigen Ermittlungsplan aufstellen.«

»Die Zeitungen schreiben allerhand Unsinn über eine Art Heckenschützenmanie amerikanischen Stils, die angeblich jetzt auch nach Finnland überschwappt«, sagte Hanhivaara. Er war ernsthaft besorgt über die Berichterstattung und deren Folgen für die Ermittlungen. Er war der Meinung, man müsse der Öffentlichkeit gegenüber nach Möglichkeit Stillschweigen bewahren, bis endgültig feststand, dass Eeva-Maria gezielt ermordet und nicht nur zufällig getroffen worden war. Vieles an dem Fall passte nicht zur Theorie vom vorsätzlichen Mord. Wenn der Täter aber tatsächlich wahllos in die Menge gefeuert hatte, kam es womöglich zu einer Massenhysterie, sofern er nicht schnellstens geschnappt wurde.

»Hat Vargas sich schon gemeldet?«, fragte Huhtanen.

»Ja«, antwortete Kairamo. »Aber sein Bericht bringt uns nicht weiter. Vargas sagt, die Frau sei an einer durch die Kugel verursachten Hirnverletzung gestorben und …«

»Ich würde eher annehmen, dass Vargas sinngemäß gesagt hat, die arme Frau hätte versucht, einen zu schnell fliegenden und zu harten Gegenstand mit dem Mund aufzufangen, und wäre folglich an ihrer eigenen Dummheit gestorben. Er sei denn, Vargas hat sich einen neuen Stil zugelegt.«

Hanhivaara hatte recht: Vargas hatte seinen Stil nicht geändert.

Kairamos messerscharfer Verstand klassifizierte Hanhivaaras Bemerkung als unsachlich. Er fuhr fort: »Es handelt sich um eine ziemlich kleine Kugel, vermutlich aus einem 22-Kaliber-Gewehr.«

Im Besprechungsraum saß ein Haufen müder Männer. Mordfälle setzen die Ermittler ziemlich unter Stress. Viel Schlaf hatte keiner bekommen.

Kairamo hatte überhaupt nicht geschlafen, wirkte aber dennoch frischer als seine Mitarbeiter.

Der Tisch war mit diversen Papieren und Schwarz-Weiß-Fotos bedeckt. Die Dias waren noch nicht entwickelt und gerahmt.

»Am besten gebe ich eine Art Zusammenfassung«, sagte Kairamo. »Im Laufe des Tages schickt uns die Zentralkripo jemanden zur Unterstützung. Ich lasse den Fall Helena

Maijala vorläufig beiseite und resümiere die Fakten im Fall Eeva-Maria Kilpinen. Also: Sie wurde mit Kopfschuss auf der Hämeenkatu gefunden. Zeit, Ort und Ursache des Todes sind bekannt. Aufgrund der geschätzten Flugbahn des Geschosses konnte ermittelt werden, dass der Verbrecher auf dem Dach eines etwa dreihundert Meter entfernten Hauses gelauert hat. Die Dachrinne ist vor Kurzem gestrichen worden und an einer Stelle sind deutliche Kratzer zu sehen. An der Leuchtreklame auf dem Dach wurden Schmauchspuren sichergestellt; der Mörder hat also offenbar darunter gelegen. Der Platz reicht gerade. Des Weiteren wissen wir, dass Eeva-Maria Kilpinen irgendwie in das Leben der anderen Toten, Helena Maijala, verwickelt war, wenn auch nicht unbedingt in ihren Tod. Eine direkte Verbindung zwischen den beiden Verbrechen ist nicht festzustellen. Die Tatmethode variiert, während sich die meisten Wiederholungstäter bekanntlich mehrmals derselben Methode bedienen und damit quasi eine Signatur hinterlassen. An der Stelle, wo der Heckenschütze wahrscheinlich gelauert hat, wurde nichts gefunden, was zu seiner Identifizierung beitragen könnte. Von einem Bewohner des fraglichen Hauses haben wir eine unglaublich vage Personenbeschreibung bekommen, die uns absolut nicht weiterhilft. Alles in allem haben wir also sehr wenig. Trotzdem müssen wir schnellstens zu Ergebnissen kommen.«

Stille senkte sich über den Raum. Die Fenster waren schmutzig, doch sie ließen Sonnenstrahlen durch, die von den Rauchschwaden reflektiert wurden. Hübsche blaue Kringel schwebten zur Decke. Mit Ausnahme von Kairamo saßen alle Männer in Hemdsärmeln am Tisch. Alle wussten, dass die Chance, den Mörder zu fassen, immer kleiner wurde, je länger die Ermittlungen dauerten. Alle betrachteten ihre Aufgabe als Herausforderung. Aber für müde Männer sind selbst minimale Herausforderungen manchmal zu viel.

Ein Mädchen brachte Kaffee herein. Siikas Idee; er war ein Mann der Praxis und bildete sich ein, Kaffee stimuliere die Denkfähigkeit.

Der Vorgang des Einschenkens verschaffte den Männern eine willkommene Atempause. Sie konnten eine Weile überlegen, ob sich irgendwo in einem verborgenen Winkel ihres Gehirns der Ansatz einer Idee verbarg. Bei allen war das natürlich nicht der Fall. Manche entdeckten nur Binsenwahrheiten.

Siika sagte: »Wir müssen mehr über Eeva-Maria Kilpinen in Erfahrung bringen. Für jeden Mord gibt es ein Motiv.«

»Nicht unbedingt, wie die Zeitungen bereits angedeutet haben«, wandte Rimpiaho ein.

»Trotzdem sollten wir von der Annahme ausgehen, dass es sich tatsächlich um einen gezielten Anschlag handelt.«

»Wer konnte wissen, dass Eeva-Maria Kilpinen gerade an dem Tag und zu der Uhrzeit dort entlanggehen würde?«, fragte Kairamo.

Hanhivaara sagte: »Genau darüber zerbreche ich mir den Kopf. Gibt es so jemanden? Ich meine, der Schütze kann doch nicht stundenlang auf dem Dach gelegen und geschaut haben, ob die Frau zufällig vorbeikam. Das beunruhigt mich wirklich sehr, denn es spricht für die Theorie von einem verrückten Zufallstäter. Und mit Verlaub gesagt, das ist überhaupt nicht angenehm.«

»Bei der Vernehmung der Verwandten und Nachbarn des Opfers kommt vielleicht doch ein Motiv ans Licht. Wir müssen klären, was die Frau in den letzten Tagen und vor allem in den letzten vierundzwanzig Stunden vor ihrem Tod getan hat. Auch nach ihren Besitzverhältnissen und Erbregelungen müssen wir uns erkundigen, sie war ja alleinstehend.«

Kivimaa kam herein und setzte sich an den runden Tisch.

»Wir haben uns die Wohnung der Ermordeten angesehen«, sagte er laut und deutlich. Er war wirklich der richtige

Mann für das geplante Ermittlungszentrum, denn er betrachtete das Leben durch die Brille des Wissenschaftlers. »Briefwechsel und dergleichen. Dabei haben wir ein paar Namen gefunden, die überprüft werden müssen. Im Adressbuch natürlich auch. Bisher also nur Namen. Übrigens eine saubere, ganz normale Wohnung.«

Hanhivaara erinnerte sich, dass Kivimaa bei einem früheren Fall einmal von einer anderen Wohnung behauptet hatte, sie sei ungewöhnlich. In Wahrheit war sie nicht besonders extravagant gewesen, nur eben anders als Kivimaas eigene Wohnung. Demnach handelte es sich diesmal offenbar um eine Behausung, die der seinen ähnelte.

Der Kriminaltechniker fuhr fort: »Ein Zweizimmerapartment in einem Hochhaus im Zentrum. Die meisten haben heute Zweizimmerapartments. Ich auch. Die Wohnung war sauber, gut gepflegt, nicht einmal schmutziges Geschirr. Allerdings ein wenig staubig. Mag sein, dass die Frau sich eine Weile nicht dort aufgehalten hat. Sie scheint keine Zeitung abonniert zu haben. Post war auch nicht gekommen, aber die Wohnung wirkte irgendwie verlassen. Nichts Auffälliges, ich meine, nichts, was unmittelbar von Nutzen wäre. Um alle Gegenstände und Unterlagen richtig einschätzen zu können, brauchen wir aber zusätzliche Informationen.«

Kivimaas Bericht veranlasste keinen der Anwesenden zu spontanen Hurrarufen.

Huhtanen fasste die allgemeine Stimmung zusammen: »Scheiße.«

»Gibt es auch irgendwelche konstruktiven Vorschläge?«, fragte Kairamo.

»Aus einer Sackgasse führt im Allgemeinen nur ein Weg hinaus«, meinte der optimistische Rimpiaho. »Vielleicht müssen wir an unseren Ausgangspunkt zurückkehren.«

»Wer weiß überhaupt noch, von welchem verdammten Punkt wir losgegangen sind«, sagte Hanhivaara. »Aber es gibt immerhin noch eine Richtung, in der wir es versuchen können. Vielleicht stecken wir doch nicht in der Sackgasse.«

»Wo siehst du den Ausweg?«

»Wie die großen Detektive sagen: Liegt es nicht auf der Hand? Eine Frau ist gestorben. Sie wurde am helllichten Tag erschossen. Mit einem einzigen Schuss. Dieser Schuss wurde aus dreihundert Metern Entfernung abgegeben. Und der Meisterdetektiv sagt: Aha!«

Hanhivaara amüsierte sich königlich über seine neue geheimnisvolle Rhetorik.

Rimpiaho griff seinen Gedanken auf: »Tatsächlich! Wie viele von uns würden auf die Entfernung treffen?«

Hanhivaara fuhr fort: »Mir scheint, wir können uns auf einen ziemlich kleinen Sektor konzentrieren. Der Täter oder die Täterin kann verdammt gut schießen. Und verdammt gute Schützen sind weitaus dünner gesät als verdammt gute Maulhelden.«

Die Männer am runden Tisch waren davon überzeugt, genau das auch selbst gedacht zu haben.

Kairamo, der sich nie mit fremden Federn schmückte, reagierte souverän: »Hanhivaara hat den richtigen Spürsinn. Es hat viel zu lange gedauert, bis dieser Aspekt zur Sprache kam, aber das muss ich mir selbst zum Vorwurf machen. Also, wer kann gut schießen?«

Huhtanen meldete sich als Erster: »Bei der Armee gibt's Profis.«

»Es gibt auch gute Amateure«, sagte Rimpiaho. »In den Schießklubs.«

»Sonst noch wer?«, fragte Kairamo.

Hanhivaara konnte seine Zunge nicht im Zaum halten: »Bei der Polizei gibt es jede Menge überdurchschnittlich gute Schützen.«

Kairamo fragte mit steinerner Miene: »Weiter?«

»Jagdvereine«, sagte Huhtanen.

»Schön, jetzt wissen wir, in welcher Richtung wir suchen müssen«, sagte Kairamo. »Es wäre eine statistische Abnormität, wenn es einem nicht registrierten Schütze in unserem Land gelänge, sich die nötige Kunstfertigkeit für diesen Mord anzueignen.«

»Den Mord haben wir aber immer noch nicht geklärt«, sagte Hanhivaara, der glaubte, pessimistische Bemerkungen würden die Bereitschaft seiner Kollegen steigern, ihr Bestes zu geben.

Huhtanen begann zu zweifeln: »Liegen wir vielleicht doch schief? Warum sollte der Mörder eine Methode wählen, über die er so leicht zu identifizieren ist?«

Kairamo schätzte die geballte Intelligenz seines Dezernats realistisch ein: »Ich weiß nicht, ob die Verbindung letzten Endes wirklich so offensichtlich ist. Du hast doch gesehen, wie lange wir gebraucht haben, um darauf zu kommen. Vielleicht ist es dem Schützen selbst noch gar nicht aufgefallen.«

3

Asko Mertanen hatte überhaupt nicht daran gedacht, dass er eine Signatur hinterließ, die sich von den meisten anderen – nicht von allen, aber von vielen – abhob, indem er mit einem einzigen Schuss auf dreihundert Meter Distanz exakt ins Ziel traf.

Als ihm dieser Gedanke kam, zog er die logische Schlussfolgerung: Ich habe einen Fehler gemacht.

Sobald er sich den Fehler eingestanden hatte, begann er zu überlegen, wie er ihn korrigieren konnte.

Aber einen Fehler zu erkennen, hieß noch nicht, dass man fähig war, ihn auszubügeln.

Mertanen stellte den Plattenspieler ab, Dolly Parton konnte ihm bei der Lösung dieses Problems nicht helfen.

Dann setzte er sich aufs Sofa, schlug die Beine übereinander, zündete sich eine Zigarette an und starrte vor sich hin. Er kaute nicht auf den Lippen, denn jetzt hatte er Wichtigeres zu tun.

Mertanen wusste nicht, wie lange die Polizei brauchen würde, um die Bedeutung seiner Treffsicherheit zu erkennen. Bestimmt nicht sehr lange.

Seine einzige Chance war ein spektakuläres Ablenkungsmanöver, das ihm vier oder fünf Tage Vorsprung verschaffen würde. Er hatte mittlerweile ein Stadium erreicht, in dem es ihn nicht mehr interessierte, was danach geschehen würde. Er hatte das Spiel verloren. Dabei war sein Plan wasserdicht gewesen. Und den Probeschuss hatte er gebraucht, um im entscheidenden Moment nicht nervös zu werden.

Er ging ins Schlafzimmer und setzte sich aufs Bett, schwarz gekleidet wie immer. Er starrte an die Wand. Das Plakat und die Zielscheibe für die Luftpistole hatten Gesellschaft bekommen. Neben ihnen hingen Dutzende von Zeitungsausschnitten, die mit Stecknadeln an die Tapete geheftet waren und zwei Themen behandelten: Eeva-Marias und Helenas Tod. Es war eine bunte Kavalkade journalistischer Begabung und Unfähigkeit. Die meisten Artikel widerten Mertanen an. Vor allem der Vergleich mit amerikanischen Filmen brachte ihn in Rage. Er ging selten ins Kino und auch reale Ereignisse in Amerika interessierten ihn nicht. Warum suchten diese Schreiberlinge die Gründe anderswo, wenn es in Finnland mehr als genug davon gab?

Mertanen wusste, dass die Polizei bald anfangen würde, nach einem erstklassigen Schützen zu suchen. Da es viele gute Schützen gab, würde es einige Zeit dauern, sie alle zu finden und zu befragen. Womöglich stand er selbst ganz unten auf der Liste. Andererseits hatte er Eeva-Maria gekannt; die Ermittler würden daraus ihre Schlüsse ziehen. Aber da sie sicher mehrere hundert Personen vernehmen mussten, würden sie wohl nicht gleich beim ersten Besuch mit einem Durchsuchungsbefehl anrücken. Die Frage war, ob er die Polizei beim ersten Mal empfangen oder bis zum entscheidenden Tag untertauchen sollte.

Und dann das Ablenkungsmanöver. Wie konnte er sich für diese Zeit ein Alibi verschaffen?

Er musste nämlich seine Vorführung an einem anderen Ort wiederholen und dabei ein klein wenig am Ziel vorbeitreffen. Das würde die Polizei eine Weile verwirren. Er musste dafür einen Ort aussuchen, der nicht zu weit von Tampere entfernt war, sodass er die Strecke mühelos bewältigen konnte, aber auch nicht zu nah, denn er wollte der Polizei Gelegenheit geben, ihre bisherigen Vermutungen in Zweifel zu ziehen: Vielleicht lebte der Heckenschütze doch nicht in Tampere.

Zu dumm, dass er sich deswegen noch einmal verkleiden musste. Aber nicht zu ändern.

Mertanen holte Landkarte und Kalender. Der nächste Tag war ein Mittwoch. Der musste es sein. Die Polizei würde einen Schock bekommen und die Bevölkerung in Panik geraten.

Er nahm eine der zerschnippelten Zeitungen und sah sich die Inserate an. In einem Tanzlokal in Harjavalta sollte am Mittwoch eine Veranstaltung stattfinden. Also würden genügend Leute dort sein. War der Ort weit genug entfernt? Vielleicht eine Stunde mit dem Auto. Mertanen hatte keine Zeit für lange Überlegungen. Er fasste seinen Entschluss.

Diesmal würde er sein Opfer nur verletzen. Er wollte niemanden töten, denn die Polizisten sollten sich fragen, ob der Heckenschütze beim ersten Mal nur zufällig so präzise getroffen hatte.

Es würde klappen.

Jetzt konnte die Polizei ruhig kommen.

Doch die Polizei kam nicht. Noch nicht.

4

Hanhivaara klingelte. Kuuppa öffnete und Hanhivaara trat ein.

»Treten Sie näher«, sagte Kuuppa. »Wenn ich mich recht entsinne, waren Sie der Nettere.«

Hanhivaara hatte keine Lust auf langes Geplauder, wollte den alten Mann aber nicht vor den Kopf stoßen.

Also ließ er sich überreden, in Kuuppas nach Müdigkeit riechender Wohnung eine Tasse Kaffee zu trinken.

Kuuppa sagte: »Sie kommen in Helenas Fall nicht weiter?«

»Ein schwieriger Fall«, nickte Hanhivaara.

»Wo hakt es denn?«

»Eigentlich dürfte ich es Ihnen nicht sagen, aber wir haben einen Verdächtigen.«

Hanhivaara war der Meinung, dass es bei der Befragung eines im Prinzip wohlwollenden Zeugen nicht schaden konnte, eine Vertrauensbasis zu schaffen. Und sei es mit einer Lüge.

»So. Wer ist es denn?«

»Das kann ich Ihnen nicht sagen.«

»Natürlich nicht. Wie dumm von mir.« Kuuppa zupfte an seinen Hosenbeinen. Es war eine Ersatzhandlung; Menschen tun alle möglichen unnötigen Dinge.

Mit der Kaffeetasse in der Hand stand Hanhivaara auf und ging zu der alten Kommode, auf der eine Reihe gerahmter Fotos stand. »Verwandte?«, fragte er.

»Die meisten. Außerdem ein paar alte Bekannte und meine Frau. Alle vor langer Zeit aufgenommen.«

Bevor Kuuppa zu einer ausführlichen Erläuterung der einzelnen Bilder ansetzen konnte, sagte Hanhivaara rasch: »Ich hätte da auch ein Foto.«

»Das mit Helena zu tun hat. Ihr Polizisten bleibt immer bei der Sache, ich weiß. Na, zeigen Sie mal her.«

Hanhivaara zog das Foto aus der Tasche. Es war stark retuschiert, doch Eeva-Maria Kilpinens Gesichtszüge waren durchaus zu erkennen.

Kuuppa setzte die Brille auf, nahm das Bild in die Hand und betrachtete es eine ganze Weile.

»Ja, das ist eine von Helenas Bekannten. Schon etwas älter, glaube ich.«

Hanhivaara wartete, doch als Kuuppa nicht weitersprach, fragte er: »War diese Frau in der Mordnacht bei Helena?«

»Kann ich nicht sagen. Wenn ich wüsste, wer in der Nacht bei Helena war, hätte ich es Ihnen längst erzählt. Ich hatte nicht die Angewohnheit, ihr nachzuspionieren.«

Waren Kuuppas ständige Beteuerungen, er sei nicht neugierig, nicht doch ein wenig übertrieben?, überlegte Hanhivaara.

»Hat Helena nie über diese Frau gesprochen?«

»Lassen Sie mich nachdenken.«

Hanhivaara ließ Kuuppa nachdenken.

»Sie hatte einen zweiteiligen Vornamen. Soweit ich mich erinnere.«

»Eeva-Maria«, sagte Hanhivaara und rechnete damit, dass Kuuppa die Verbindung zu den jüngsten Schlagzeilen herstellen würde. Doch das tat er nicht.

»Eeva-Maria, genau, irgendwie sehr biblisch. Eeva brachte die Verderbnis und Maria die Freudenbotschaft. Nicht dass ich ein großer Bibelleser wäre.«

Stille. Kuuppa trank Kaffee und Hanhivaara machte eine ablehnende Handbewegung: für ihn keinen mehr.

Dann fuhr Kuuppa fort: »Irgendetwas war mit dieser Eeva-Maria. Oder eigentlich nicht mit ihr, sondern mit dem Typen, der sie ab und zu begleitete. Helena hat einmal gesagt, dieser Mann sei ausgesprochen eigenartig. Nicht dass

Eigenartigkeit an sich etwas Schlechtes wäre, weder nach Helenas Ansicht noch nach meiner. Aber dieser Mann hat ihr Angst eingeflößt, er benahm sich irgendwie aggressiv. Helena sagte, er hätte sich den Kopf kahl rasiert, obwohl er schönes, dichtes Haar hatte.«

Es braucht wahrhaftig nicht viel, um einen Menschen als furchterregend einzustufen, dachte Hanhivaara.

»Soweit ich weiß, war der Mann nie in Helenas Wohnung«, fügte Kuuppa hinzu. »Sie ist ihm nur bei der Arbeit begegnet.«

»Wie heißt dieser Mann?«

»Das weiß ich nicht.«

»Offenbar gab es aber keinen konkreten Grund, sich vor ihm zu fürchten? Mal abgesehen von seiner Glatze.«

»Sie machen sich lustig. Aber Sie sollten nicht über mich spotten. Helena hat mir von dem Mann erzählt und sie verstand sich darauf, Menschen zu beurteilen. Sie kannte viele Leute.«

»Das habe ich auch gehört«, sagte Hanhivaara.

»Sie sollten aber nicht alles glauben, was die Leute über Helena reden.«

»Was erzählen sie denn?«

»Dass die Männer bei ihr ein und aus gingen. Sie hatte nicht mehr Männerbesuch als jedes andere gesunde junge Mädchen.«

»Und Frauen?«

»Natürlich hatte sie Freundinnen.«

»Und eine davon war Eeva-Maria?«

»Meines Wissens ja.«

Hanhivaara verabschiedete sich.

»Eeva-Maria ist tot«, sagte er an der Tür.

»Tatsächlich?«, fragte Kuuppa ohne besonderes Interesse.

»Wollen Sie mich auf den Arm nehmen?«

»Wieso?«

»Haben Sie wirklich nicht gewusst, dass Eeva-Maria tot ist?«

»Woher sollte ich das denn wissen?«

»Es hat in der Zeitung gestanden. Auf der ersten Seite.«

»Ich lese kaum noch Zeitung. Immer nur Gewalt und Politik und Schlechtigkeit. Das ist deprimierend. Altwerden ist schlimm genug, da braucht man sich nicht auch noch durch Zeitungen den Tag zu verderben.«

Hanhivaara sah sich um und entdeckte keine einzige Zeitung.

»Da haben Sie wohl recht«, sagte er und ging.

5

Hanhivaara reichte es allmählich.

Die Ermittlungen kamen nicht voran. Der Mörder war auf freiem Fuß. Das war nicht richtig. Andererseits liefen viele Mörder frei herum. Die ganz großen Mörder werden nie gefasst, dachte Hanhivaara und sagte sich gleich darauf, dass dieser banale Gedanke neuerdings derart massiv propagiert wurde, dass er allmählich für wichtig gehalten wurde. Was er natürlich nicht war. Es gibt nur wenig wirklich Wichtiges auf der Welt.

Hanhivaara ließ den Motor an. Er würde wohl mit dem kahlköpfigen Mann sprechen müssen, vorausgesetzt, er fand ihn.

Und dann gab es noch jemanden, den er besuchen musste. Ruckend fuhr er an.

Aus irgendeinem Grund hatte Hanhivaara häufig schlechte Erfahrungen mit Hausmeistern gemacht. Er wollte niemanden nur aufgrund seines Berufs abstempeln. Er sonnte sich sogar gern in der Vorstellung, ein vorurteilsloser Mensch zu sein, der Schwarze als Menschen behandeln konnte. Oder Zigeuner. Hanhivaara hatte keine schlechten Erfahrungen mit Zigeunern gemacht.

Selbst der einzige Messerstecher, der ihn je angefallen hatte, war sehr hell gewesen. Ironischerweise fast ein Albino.

Als er nun einem Hausmeister begegnete, freute sich Hanhivaara, dass sich die Summe seiner schlechten Erfahrungen nicht vergrößerte.

»Ich bin von der Polizei«, sagte er und wartete ab.

»Nun ja, wir haben alle unser Kreuz zu tragen. Der Hausmeisterjob ist auch nicht immer das reine Honigschlecken«, sagte der Mann, der ihm die Tür geöffnet hatte. Er war jung und er lächelte. Er trug kein Netzhemd und stank nicht nach Schnaps. Er wirkte energisch und hatte einen offenen Blick.

»Ich brauche einige Auskünfte«, sagte Hanhivaara.

»Die Sterne geben Auskunft, Kommissar Palmu«, sagte der Mann.

Hanhivaara lächelte. Auch er hatte Waltaris letzten Kriminalroman gelesen.

»Es wäre meiner Arbeit nicht abträglich, wenn ich etwas über einige Bewohner des Nachbarhauses erfahren könnte. Die beiden Häuser gehören doch zusammen?«

Der Mann bat Hanhivaara, einzutreten.

Er sagte: »Es tut mir leid, aber ich muss Sie bitten, sich auszuweisen. Es laufen halt so viele Schwindler herum.«

Hanhivaara holte den Dienstausweis hervor. Der Mann nahm ihn und studierte ihn gründlich. Er verglich das Foto mit Hanhivaaras Gesicht, und Hanhivaara sagte: »Wir werden alle mal älter.«

»Sieht echt aus. Wenn das Ding eine Fälschung ist, ist sie gut gemacht, und ich respektiere fachmännische Arbeit.«

Der Mann bot Hanhivaara Platz an und fragte: »Was wollen Sie denn wissen?«

Hanhivaara hatte zwei Möglichkeiten, sein Problem zu

lösen. Er hätte an drei Türen klingeln und Fragen stellen können, die die Wahrheit ans Licht brachten. Die zweite Möglichkeit war diese vorgreifende Methode, die er für die bessere hielt.

»Im Aufgang A des Nachbarhauses, im fünften Stock, wohnen drei Parteien. Ich möchte Hintergrundinformationen über diese Leute.«

»Warum, wenn ich fragen darf?«

»Das kann ich Ihnen nicht sagen. Es handelt sich um eine wichtige Polizeiangelegenheit. Ich bekomme die Informationen auf jeden Fall, aber so geht es am leichtesten. Also, wie ist es?«

Der Hausmeister ging in ein Nebenzimmer und kam mit einem großen Buch zurück. Er blätterte darin.

»Es geht also um die Wohnungen dreizehn, vierzehn und fünfzehn. Moment, Moment. Ich bin noch nicht lange hier, sonst wüsste ich die Namen auswendig. Da haben wir es. In der Wohnung Nummer dreizehn lebt Hildur Högman. Na so was, die ist schon fast achtzig. Kaum zu glauben, sie ist nämlich wieselflink und hat ihre sieben Sinne beisammen. Sie hat eine Einzimmerwohnung. Die vierzehn ist eine Zweizimmerwohnung. Da lebt ein junges Pärchen. Marja Silvennoinen ist hier als Studentin eingetragen und Markku Hohkuri als Ingenieur. Die beiden sind nicht verheiratet. Keine Kinder. Wohnen zur Miete. In der fünfzehn wohnt ein gewisser Asko Mertanen, von Beruf Kellner. Die Wohnung gehört ihm, vier Zimmer, Küche und Bad. Kellner scheinen ganz ordentlich zu verdienen. Schön, dass es wenigstens einigen gut geht. Ich will nicht neidisch sein. Er lebt allein. Ich weiß nicht, ob ich ihn je zu Gesicht bekommen habe. Ich bin erst kurze Zeit hier, wie ich wohl schon erwähnt habe. Mertanen ist sechsunddreißig, so steht's jedenfalls hier.«

Hanhivaara saß da und machte sich Notizen. Er wusste

längst, bei wem er klingeln würde. Bei den anderen würde er es nicht mal der Form halber probieren.

»Brauchen Sie sonst noch was?«, fragte der Mann.

»Ich brauche nichts weiter. Was sollte ich sonst noch brauchen«, sagte Hanhivaara und wunderte sich selbst über seine Gesprächigkeit.

»Na gut, das war's dann. Bitte sehr.«

»Herzlichen Dank«, sagte Hanhivaara.

Im Nachbarhaus drückte er den Aufzugknopf.

Im fünften Stock klingelte er; an der Tür stand *Mertanen.*

Hanhivaara musste eine Weile warten.

Dann ging die Tür auf und er stand einem Mann gegenüber, jünger als er selbst, schlank, fast mager, aber sehnig wie ein Schwimmer. Der Mann hatte lange blonde Haare. Er trug eine schwarze Samthose und ein schwarzes Seidenhemd. Ein rotes Halstuch vervollständigte das Ensemble. Schuhe hatte er nicht an, die Füße steckten in schwarzen Socken.

Seine Augen waren dunkel, die Lippen auffällig rot.

Hanhivaara sagte: »Polizei. Darf ich hereinkommen?«

Der Mann verbeugte sich höflich, aber ein wenig steif, nach Kellnerart. Er sagte: »Bitte.«

Hanhivaara wurde in ein großes, aber recht einfach möbliertes Wohnzimmer geführt, wo Countrymusik lief, die ihm nicht gefiel.

Mertanen schien seine Abneigung gegen diese Art Musik zu spüren, denn er stellte den Plattenspieler ab.

»Sie heißen Asko Mertanen und sind Kellner, ist das richtig?«, fragte Hanhivaara vorsichtshalber.

»Ganz richtig. Bitte, nehmen Sie Platz. Kaffee? Es macht gar keine Umstände, ich war gerade dabei, mir welchen aufzugießen. Polizeiarbeit ist sicher nicht leicht. Ich beneide Sie nicht.«

Hanhivaara registrierte, dass Mertanens Höflichkeit ganz

natürlich schien; sie war so gut einstudiert, dass sie nicht mehr angelernt wirkte, sondern sozusagen angeboren. Da Hanhivaara gerade Kaffee getrunken hatte, beschloss er, noch etwas mehr zu trinken.

Mertanen holte die Kaffeekanne aus der Küche und fragte: »Womit kann ich dienen?«

Hanhivaara nahm seinen Notizblock zur Hand und sagte: »Sie haben die Kellnerin Eeva-Maria Kilpinen gekannt.«

»Ja. Eine traurige Geschichte. Widerwärtig. Haben Sie den Mann schon gefasst?«

»Den Mann?«, fragte Hanhivaara mit unschuldigem Gesicht. Es war genau die Sorte von Fragen, die er mit besonderem Genuss stellte, denn sie lagen auf der Hand und führten das Gespräch mühelos auf Nebengleise.

»Ja, ich ging automatisch davon aus, dass es ein Mann war. Wie dumm von mir. Aber man ist nun mal im traditionellen Rollendenken gefangen.«

»Meinen Sie, das traditionelle Rollenmuster sieht vor, dass ein Mann auf Menschen schießen darf, eine Frau aber nicht?«

Mertanen wurde kein bisschen nervös. Sein Auftreten war die ganze Zeit sicher und selbstbewusst. Er war höflich, er war ein Mann, der nichts zu verbergen hatte.

Er sagte: »Ich glaube, Sie verstehen, was ich meine. Auch wenn Sie sich ein bisschen dumm stellen. Aber ich kann natürlich auch fragen, ob Sie die Frau schon gefasst haben.«

»Die Frau, woher wissen Sie, dass es eine Frau war?«, fragte Hanhivaara, ohne eine Miene zu verziehen.

Mertanen sagte: »Die Polizei hat natürlich ihre Techniken und Tricks. Ich habe Eeva-Maria nicht sehr gut gekannt.«

»Was heißt das?«

»Das heißt, dass wir uns gegrüßt, uns auch mal unterhalten haben, aber unsere geheimsten Leidenschaften haben wir uns nicht anvertraut.«

»Und trotzdem hat sie bei Ihnen übernachtet«, sagte Hanhivaara und zündete eine Zigarette an. Das war einer dieser Polizeitricks: ein verstohlener Blick durch die Flamme des Feuerzeugs. Aber wenn Hanhivaara eine auffällige Veränderung in Mertanens Verhalten erwartet hatte, sah er sich getäuscht.

Mertanen sagte nur: »Oho, Sie sind aber gut unterrichtet. Ich weiß nicht, woher Sie Ihre Informationen haben, aber sie entsprechen natürlich der Wahrheit.«

»Trotzdem haben Sie sich angeblich nicht gut gekannt. Seltsam.«

»Ach, ich weiß nicht. Manchmal verbringt man die Nacht auch mit völlig Fremden.«

»Mag sein. Erzählen Sie mir etwas über Frau Kilpinen.«

»Was soll ich da sagen? Sie war nett und anziehend, soweit ich sie eben gekannt habe.«

»Und freizügig.«

»Sie sollten das nicht überbewerten.«

»Können Sie uns denn gar nicht helfen? Wir wollen ihren Mörder fassen.«

Mertanens Tonfall veränderte sich kein einziges Mal. Er sprach höflich, stellenweise vielleicht ein wenig geniert. Ein Gentleman lässt sich nicht allzu detailliert über seine nächtlichen Abenteuer aus. Mertanen lächelte. Hanhivaara fragte: »Was ist mit Ihren Lippen passiert?«

»Nichts weiter, sie sind nur aufgesprungen. Das passiert mir öfter, ich weiß nicht, warum.«

»Das Problem kenne ich«, sagte Hanhivaara nachdenklich. »War Eeva-Maria Kilpinen in der Nacht vor ihrem Tod auch hier?«

Hanhivaara glaubte, einen Anflug von Unsicherheit in Mertanens Augen gesehen zu haben. Doch der verschwand gleich wieder und die Antwort kam mit ruhiger Stimme: »Ja.«

»Erzählen Sie mir davon.«

»Über meine nächtlichen Aktivitäten spreche ich nicht gern. Sie haben ohnehin nichts mit Eeva-Marias Tod zu tun.«

»Lassen Sie das Theater. Sie wissen genau, was ich meine.«

»Na gut«, fuhr die gleichmäßige, höfliche Stimme fort. »Sie kam direkt von der Arbeit. Das heißt, sie war gegen zwei Uhr nachts hier. Kurz nach acht ist sie wieder gegangen. Genauer gesagt, ich habe sie zum Friseur gebracht. Dann bin ich wieder nach Hause gefahren, und das Nächste, was ich von ihr gehört habe, war die Zeitungsmeldung, sie sei erschossen worden.«

»Wo waren Sie in der Zwischenzeit?«

»Hier zu Hause. Ich habe Urlaub und wollte mich ausruhen.«

»Wer kann das bezeugen?«

»Niemand.«

»Hat es Sie nicht gewundert, dass Ihre Freundin nicht zurückkam?«

»Nein.«

Hanhivaara ärgerte sich über Mertanens Wortkargheit. Der Mann war weiterhin ausgesucht höflich, aber er hätte die Sache so erklären können, dass Hanhivaara nicht gleich wieder nachfragen musste. Es war das reinste Ziegenmelken. Mertanen beantwortete jede Frage höflich und ohne Ausflüchte, aber das war es dann auch schon.

Hanhivaara fragte: »Wieso hat es Sie nicht gewundert?«

»Wir hatten nicht verabredet, dass sie am selben Tag wieder herkommen würde. Und selbst wenn, ich hätte mich trotzdem nicht gewundert. Man konnte nie genau wissen, was Eeva-Maria tun würde. Sie war sehr selbstständig.«

»Na schön, sie ist also nicht gekommen und Sie haben sich nicht gewundert. Wer mag sie erschossen haben?«

Mertanen sah Hanhivaara in die Augen und sagte: »Ich

vertrete die Theorie, dass sie zufällig zum Opfer wurde. Da läuft irgendein Verrückter herum. Es wird sicher noch mehr Anschläge geben. Wie gesagt, das ist nur eine Theorie, sie beruht nicht auf Fakten.«

»Sondern?«

»Auf der Überzeugung, dass so etwas früher oder später passieren musste. Die Skandalblätter brauchen Stoff. Und Amerika hat uns ja Beispiele genug geliefert.«

»Sie sind kein ausgesprochener Optimist, scheint mir.«

»Es ist ganz egal, was ich bin. Was passieren soll, passiert, ich habe darauf keinen Einfluss.«

Täuschte sich Hanhivaara oder hatte er ein winziges Lächeln auf Mertanens roten Lippen gesehen?

Und wenn schon.

Er fragte: »Können Sie schießen?«

»Nein. Ich habe eine Abneigung gegen Waffen.«

Plötzlich fiel Hanhivaara etwas ein, was er vor einer Weile von Kuuppa gehört hatte. Er fragte: »Kennen Sie einen Freund von Eeva-Maria, der eine Glatze hat?«

Mertanen stand urplötzlich auf und ging in die Küche. Von dort rief er: »Möchten Sie noch Kaffee?«

»Nein danke«, rief Hanhivaara zurück und überlegte, warum eine so unschuldige Frage bei Mertanen dringenden Kaffeedurst hervorgerufen hatte. Das schlichte Zimmer, in dem er saß, gab ihm keine Antwort. Er stand auf und gedachte, sich den Rest der Wohnung anzusehen, doch bevor er durch die Wohnzimmertür treten konnte, kam Mertanen zurück. Er hatte wieder die Kaffeekanne in der Hand und sagte: »Trinken Sie doch noch eine Tasse mit.«

Hanhivaara setzte sich wieder hin. »Na gut«, sagte er.

»Wonach haben Sie eben gefragt? Jemand mit Glatze?«

»Ja.«

»Tut mir leid, da kann ich Ihnen nicht helfen. Ich wusste nicht, dass Eeva-Maria einen kahlköpfigen Freund hatte.«

»Darf ich mich ein wenig umsehen?«

»Bitte nicht. Es ist nicht aufgeräumt.«

»Das stört mich nicht.«

»Aber mich. Ich kann nicht zulassen, dass Wildfremde in meinen Sachen wühlen. Das ist wieder mal eine der Widerwärtigkeiten unserer Gesellschaft. Man lässt ehrliche Menschen einfach nicht in Ruhe. Erst nimmt man ihnen, verdammt noch mal, die Hälfte vom Lohn, damit der Staat seinen Polizisten das Gehalt zahlen kann, von dem er auch wieder die Hälfte abzieht. Und dann kommt die Polizei auch noch an und setzt ausgerechnet die Leute unter Druck, denen sie eigentlich dienen müsste. Währenddessen hocken die da oben in allen möglichen Ausschüssen und fühlen sich unangreifbar, denn ihnen kann selbst die Polizei nichts anhaben. Je höher so ein Herr, desto größer sein Recht, zu tun, was er will, ohne dass die Polizei eingreift. Und das nennt sich Demokratie! Aber zum Glück begreift man anderswo in Europa allmählich, dass die finnische Demokratie nichts weiter ist als eine Phrase für pompöse Festreden, mit denen der Redner seine Privilegien rechtfertigen will: Er diene doch der Demokratie, sei ein unbedeutendes Rädchen in ihrem Getriebe ...«

Mertanen verstummte plötzlich. Erschrocken sah er Hanhivaara an, der auf dem Sofa saß. Das war ja gar nicht Eeva-Maria oder sonst jemand, der ihm nichts anhaben konnte.

Hanhivaara wiederum betrachtete den Mann, der sich gerade eine Blöße gegeben hatte, peinlich berührt. Er kam sich vor wie ein Spanner. Er hatte einen Mechanismus ausgelöst, der den höflichen, zurückhaltenden Mann fast in einen tollwütigen Hund verwandelt hatte. Der Vergleich war ziemlich altmodisch, doch er kam Hanhivaara zwangsläufig in den Sinn, denn Mertanens Lippen waren von einer Art Geifer aus Blut und Speichel bedeckt.

Mertanen sagte: »Es tut mir leid. Ich wollte niemanden

verunglimpfen. Aber ich bin ein wenig gestresst, und nun auch noch Eeva-Marias Tod, für den man vorläufig niemanden beschuldigen kann. Da kann es leicht einmal passieren, dass man seine Vorwürfe an die falsche Adresse richtet, nicht wahr?«

»Ich verstehe«, sagte Hanhivaara, doch er war keineswegs sicher, ob er tatsächlich verstanden hatte. Ihm schien, dass selbst Mertanen nicht ganz verstand, was er sagte.

Immerhin hatte der Mann seine Maske fallen gelassen. Hanhivaara brauchte sich nicht mehr vorzustellen, dass er nur ein normaler, freundlicher und höflicher Kellner war. Das wäre auch ein Irrtum gewesen. Und Irrtümer hatte es schon genug gegeben.

»Wie wäre es, wenn ich mich doch ein wenig umsehen würde?«, schlug Hanhivaara noch einmal vor und wartete auf einen neuerlichen Ausbruch.

Mertanen sagte jedoch nur ruhig: »Dafür müssen Sie einen Durchsuchungsbefehl beantragen.«

Nach kurzem Schweigen fügte er hinzu: »Und bis dahin habe ich vielleicht Zeit gefunden, ein bisschen aufzuräumen.«

ZEHN

I

Marketta ging zum ersten Mal auf eine öffentliche Tanzveranstaltung. Ihr Vater hatte bisher immer gesagt, kommt nicht infrage, und die Mutter hatte gesagt, was willst du da überhaupt in deinem Alter, zu Hause ist es doch viel schöner. Marketta war schon vierzehn und fand die Einstellung ihrer Eltern einfach lächerlich. Viele ihrer Freundinnen gingen regelmäßig zum Tanzen, seit sie zwölf waren.

Für Marketta war es jedoch das erste Mal, und als sie im Bus saß, spürte sie ein Kribbeln, das dem Anlass angemessen war; bestimmt würde es ein unvergessliches Erlebnis werden.

Sie wollte sich mit Birgitta, ihrer besten Freundin, am Eingang zum Tanzlokal treffen. Birgitta war schon früher nach Harjavalta gefahren, um ihre Großmutter zu besuchen. Wer weiß, vielleicht würden auch Make und Rike auftauchen. Die Jungen zogen immer zu zweit durch die Gegend, und Marketta hatte in der Schule laut genug verkündet, was sie vorhatte.

Sie stieg aus dem Bus und sah zum Himmel auf. Es schien doch noch regnen zu wollen. Aber das war nebensächlich. Es gab so viele wichtigere Dinge.

Am Eingang herrschte Gedränge. Gedrungene Amateurkugelstoßer mit bäuerlichen Gesichtern versahen den Ordnungsdienst. Irgendwer machte ja immer Zoff.

Birgitta war nirgends zu sehen. Aber Marketta war auch eine halbe Stunde zu früh dran. Sie hatte sichergehen wollen, dass sie sich nicht verspätete, damit ihre Freundin nicht wieder sagen konnte, auf sie sei kein Verlass. Marketta wagte nicht, sich an den Wegrand zu setzen, denn dabei hätte ihre frisch gewaschene Jeans womöglich Flecken bekommen. Und darüber würden sich die anderen garantiert lustig machen. Diese Chance wollte sie keinem geben.

Sie ließ den Blick über die Menge schweifen. Einige kannte sie, einige sahen so aus, dass sie froh war, sie nicht zu kennen, und von einigen fühlte sie sich auf kindliche Weise angezogen: Der da drüben ist bestimmt süß.

Es begann zu nieseln und Marketta suchte unter einem Baum Schutz, denn natürlich hatte sie keinen doofen Regenmantel angezogen oder gar einen Schirm mitgenommen. Das war etwas für Gruftis. Für Marketta war jeder über dreißig ein Grufti, und die noch nicht ganz so Vergreisten, ab zwanzig aufwärts, hatte sie im Verdacht, Handlanger der Gruftis zu sein.

Eine halbe Stunde ging ins Land und Birgitta ließ sich immer noch nicht blicken. Make und Rike übrigens auch nicht. Was war bloß los mit den Leuten? Sie hatte doch laut und deutlich gesagt, wo sie hinwollte. Nicht mal auf seine eigene Clique konnte man sich verlassen.

Eine Dreiviertelstunde war vergangen. Es hörte auf zu regnen und jetzt entdeckte Marketta endlich ihre Freundin in der Menge. Sie rannte zu ihr.

»Du bist zu spät«, sagte sie in strengem Ton.

»Selbst zu spät. Ich hab mindestens eine halbe Stunde am Eingang gewartet.«

»Hättest dich eben ein bisschen umgucken müssen.«

»Wir hatten uns aber am Eingang verabredet! Wieso stehst du dann nicht am Eingang? Nie kannst du was richtig machen!«

Die beiden Busenfreundinnen führten einen langen, hingebungsvollen Wortstreit darüber, wo sie sich verabredet hatten und wessen Schuld es war, dass sich ihr Treffen um mindestens eine Viertelstunde verzögert hatte. Als sie das

Zanken leid waren, beschlossen sie einmütig, Eintrittskarten zu kaufen. Ihr Disput blieb ungelöst, aber sie kamen nie mehr darauf zu sprechen. Sie hatten noch nicht gelernt, nachtragend zu sein und Kränkungen ihr Leben lang im Gedächtnis zu bewahren. Sie hatten eben noch nicht von der Herrlichkeit der Erwachsenenwelt gekostet, doch selbstverständlich würden auch sie eines Tages zu Musterexemplaren heranwachsen.

Sie kauften die Eintrittskarten.

In dem Tanzlokal sollte außer den *Hurricanes* ein weißer Indianer auftreten, der Star einer Fernsehserie, der allerdings außer den gewöhnlichsten Eigenschaften der weißen Rasse nichts vorzuführen hatte. Aber die Finnen hielten es bereits für ein besonderes Talent, dass jemand im Fernsehen aufgetreten war. Und so ließen sie sich bereitwillig Geld abknöpfen, um Sheriff McLoud, Cannon, ›Rodney‹ O'Neill oder die Katze Sylvester in Fleisch und Blut auf der Bühne zu sehen. Die Stimmung bei diesen Veranstaltungen war so ähnlich wie vor dem Affenkäfig im Zoo.

»Ob die Jungs wohl kommen?«, fragte Marketta.

»Woher soll ich das wissen? Aber schön wäre es.«

Die beiden Mädchen gingen zögernd auf den Eingang zu. Sie hatten noch keine Routine darin, Erfahrung vorzutäuschen. Folglich misslang der Versuch kläglich, aber das sagte ihnen keiner.

»He, da ist Make«, sagte Marketta und fiel im selben Moment vornüber zu Boden. Die Kugel hatte sich in ihre rechte Schulter gebohrt.

Sie hatte sich ein unvergessliches Erlebnis gewünscht. Soeben hatte sich ihr Wunsch erfüllt.

2

Es war ein Kinderspiel gewesen. Mit dem Auto hin und mit dem Auto wieder weg, bevor die Idioten überhaupt begriffen hatten, dass das Mädchen angeschossen worden war.

Die Kleine war hübsch, doch sie hatte die leicht überhebliche Miene der einzigen Tochter einer offensichtlich gut situierten Familie zur Schau getragen. Daher hatte Mertanen beschlossen, sie an die Vergänglichkeit allen Seins zu erinnern. Nichts Ernstes, nur ein Schulterschuss, so hoch, dass die Lunge nicht verletzt wurde.

Nun konnte die Polizei eins und eins zusammenzählen und zu dem falschen Schluss gelangen, dass der Heckenschütze doch nicht ganz so treffsicher war. Damit würde sie eine Weile beschäftigt sein und Mertanen hatte seine Ruhe.

Er war in aller Gemütlichkeit durch Harjavalta zur Landstraße von Pori nach Tampere gefahren. Er hätte auch eine andere Route nehmen können, die Landstraße Richtung Helsinki bis Lauttakylä, doch die Strecke, die er gewählt hatte, war ruhiger und praktisch frei von Polizeistreifen.

Mertanen war schon halb zu Hause, bevor die Polizei irgendetwas zusammenrechnen konnte. Und als die Ermittler zu der Erkenntnis kamen, dass der Heckenschütze von Tampere offenbar wieder aktiv geworden war, lag Mertanen bereits gemütlich in seiner Badewanne und dachte über seine Zukunft nach. Die Unique lag, in ein Tuch gehüllt, auf dem Klodeckel.

Mertanen betrachtete seine Finger im Wasser: Wenn er sie senkrecht hielt, sahen sie kurz und gedrungen aus, hielt er sie aber waagerecht, wirkten sie lang und schlank. Mertanen betrachtete seine Finger und wusste, dass er gefasst werden würde. Er hatte keine Chance mehr zu entkommen, doch er war entschlossen, seine Mission zu erfüllen, bevor er festgenommen wurde.

Er hatte zu viel gelogen. Er hatte lügen müssen, um Zeit herauszuschinden. Vorläufig hatte der Polizist, der bei ihm gewesen war, keinen Grund, ihn einer Lüge zu verdächtigen. Er hatte gesagt, er könne nicht schießen. Dass das nicht stimmte, würden sie bald herausfinden, aber nicht zu bald, denn sie hatten keinen Grund, an seiner Aussage zu zweifeln und sie sofort zu überprüfen. Wieder einmal war Mertanen froh, dass er nie an einem Schießwettbewerb teilgenommen hatte, der seinen Namen öffentlich bekannt gemacht hätte. Dass er keinen Glatzkopf kannte, der mit Eeva-Maria ein Verhältnis gehabt hatte, war die nächste Lüge. Auch sie würde bald aufgedeckt werden, aber wohl nicht zu früh.

Er war dem Polizisten höflich, selbstsicher und scheinbar aufrichtig entgegengetreten. Der Mann hatte ausgesehen, als könne er eine Perücke nicht von echten Haaren unterscheiden, zumindest nicht, wenn sie so gut gearbeitet war wie Mertanens.

Mertanen rief sich in Erinnerung, dass er nur noch zwei oder drei Tage durchzuhalten brauchte. In Ylöjärvi, wo Ollilas Villa stand, hatte er sich schon frühzeitig umgesehen. Der örtliche Volksmund wusste, dass der Präsident bei Ollila saunte, so oft er nach Tampere kam. Und Mertanen hielt große Stücke auf den Volksmund.

Wahrscheinlich würde er nach Plan A handeln und seinen Anschlag am Samstag bei Ollilas Villa ausführen. Ihm gefiel die Vorstellung, dass er den Präsidenten splitternackt erwischen würde – oder allenfalls in Badehose.

Es gab auch einen Plan B, auf den er jedoch nicht ganz so fest baute. Das war der Freitagsplan, der mitten in der Stadt verwirklicht werden musste, wo der Präsident an der Enthüllung eines Kunstwerks teilnehmen sollte. Am Samstag würde er außerdem Ollilas neues Fabrikgebäude einweihen, aber dort wollte Mertanen es gar nicht erst versuchen. Die Gegebenheiten waren zu ungünstig.

Er hatte vor, noch einmal die X-51 zu verwenden und sich außerdem mit einer Pistole für den Nahkampf zu rüsten.

Alles war bereit.

Er wusch sich mit fast ritueller Andacht, duschte die Seife ab und rieb verschiedene Stellen seines Körpers mit diversen Duftwässerchen ein. Ein besseres Opfer als ihn hätten sich die Marketingspezialisten kaum wünschen können; während er mit untrüglicher Sicherheit jegliche Korruption aufspürte (selbst da, wo es gar keine gab), war er andererseits zum Sklaven verschiedener Duftnoten geworden. Eine unbedeutende Schwäche bei einem Mann mit großen Ideen.

3

»Es ist furchtbar«, seufzte Hanhivaara. »Aber es muss sein.«

»Ich werde es schon schaffen«, meinte Pekka Suvanto.

Die beiden befanden sich im Besprechungsraum. Auf dem Tisch lagen Fotos, die Hanhivaara seinem Zeugen vorlegen wollte. Soweit man bisher wusste, war Suvanto der Letzte gewesen, der Helena Maijala lebend gesehen hatte. Vielleicht konnte er anhand der Fotos sagen, ob sich etwas verändert hatte, nachdem er die Wohnung verlassen hatte. Zusätzlich zu der Tatsache, dass aus einer lebenden eine tote Frau geworden war – Suvantos Behauptung zufolge erst nach seinem Weggehen.

Der junge Mann hatte sich also darauf eingestellt, unangenehme Fotos zu betrachten. Dennoch zuckte er zusammen, als er die erste Aufnahme von der Toten sah, die seine Verlobte und folglich eventuell auch seine Frau hatte werden sollen.

»O Gott«, stammelte er. »O Gott.«

Hanhivaara hatte gewusst, dass es so kommen würde. Die Leute gaben sich immer mutiger und härter, als sie waren, vor allem die Männer.

Er wartete auf Kommentare.

Suvanto litt offensichtlich Qualen. Erinnerungen überkamen ihn. Er sagte: »Ich war in der Nacht nicht ganz nüchtern, aber ich erinnere mich an alles.«

Hanhivaara wartete.

»Worauf soll ich achten?«

»Auf die Gegenstände zum Beispiel. Befindet sich alles an derselben Stelle wie zu dem Zeitpunkt, als du die Wohnung verlassen hast, ist etwas dazugekommen oder verschwunden? Wie du siehst, verlassen wir uns darauf, dass du sie nicht umgebracht hast.«

»Wie nett«, sagte Suvanto bissig. »Was Sie denken, ist mir schnuppe. Ich weiß, dass ich es nicht getan habe.«

»Meine Bemerkung war eigentlich nicht höhnisch gemeint, aber wie du willst. Dann setzen wir dich eben wieder auf die Liste der Verdächtigen.«

»Entschuldigung«, lenkte Suvanto ein.

Er schaute die Fotos gründlich an und sagte dann: »Ich sehe nichts, was sich entscheidend verändert hätte. Kann sein, dass der Kühlschrank zu war, als ich ging. Die Flaschen sind ungefähr so voll, wie sie waren. Wie Sie sehen, hat eine der Nelken keine Blütenblätter. Die hat Helena einzeln abgezupft und mir in die Hand gelegt. Ich habe sie in den Papierkorb geworfen. Eigentlich eine unnötige Mühe, so unordentlich, wie die Wohnung ist.«

Hanhivaara sagte: »Sonst gibt es wenig Blumen. Um genau zu sein, keine einzige. Ich mag mich irren, aber irgendwie habe ich das Gefühl, dass in jeder Wohnung doch wenigstens eine Grünpflanze steht.«

»Helena wollte keine, weil sie ihr immer eingingen. Die Nelken hatte ich ihr sozusagen zur Feier unserer Verlobung mitgebracht. Ich hatte sie den ganzen Abend mit mir rumgeschleppt. Ziemlich pathetisch, vor allem wenn man bedenkt, dass aus der Verlobung nichts Rechtes geworden ist.«

»Traurig«, nickte Hanhivaara. »Sonst etwas?«

»Mir fällt nichts auf, was fehlt. Aber wer wäre denn auch auf die Idee gekommen, dass es bei einem Mädchen wie Helena etwas zu stehlen gäbe. Raubmord kann es nicht gewesen sein. Sehen Sie das Kreuz, das sie um den Hals trägt? Das habe ich ihr auch geschenkt. Ich hatte eigentlich damit gerechnet, dass der Mörder es in seiner Wut abgerissen hätte.«

»Das Messer ist sicher Helenas eigenes?«

»Ja. Oder wenn ich absolut präzise sein soll: Es sieht genauso aus und ist genauso groß wie Helenas Brotmesser.«

»Hat sie dir mal ihre Fotos gezeigt? Im Album fehlen einige.«

»Ich habe in ihrem Album geblättert, aber meiner Ansicht nach waren keine Bilder dabei, die jemanden kompromittieren könnten. Keine Nacktfotos oder dergleichen. Das gilt natürlich nur für die, die ich tatsächlich gesehen habe. Ich habe nicht jeden Tag in das Album geschaut.«

»Ein Glas ist kaputt. Was weißt du darüber?«

»Helena hat es zerbrochen.«

»Warum hast du die Scherben nicht weggeworfen wie die Blütenblätter?«

»Keine Ahnung. Man handelt nicht immer folgerichtig. Vor allem wenn man ein bisschen betrunken ist.«

»Der Ring ist wohl auch von dir?«

»Ja.«

»Du schenkst den Mädchen ja allerhand.«

»Nein. Ich kann mich gar nicht mehr erinnern, wem ich vor Helena etwas geschenkt habe. Das ist jedenfalls lange her.«

»Mir scheint, du hast sie wirklich geliebt.«

»Ja.«

Hanhivaara betrachtete die Fotos. Mangelnde Beharrlichkeit konnte man ihm wahrlich nicht vorwerfen. Er fragte: »Und der Kamm?«

»Helenas. So ein Monstrum schleppt keiner mit sich herum.«

»Jetzt tu mir doch den Gefallen, etwas zu finden, das nicht so ist, wie es sein sollte! Dann ziehe ich daraus den Schluss, dass nur eine ganz bestimmte Person als Mörder infrage kommt.«

Suvanto nahm Hanhivaaras Ausbruch ernst und vertiefte sich erneut in die Aufnahmen.

Er entdeckte nichts.

Hanhivaara fragte: »Was hat Helena dir über ihren Nachbarn erzählt, über Kuuppa? Es ist doch eher ungewöhnlich, dass so unterschiedliche Menschen sich gegenseitig ihre Wohnungsschlüssel anvertrauen.«

»Helena wollte das Arrangement beenden. Der Mann hätte angefangen, ihre Beziehung für enger zu halten, als sie war. Ich muss gestehen, dass ich ihr zugeraten habe.«

»Kuuppa macht einen sympathischen Eindruck.«

»Helena war anderer Meinung.«

»Und wer hatte sonst noch einen Schlüssel?«

»Zumindest eins der beiden Mädchen, die ich Ihnen im Lokal gezeigt habe, wahrscheinlich auch die Bardame. Jedenfalls hätte sie ihn sich beschaffen können. Helenas Mutter hatte bestimmt auch einen.«

»Aber du nicht?«

»Nein.«

»Eigenartig.«

»Ich habe ihr geraten, auch die anderen einzusammeln.«

»Trotzdem eigenartig.«

»Ich wollte nicht ihren Schlüssel, sondern sie. Ich halte mich an meine eigenen Regeln.«

»Hat dieser Kuuppa versucht, sich an Helena heranzumachen?«

»Einmal. Vor nicht allzu langer Zeit. Wahrscheinlich dachte er, sie wäre allmählich reif für ihn.«

»Davon hat er gar nichts erwähnt«, sagte Hanhivaara einfältig.

»Warum auch? So dumm wird er wohl nicht sein.«

»Klar, damit hätte er ein Motiv. Weißt du mit Sicherheit, dass es so war?«

»Ich weiß, was Helena mir erzählt hat.«

»Wie genau nahm sie es mit der Wahrheit?«

»In diesem Fall habe ich ihr geglaubt.«

Hanhivaara dachte nach. Er hatte das Gefühl, etwas übersehen zu haben. Aber dieses Gefühl plagte ihn des Öfteren. Ebenso wie das Gefühl, etwas vergessen zu haben. Dabei vergaß er im Allgemeinen nichts Wichtiges. Auch ein Mord war etwas, was man schwerlich vergaß. So zerstreut konnte kein Polizist sein.

Hanhivaara hatte bemerkt, dass es Frühling geworden war. Er hatte es am Laub gesehen und an der Sonne. Im Mai nahm man die Sonne zwangsläufig wahr, nachdem sie sich so lange verborgen gehalten hatte. Nun waren die Abende schon hell. Helle Abende, an denen man flanieren konnte, allein.

»Du kannst gehen«, sagte er zu Suvanto.

Suvanto ging, und Hanhivaara überlegte, warum er das Gefühl hatte, er hätte etwas vergessen. Oder übersehen.

ELF

1

Das ungute Gefühl, das den Präsidenten seit einiger Zeit plagte, hatte sich verstärkt. Natürlich hatte es in seinem Land auch früher schon Morde gegeben. Aber daran waren in der Regel nur Säufer und sonstiges Lumpenpack beteiligt und meist wurden die Täter sofort gefasst und waren geständig. Oder sie brachten sich um – auch eine Art Geständnis. Das war einfache und geradlinige Kriminalität. Über die Hintergründe mochten sich andere den Kopf zerbrechen, die Polizei hatte keine Zeit, über Gründe nachzudenken, weil sie sich mit den Folgen herumschlagen musste, und der Präsident konnte sich nicht mit den Privatangelegenheiten aller seiner Untertanen belasten. Einmal hatte er einem armen Kind einen Eishockeyschläger und Schlittschuhe geschenkt, beste Sympathiewerbung, doch die Flut von Bettelbriefen, die sich daraufhin über ihn ergossen hatte, hatte ihn von weiteren Aktionen dieser Art Abstand nehmen lassen. Er hatte nie der Heilsarmee angehört und war sich auch nicht so sicher, ob die Prinzipien dieser so genannten Armee wirklich richtig waren.

Die Gedanken des Präsidenten kehrten zur geradlinigen Kriminalität zurück. Gut, dass es sie gab. Als Realist – und für einen Realisten hielt er sich allemal – musste man davon ausgehen, dass es immer ein gewisses Quantum an Morden geben würde. Wenn die Leute sich also unbedingt umbringen wollten, dann lieber so, dass der Fall schnell aufgeklärt werden konnte.

Doch er würde bald verreisen. Sein Reiseziel lag im Herzen der Provinz Häme, wo die Leute von Hausdächern ballerten wie nicht gescheit. Das gefiel dem Präsidenten überhaupt nicht. Er überlegte, ob er sich perönlich einschalten sollte, um die Ermittlungen zu beschleunigen, entschied sich aber dagegen.

Stattdessen beschloss er, noch einmal bei Ollila anzurufen.

Es war ein sonniger Mittwoch im Mai. Am Freitag sollte er das Kunstwerk enthüllen und am Samstag würde er in Ollilas Villa zu Gast sein.

Es folgte eine Gesprächseröffnung, die dem bekannten Gambit beim Schach nicht unähnlich war. Das Telefon klingelte vier-, fünfmal. Dann wurde am anderen Ende der Hörer abgenommen und eine tiefe Stimme sagte: »Ollila.«

»Ich bin's«, sagte der Präsident.

Diesmal wusste Ollila, wer am Apparat war. Er kannte einen Redaktionssekretär, der sich mit denselben Worten meldete, aber in der Stimme des Präsidenten lag mehr Autorität. Seltsam, wie ein Amt die Stimme verändern kann.

»Gruß«, sagte der Präsident.

»Grüß dich«, sagte Ollila mit einer Begeisterung, die nicht von Herzen kam. Sein Herz machte ihm neuerdings Beschwerden, deshalb war ihm alles, was nicht ihn selbst betraf, ziemlich gleichgültig.

»Kann man es wagen, dich zu besuchen?«

»Wieso denn nicht?«, erkundigte sich Ollila.

»Hat es bei euch nicht gerade erst eine Schießerei gegeben wie im Wilden Westen?«

»Ach ja. Richtig. Diese Dinge vergisst man so schnell.«

Der Präsident wunderte sich über Ollilas Fähigkeit, aus praktisch jedem Ereignis eine Banalität und Bagatelle zu machen. Er schien so gut wie alles zu vergessen, was länger als zwei Tage zurücklag. Der Präsident hätte wetten mögen, dass Ollila sich nicht erinnern würde, in welchem Land der

Winterkrieg geführt worden war, wenn er nicht selbst daran teilgenommen hätte.

»Erinnerst du dich noch an den Winterkrieg?«

»An was?«, fragte Ollila zurück, doch das war nur Theater; wie allen konservativ eingestellten Finnen war ihm der Winterkrieg sehr wichtig.

»Was steckt eigentlich hinter diesem Anschlag? Ich habe natürlich die Zeitungen gelesen, aber über den Fortgang der Ermittlungen steht nichts drin. Typisch für die Presse. Das Wesentliche wird ausgelassen ...«

Ollila fühlte sich gedrängt zu widersprechen, obwohl er wieder ein Stechen am Herzen spürte. »Das ist sicher nicht die Schuld der Zeitungen. Mir scheint, die Polizei hält ihre Informationen zurück, bis sie den Namen des Mörders publik machen kann.«

»Sollte ich eure Kripo mal anrufen?«

»Nicht nötig. Hier ist alles in Ordnung«, beschwichtigte Ollila.

Der Präsident fürchtete keineswegs um sein Leben. Er dachte genauso wie alle anderen Finnen: Bei uns passiert so etwas nicht.

Er hatte jedoch die Angewohnheit, sich genauestens über jeden Ort zu informieren, den er besuchte. Wenn man ihn zum Beispiel gefragt hätte, wie viele Einwohner Tampere hatte, dann hätte er das Ergebnis der letzten Volkszählung parat gehabt. Er gehörte nicht zu denen, die mit ungefähren Schätzungen um sich werfen. Wahrscheinlich hätte er sein hohes Amt nie erlangt, wenn er nicht schon in jungen Jahren gelernt hätte, genau zu sein.

Ein Bild aus seiner Kindheit flog vor seinem inneren Auge vorbei und er musste lachen.

»Was ist denn so lustig?«, fragte Ollila.

»Ich habe gerade an vergangene Zeiten gedacht.«

»Tja, in deinem Alter tun das wohl viele.«

In Gesellschaft des Präsidenten sprach man gewöhnlich nicht über das Alter. Dieses Thema schien ihn nicht zu interessieren. Er hatte jedoch einen heimlichen Traum. Die anderen hatten nach und nach den Löffel abgegeben. König Gustav, der alte Schwede, war über neunzig geworden, bevor er fiel. Franco war schon hinüber, Haile Selassi ebenfalls. Es gab nur noch wenige ernsthafte Konkurrenten; eigentlich war Tito der einzige. In Japan hatten sie natürlich den Hirohito, aber der Präsident hatte beschlossen, die Regeln zu ändern, sodass Kaiser nicht mitzählten. Somit würde ihm nach Titos Tod der Titel des ältesten Staatsoberhauptes der Welt zufallen. Er fand diesen Gedanken erhebend; seiner Meinung nach war daran nichts Bedenkliches, wie manche offenbar meinten.

»Hör mal, ich bin besser in Form als du, obwohl du sechs Jahre jünger bist. Fett bist du auch. Von mir hat das nie jemand behaupten können.«

»Ich und fett?«, sagte Ollila. »Ich laufe schließlich auch meine Runden, darüber wird bloß nicht so viel gesprochen wie über deine Lauferei.« Zum Schluss machte er noch »Haha!«, damit der Präsident nicht etwa glaubte, er meine es böse.

Der Präsident hatte mehr als einmal Grund gehabt, sich über seine sportliche Vergangenheit zu ärgern. Vor einigen Jahren hatte er die Information verbreiten lassen, er sei körperlich in ebenso guter Verfassung wie ein durchschnittlicher vierzigjähriger Finne. Nun war ein durchschnittlicher vierzigjähriger Finne gewiss nicht fit genug für den Zehntausendmeterlauf bei der Olympiade, aber ein Mann jenseits der siebzig konnte sich auf eine solche Beurteilung schon etwas einbilden. Aber auch das war letzten Endes zur Belastung geworden. Der Präsident fuhr traditionsgemäß jedes Jahr im April zum Skilaufen nach Lappland (wofür ein durchschnittlicher vierzigjähriger Finne weder Zeit noch

Geld hatte). Seit ein paar Jahren hatte er dazu eigentlich gar keine Lust mehr. In seiner Jugend hatte er an Wettkämpfen teilgenommen. Die Zeiten waren vorbei, doch nun musste er mit dem Gespenst eines vierzigjährigen Mannes wetteifern. Am liebsten hätte er auf die Skiurlaube verzichtet. Aber dann hätte die Bevölkerung sich womöglich eingebildet, der Präsident sei alt geworden. Die Bevölkerung neigte dazu, sich alles Mögliche einzubilden. Und dazu noch die Journalisten, diese Köter, die nicht wussten, was sich gehört, und die prächtigste Eiche im ganzen Park anpinkelten.

Unter Pressefreiheit verstand der Präsident nicht immer dasselbe wie die Chefredakteure einiger rechtsorientierter Zeitungen. Seiner Meinung nach wäre es alles in allem besser gewesen, wenn der Staat in diesen Dingen etwas mehr zu sagen gehabt hätte.

Ollila riss ihn aus seinen Gedanken: »Ich habe übrigens einen neuen Saunaofen gekauft. Wir werden schön heiß saunen, glaub's mir.«

»Wie? Aha, so, so. Aber der alte war doch ganz in Ordnung. In deiner Sauna habe ich immer ordentlich geschwitzt.«

»Schon, aber das Anheizen war so verdammt anstrengend. Außerdem war er verrostet. Er stammte noch aus einer Zeit, als man keine Ahnung hatte, was man mit rostfreiem Stahl alles anfangen kann. Diesmal wirst du so richtig heiß saunen.«

»Danke im Voraus«, sagte der Präsident zerstreut. Er war mit seinen Gedanken schon wieder in der Vergangenheit.

Er stammte aus der Mittelschicht, wie die meisten erfolgreichen Finnen. Abgesehen von einigen Kommunisten, die sich von weiter unten den Weg in die Schar der Privilegierten gebahnt hatten. Der Präsident war außerdem Doktor der Jurisprudenz wie alle machthungrigen Männer in Finnland. Außer denen, die Besitz und Macht von ihrem Vater geerbt hatten; sie hatten in der Regel Betriebswirtschaft studiert, was der leichtere Weg war, die Form zu wahren. Das war vielleicht die einzige Ähnlichkeit zwischen der finnischen Gesellschaft und den USA: Die Juristen waren Geschäftsführer und die Partei der Besitzenden regierte.

Der Präsident war zudem Sportler gewesen, wie es alle anständigen Finnen sein sollten, um in der Welt erfolgreich zu sein. Und Erfolg hatte der Präsident gehabt. Sowohl im Weitsprung, wo er 1926 Finnischer Meister geworden war, als auch in der Welt, denn immerhin war er einer der dienstältesten Präsidenten – in einem Land, das mit den Überresten der westlichen Demokratie kokettierte. Dem Sport war er sein Leben lang treu geblieben.

Doch in seiner Jugend war Sport auch die einzige Betätigung gewesen, bei der junge Männer ihre aufgestaute Energie ablassen konnten. Seit Verhütungsmittel überall frei verkäuflich sind, ist es auf den Sportplätzen deutlich leerer geworden.

Der Präsident stammte aus Naantali, einer kleinen westfinnischen Küstenstadt. Anfang des 20. Jahrhunderts, als er geboren wurde, war Naantali eine verschlafene Kleinstadt gewesen; heute, wo sich in allen möglichen Winkeln der Welt mutige Männer bekriegen, *ist* Naantali eine verschlafene Kleinstadt. Die nahe gelegene größere Stadt Turku hat dem kleinen Nachbarn alle Entfaltungsmöglichkeiten genommen und so tut man heute in Naantali nichts anderes, als einmal im Jahr den Tag des Siebenschläfers zu feiern.

Dass in einer so schläfrigen Stadt ein so munterer und energischer Junge wie der Präsident geboren werden und aufwachsen konnte, war im Grunde verblüffend. Aber gerade solche Ungereimtheiten machen die Welt interessant. Der Vater des Präsidenten war Volksschullehrer, damals ein sehr angesehener Beruf; später, als körperliche Züchtigung in der Schule in Misskredit geriet, wurden die Volksschullehrer selbst in den kleinsten Dörfern nicht mehr recht für voll genommen. Der Vater des Präsidenten war jedoch noch ein geachteter Mann gewesen; zwar nicht ganz so honorig wie der Apotheker, doch neben dem Pfarrer konnte er durchaus durch den Ort gehen, ohne sich fehl am Platze zu fühlen. Obwohl das Lehrergehalt damals auch nicht üppiger war als heute, war es ihm gelungen, sein Prestige zu erhöhen, indem er die Tochter eines wohlhabenden Landwirts ehelichte. Eine liebreizende junge Frau, auch wenn sie ihren Mann gelegentlich darauf hinwies, dass sie vom Geld ihres Vaters lebten.

Zu gegebener Zeit beerbte die Mutter des Präsidenten, die ein Einzelkind gewesen war, ihren Vater; daraufhin schied der Vater des Präsidenten aus dem Schuldienst aus, weil er sich angesichts der neumodischen, liberalen Tendenzen außerstande sah, Unterricht zu erteilen. Er war der Ansicht, Kinder müssten in der Zucht und Furcht des Herrn erzogen werden.

Der Präsident erinnerte sich, wie er als Achtjähriger einmal mit seinem Vater einen Spaziergang gemacht hatte. Sie waren an einem prachtvollen Herrenhaus aus grauem Granit vorbeigekommen, das später zur Sommerresidenz des Präsidenten erkoren wurde. Es heißt Kultaranta und ist zwar nicht Camp David, aber immerhin ein prächtiges Gebäude.

Der Vater hatte den Präsidenten gefragt, was er einmal werden wolle. Eltern haben die dumme Angewohnheit, ihre Kinder mit solchen Fragen zu quälen, als wäre die Kindheit nicht so schon anstrengend genug.

Der Präsident hatte auf das Herrenhaus gezeigt und gesagt, dorthin werde er seine Eltern einladen, wenn er es in seinen Besitz gebracht habe.

Daraufhin hatte ihm der Vater eine Ohrfeige gegeben und obendrein eine lange Predigt über die Hässlichkeit der Habsucht gehalten. Er hatte für seinen Sohn eine Pastorenlaufbahn im Sinn oder alternativ eine Karriere als Ingenieur; so weitblickend war er immerhin, dass er die zunehmende Bedeutung der Technik erkannte. Aber wie gesagt, der Präsident war ein munteres und energisches Kind, das sich vom Gerede seines Vaters nicht beeindrucken ließ. Leider waren seine Eltern gestorben, bevor ihm Kultaranta zugefallen war. Doch sie hatten wenigstens noch gesehen, dass ihr Junge den richtigen Weg gewählt und zielstrebig aufgestiegen war. Immerhin war er damals bereits Ministerpräsident.

Seine Eltern hinterließen außer ihren zwei Söhnen keine Spuren ihrer irdischen Existenz. Aber auch das war ja nicht wenig, denn immerhin wurde der eine Präsident in einem Land, in dem es sich gut Präsident sein ließ, denn das Volk ließ sich willig führen – das ist wohl das Privileg des Volkes.

Ollila überlegte unterdessen, was er noch sagen könnte. An sich war er keineswegs auf den Mund gefallen; er hatte sogar einmal in den USA die neuesten Entwicklungen in der Kunststoffbranche studiert und dabei gelernt, dass durch Wortkargheit weder Freunde noch Erfolg und Macht zu gewinnen sind.

Er fragte: »Hast du irgendwelche speziellen Wünsche?«

»Nein, gar keine«, sagte der Präsident, der mit Lichtgeschwindigkeit durch sechs Jahrzehnte Geschichte in die Gegenwart zurückkehrte. »Du hast dich immer bestens darauf verstanden, einen gemütlichen Sauna-Abend aufzuziehen.«

»Wann kommst du also?«

»Am Freitag. Mittags werde ich eine Veranstaltung der Stadt durch meine Anwesenheit beehren.« Die Stimme des Präsidenten war nicht ganz frei von einem ironischen Beiklang, obwohl er im Allgemeinen sich selbst und andere überaus ernst nahm. »Am Samstag segne ich dann deine neue Industriehalle. Und am Abend gehen wir in die Sauna. Am Sonntagnachmittag muss ich wieder zurück.«

»Dann sehen wir uns also am Samstag.«

»Natürlich schon am Freitag.«

»Ja, natürlich«, sagte Ollila.

Der Präsident legte auf und strich sich über die Glatze. Was hatte Ollila sich wohl diesmal ausgedacht? Der Präsident mochte nur eine Art von Überraschungen: angenehme.

2

Siika sagte: »Ein Mann steht hundert Meter südlich von einem Bären. Er geht auf gerader Linie hundert Meter nach Osten. Dann dreht er sich um und schießt geradewegs nach Norden. Er trifft den Bären. Wie ist das möglich?«

Kairamo räusperte sich. »Ein Mann liegt auf einem Dach in dreihundert Meter Entfernung von einer Frau. Er erschießt die Frau. Warum tut er das und wer ist er?«

»Spielverderber«, murmelte Siika fast unhörbar.

Es war Mittwochabend und die Männer hatten ein neues Problem zu lösen. Dabei hatten sie ohnehin schon genug Probleme. Fanden sie jedenfalls. Jeder von ihnen hatte einen bedrückenden oder eintönigen Tag hinter sich und die Ergebnisse waren mager.

Hanhivaara war müde. Wenn sie wenigstens gestorben wäre, dachte er.

Rimpiaho dachte nie negativ, doch das hinderte ihn nicht daran, ebenso müde zu sein wie Hanhivaara.

Huhtanen entwickelte neue Eigenschaften; er zeigte seine Müdigkeit nicht, begann aber, sich feindselig zu benehmen. Ein Süßholzraspler war er ja nie gewesen, aber mittlerweile knurrte er nur noch.

Kairamo fand es nicht gerade angenehm, dass die Zentralkripo die Ermittlungsleitung übernommen hatte, doch da es so üblich war, vertraute er darauf, dass die Kollegen von der Zentralkripo ihre Sache verstanden.

Hanhivaara fragte: »Wie geht es dem Mädchen?«

»Die Verletzung ist ungefährlich«, sagte Kairamo. »In ein paar Monaten wird sie wahrscheinlich stolz auf ihr Abenteuer sein. Wenn sie den Schrecken erst einmal überwunden hat.«

Sie waren gerade telefonisch darüber informiert worden, dass die Stelle, wo der Verbrecher gelauert hatte, bereits entdeckt worden war. Den Täter selbst hatte dagegen niemand gesehen. Seltsam, denn Marketta war nicht etwa allein im finsteren Wald gewesen. Andererseits, wenn irgendwo viele Menschen zusammenkamen, sah keiner irgendetwas, die Erfahrung hatte man längst gemacht.

Die Kugel war noch nicht aus Markettas Schulter entfernt worden, doch die Ermittler vermuteten, dass es sich um das gleiche Kaliber handelte wie in Tampere. Später erwies sich natürlich, dass sie recht hatten.

Waffenscheine und sonstige Register wurden weiterhin überprüft, doch auch dabei kam wenig heraus. Und zwar, weil für diese langweilige Arbeit die falschen Leute eingeteilt worden waren. Zudem hatten sie die Liste der in den Fall verwickelten Personen nicht bekommen. Wessen Versäumnis das war, darüber wurde später noch lange debattiert. Aber dass die Männer, die die Hauptlisten durcharbeiteten, nicht selbst auf die Idee gekommen waren, um die Hilfslisten zu bitten, rückte sie natürlich in ein merkwürdiges Licht. Vielleicht war die Polizei schon so lange geschmäht worden, dass anständige und intelligente junge Männer diesen Beruf einfach nicht mehr ergriffen. Aber wie dem auch sei, die fraglichen Ermittler arbeiteten sich ganz einfach in alphabetischer Reihenfolge durch die Register.

Doch nun konnte man nicht einmal mehr sicher sein, dass der Schütze in Tampere lebte. Polizeiarbeit ist etwas für Pessimisten und die Pessimisten hatten damit gerechnet, dass der Attentäter wieder auftauchen würde. Allerdings schien er doch nicht so gut zu sein, wie man anfangs geglaubt hatte.

Er hatte nämlich danebengeschossen.

Alles deutete darauf hin, dass es sich um denselben Täter handelte. Er hatte wieder aus etwa dreihundert Meter Entfernung geschossen und nur einen Schuss abgegeben.

Huhtanen sagte: »Verdammt noch mal, der Mann ist verrückt.«

Hanhivaara fragte automatisch: »Der Mann?«

»Ich glaube, es ist ein Mann«, sagte Huhtanen selbstsicher.

»Aber wissen kannst du es nicht.«

»Wir kriegen ihn. Irgendwann wird jeder geschnappt. Und wenn es so weit ist, führe ich ihn dir vor. Es ist ein Mann, darauf gehe ich jede Wette ein.«

Rimpiaho mischte sich ein: »Huhtanen hat wahrscheinlich recht, aber was bringt uns das? Nichts. Das ist ein total verrückter Fall. Man kriegt ihn überhaupt nicht in den Griff.«

Es wurde bereits dunkel. Für die Tatortuntersuchung waren die Kollegen von einem anderen Bezirk und die Zentralkripo zuständig, doch das Morddezernat in Tampere wurde auf dem Laufenden gehalten. Gerade jetzt hatten die fünf Männer, die um den Tisch aus geflammter Birke saßen, nichts zu tun.

Es sei denn, man betrachtete es als Tätigkeit, Löcher in die Luft zu starren. Dann konnte man sagen, dass alle fünf ihre gesamte geistige Kapazität auf diese Tätigkeit verwandten.

So hätten Jahre dahingehen können, und das Einzige, woran die Ermittler gemerkt hätten, dass die Zeit verstrich, wäre der Bart gewesen, der sich zwischen das Kinn und die Hand schob, auf der es ruhte.

Rimpiaho warf irgendwann zufällig einen Blick auf die Liste der Waffenbesitzer, und deshalb kam der Fall letztlich doch zur Auflösung. Wieso Hanhivaaras Blick nicht auch auf diese Liste gefallen war, blieb ungeklärt.

Dafür las Hanhivaara seine eigenen Notizen durch und auch das war gut.

3

Es war bereits dunkel.

Hanhivaara hatte keine Lust, nach Hause zu gehen. Dort warteten die unvollendeten Malerarbeiten. Aber im Dunkeln wollte er keine Wände streichen. Das ging zwar, wie er festgestellt hatte, schneller, weil einem nicht jeder kleine Patzer auffiel. Aber dann hätte man die Wände auch nur bei Dunkelheit betrachten dürfen; was man im Dunkeln angestrichen hatte, strich man meist bei Licht noch mal.

Hanhivaara zündete sich eine Zigarette an und beugte sich dann über die unterste Schreibtischschublade, wo er seine Notizen verwahrte.

Er war immer mehr davon überzeugt, dass er etwas vergessen oder übersehen hatte.

Die beiden Mädchen waren im Lauf des Tages bei ihm gewesen. Auf Vorladung natürlich; freiwillig wären sie gewiss nicht gekommen. Hatten sie irgendetwas Merkwürdiges gesagt? Wohl nicht.

Hanhivaara versuchte, sich zu erinnern.

Tuija Halme und Eerika Rastio hatten sein Dienstzimmer gleichzeitig betreten. Sie hatten sich kaum voneinander unterschieden.

Hanhivaara betrachtete sie, ohne sie wirklich auseinanderhalten zu können. Er fragte: »Seid ihr wirklich nicht miteinander verwandt?«

Die Mädchen kicherten.

»Das haben schon viele gefragt«, sagte die eine.

»Name?«, fragte Hanhivaara.

»Ich kann mich nicht an alle erinnern.«

»Wie heißt du?«, formulierte Hanhivaara die Frage um.

»Tuija Halme«, sagte das Mädchen. Und nun wusste Hanhivaara, dass rechts Tuija Halme und links Eerika Rastio stand. Er liebte den alten Witz vom Buchhalter, der sich morgens nicht genau erinnerte, was Kredit und was Debet war.

»Was könnt ihr mir über Helena Maijalas Tod erzählen?«

Die beiden Mädchen sahen sich an. Verschwörerisch, dachte Hanhivaara.

»Nichts«, sagten die Mädchen. Und zwar tatsächlich wie aus einem Mund.

»Wer von euch hat sich am Dienstagabend mit ihr getroffen, also etwa vierundzwanzig Stunden vor dem Mord?«

»Ich nicht«, sagte Tuija.

»Ich nicht«, sagte Eerika.

Hanhivaara musterte beide prüfend und steckte sich eine Zigarette an. »Es wird langweilig«, sagte er. »Also lasst bitte den Unsinn. Ich weiß, dass eine von euch beiden sie am Dienstagabend getroffen hat, ich erinnere mich nur nicht, welche. Ich kann jemanden holen, der es weiß. Aber das werde ich, verdammt noch mal, nicht tun, denn ihr könnt es mir genauso gut sagen.«

»Ich«, bekannte Tuija.

»Du?«, rief Eerika, und nun wurde Hanhivaara Zeuge einer seltsamen Reaktion.

Eerika riss Tuija an den Haaren und schrie: »Du hast gesagt, du würdest dich nicht mehr mit ihr treffen! Du Miststück, ich dreh dir den Hals um!«

»Nicht!«, schrie Tuija.

Hanhivaara ging dazwischen, was ihm einen Kratzer am rechten Handgelenk eintrug. Aber immerhin brachte er die Zeuginnen auseinander.

»Nun erklärt mir mal, worum es geht«, sagte er leise.

Tuija schluchzte: »So ist sie immer. Wenn es nach ihr ginge, dürfte ich keine andere anschauen.«

»Beim Anschauen bleibt es nie«, sagte Eerika. »Egal ob Junge oder Mädchen.«

Der Hass in ihren Augen erinnerte entfernt an Liebe.

Hanhivaara seufzte. Er hatte den Durchblick verloren.

Tuija sagte: »Ich habe mich am Dienstag mit Helena getroffen. Sie war sogar bei mir.«

»Ich dachte, ihr beiden lebt zusammen«, wunderte sich Hanhivaara.

»Ha«, sagte Eerika.

Tuija fuhr fort: »Helena ist ziemlich spät gegangen. Sie sagte, am nächsten Tag würde sie sich mit Eerika treffen.«

»Du lügst!«, rief Eerika.

»Maul halten«, sagte Hanhivaara. Dann wandte er sich an Tuija: »War das nur eine Provokation oder die Wahrheit?«

»Helena hat es mir so erzählt. Aber es kann sein, dass sie gelogen hat.«

»Na?«, wandte Hanhivaara sich an Eerika.

Die ließ den Kopf hängen. Hanhivaara war verblüfft. Er hatte ihr doch gar nicht so zugesetzt.

»Ich habe sie am Mittwochabend kurz getroffen«, sagte Eerika. »Aber sie wollte sich verloben. Da hatte es ja keinen Sinn, weiter rumzuhängen.«

»Was ist dann passiert?«

»Außerdem ist dieser Suvanto ein widerlicher Typ«, fuhr Eerika fort. »Ich hab dann später Tuija getroffen und wir sind zu mir gegangen.«

Hanhivaara hielt sich an der kleinen Bemerkung fest: »Ein widerlicher Typ?«

»Der Milchbart ist ein richtiger Schleimbeutel!«

»Wieso?«

»Er spielt den Gleichgültigen. Aber wehe, wenn du mit ihm allein bist!«

Hanhivaara wartete.

»Erzähl du, Tuija«, bat Eerika.

Und Tuija erzählte. Es war nichts Weltbewegendes. Suvanto war möglicherweise leicht sadistisch veranlagt. Aber wer weiß, ob man den Mädchen glauben konnte. Also würde man Suvanto danach fragen müssen. Aber der würde es kaum zugeben.

Hanhivaara hatte das Licht angemacht und stützte die Ellbogen auf den Tisch. Er suchte nach den Wahrheitskörnchen im Netz der Lügen, doch das war ein ziemlich hoffnungsloses Unterfangen.

Seine Zigarette qualmte, der Rauch suchte sich seinen einsamen Weg zur Decke. Ihm brannten die Augen.

Er blätterte in seinen Notizen. Irgendetwas stimmte nicht, das wusste er, und er wusste auch, dass nicht alle Notizen in der richtigen Form den Weg in die offiziellen Berichte fanden.

Hanhivaara glaubte, die richtige Stelle gefunden zu haben. Er starrte sie an und dachte, dass sie ziemlich dünn sei.

Es war Nacht geworden und Hanhivaara fühlte sich einsam.

Später lag er mit offenen Augen im Bett und wusste, dass er den Mörder gefunden hatte. Aber er hatte es nicht eilig.

ZWÖLF

1

Asko Mertanen wollte nach links abbiegen, musste aber warten, weil er Gegenverkehr hatte. Zwei Mercedes Diesel rauschten an ihm vorbei und einer dieser Kleinwagen, die er seit dem Ende der Fünfzigerjahre nicht mehr voneinander unterscheiden konnte. Selbst die Marke seines eigenen Wagens erkannte er nicht, er verließ sich einfach darauf, dass der Autohändler ihm die Wahrheit gesagt hatte. Wie die Autos war auch alles andere vereinheitlicht. Masse statt Individualität. Damit war Mertanen nicht einverstanden.

Er hatte beschlossen zu zeigen, dass ihm diese Entwicklung nicht gefiel.

Er pfiff vor sich hin und trommelte mit den Fingern auf das Lenkrad. Seine zerkauten Lippen verzogen sich zu einem halben Lächeln. Die Schadensbegrenzungsoperation hatte bisher erwartungsgemäß gut funktioniert. Seit dem Anschlag auf das Mädchen in Harhavalta hatte die Polizei ihn in Ruhe gelassen. Natürlich konnte Mertanen nicht wissen, warum man ihn in Ruhe ließ.

Jetzt war er auf Inspektionstour. Am Freitag würde er tatsächlich nur eine winzige Chance haben. Natürlich würde er dort sein, und falls sich die Gelegenheit ergab, würde er sie nutzen. Mit viel Glück konnte er es schaffen, wenn der Präsident seiner großen schwarzen Limousine entstieg und ins Rathaus ging, oder auch, wenn er zurückkam. Beide Male ging es um Sekunden. Er durfte nichts dem Zufall überlassen.

Mertanen bog nach links und kurz darauf nach rechts auf die Überführung ab und fuhr weiter in Richtung Ylöjärvi.

Auf der rechten Seite lag ein hübsches Wohngebiet: Auf einem schlammigen, ebenen Acker hatte man flache Einfamilienhäuser errichtet, deren hervorstechendste Eigenschaft vermutlich ihr Preis war. Aber da man den Leuten eingeredet hatte, dass sie in Einfamilienhäusern wohnen wollten, am liebsten auf dem Land, aber nicht allzu weit von der Stadt, setzten sie alles daran, sich diesen Wunsch zu erfüllen. Und dabei redeten sie sich auch noch ein, sie wären zufrieden. Die Männer würden zufrieden sein bis zum ersten Herzinfarkt; die Frauen wiederum unzufrieden bis zur Ankunft des ersten Liebhabers. Herzinfarkte gab es genauso reichlich wie Liebhaber. Also zufriedene Menschen in soliden Backsteinhäusern – bis zu einer gewissen Grenze natürlich, man durfte seine Ansprüche ja nicht zu hoch schrauben.

Mertanen fühlte sich ein wenig steif. Er war in letzter Zeit viel Auto gefahren, mehr als gewöhnlich, und das machte sich bemerkbar. Am Vortag war er in Harjavalta gewesen. Ein rundum gelungener Ausflug.

Er holte seine geliebte Unique aus der Tasche und zielte im Vorbeifahren auf die Fenster.

Er hielt das Tempo konstant auf sechzig, denn irgendwo in dieser Gegend wohnte ein Polizist, der penibel über die Einhaltung der Höchstgeschwindigkeit wachte. Das wusste hier jeder.

Mertanens Sorglosigkeit war nicht gespielt. Er klappte die Sonnenblende herunter. An die Rückseite hatte er einen Zettel geklebt, auf den er mit dickem rotem Filzstift einen Aphorismus geschrieben hatte: »Du willst kein Feldherr, Senator oder Konsul sein, sondern ein freier Mensch. Der einzige Weg zu diesem Ziel ist die Verachtung all dessen, was nicht in unserer Macht liegt.« Mertanen wusste nicht mehr, wo er den Gedanken aufgelesen hatte, aber er war fest entschlossen, sich daran zu halten.

Er klappte die Sonnenblende wieder hoch. Er fuhr an der

Kneipe und der Bibliothek vorbei, die einträchtig nebeneinander und genau gegenüber der Kirche lagen, und fragte sich, was für ein Mensch wohl alle drei Dienstleistungsbetriebe nacheinander in Anspruch nehmen würde. Vielleicht ein frommer Mensch, der sich zuerst in der Bibliothek die neueste Aphorismensammlung von Billy Graham auslieh und dann in der Kneipe ein Bier trank unter dem Vorwand, dass das gut gegen Verstopfung sei. Anschließend ging er in die Kirche und bat um Vergebung wegen des Biers, denn Verstopfung war immer noch das kleinere Übel.

Mertanen lachte, doch das Lachen blieb ihm im Halse stecken.

Auf der Straße stand ein Polizist und stoppte ihn. War er doch zu schnell gefahren? Verdammter Mist.

Mertanen trat auf die Bremse. Er kurbelte das Seitenfenster herunter und sah dem Polizisten in die Augen. Es war ein massiger, hellblonder Landgendarm, dessen Biederkeit durch nichts zu erschüttern war.

Mertanen sagte: »Ich bin nicht zu schnell gefahren.«

»Führerschein und Zulassung, bitte.«

Mertanen nahm die Papiere aus dem Handschuhfach und reichte sie dem Beamten. In seinen sorgfältig gepflegten Nägeln spiegelte sich die Sonne.

Der Polizist betrachtete den Führerschein. Er sagte: »Sie haben keine Haare mehr.«

»In der Sommerhitze stören die nur. Und bald ist Sommer«, erwiderte Mertanen. »Wenn Sie im Winter auch hier stehen, sehen Sie mich vielleicht mit Haaren.«

Der Polizist verzog den Mund. Seiner Meinung nach war jeder, der sich die Haare abrasierte, irgendwie merkwürdig. Nicht direkt kriminell, aber äußerst eigenartig. Allerdings war er ebenfalls der Meinung, dass jeder, der seine Haare länger trug als er selbst, irgendwie merkwürdig war – und beinahe kriminell.

»Dann sehen wir uns mal die Scheinwerfer an«, sagte er.

»Wozu denn Scheinwerfer am helllichten Tag?«

»Die Scheinwerfer müssen jederzeit in Ordnung sein«, erklärte der Polizist mit der Sicherheit eines Mannes, der weiß, dass er recht hat, auch wenn er nie darüber nachgedacht hat, warum.

Mertanen fügte sich. Mit diesem Mann würde er schon fertig werden.

Fahrtlicht, Fernlicht, Standlicht, Blinker, alles in Ordnung.

Beinahe hätte der Polizist etwas vergessen.

»Treten Sie mal auf die Bremse«, sagte er.

Mertanen tat es. Das Bremslicht funktionierte.

Der Polizist gab ihm seine Papiere zurück, doch als Mertanen gerade das Fenster schließen wollte, sagte er: »Bitte pusten.«

Mertanen wusste, was ihm da unter die Nase gehalten wurde. Er protestierte: »Sie haben keinen Grund zu der Annahme, ich wäre betrunken.«

»Bitte pusten«, wiederholte der Polizist lächelnd.

Mertanen hatte keine Zeit für langwierige Auseinandersetzungen, also gehorchte er. Und bestand den Test.

Enttäuscht sah der Polizist dem kleinen italienischen Auto nach, das sich entfernte, gefahren von einem Mann, der in der Tasche auf dem Vordersitz eine halbautomatische Pistole und in dem Kasten auf dem Rücksitz ein Gewehr mit Zielfernrohr beförderte, aber keine einzige Zielscheibe dabeihatte. Das konnte der Polizist natürlich nicht wissen.

Mertanen pfiff wieder vor sich hin. Zufrieden fuhr er durch das Dorf. Nun hatte er die offizielle Erlaubnis, hier zu fahren; man hatte ihn geprüft und für tauglich befunden.

Die Straße war schmal, aber in gutem Zustand, und Mertanen beschleunigte auf achtzig, drosselte das Tempo aber vorschriftsmäßig, als er an der Pflegeanstalt für geistig Behinderte vorbeikam.

Nach einigen Kilometern bog er nach rechts ab. Er befand sich immer noch auf einer öffentlichen Straße. Niemand konnte ihm verwehren, hier zu fahren. Das Seeufer war nur zwei Kilometer entfernt. Er lenkte den Wagen auf einen kleinen Waldweg und stellte den Motor ab, zündete eine Zigarette an und starrte vor sich hin. Dann holte er das Zielfernrohr aus dem Kasten auf der Rückbank und begann die Umgebung abzusuchen. Sein spezielles Interesse galt einem verlassenen Haus in einigen hundert Metern Entfernung. Dieses Haus hatte er eine Woche lang Tag für Tag observiert, ohne die geringste Bewegung wahrzunehmen. Daher nahm er an, dass es verlassen war. Es handelte sich um ein zweistöckiges Holzhaus mit Veranda und Satteldach. Keine typische Strandvilla also; eher wirkte es wie ein vor zwanzig oder dreißig Jahren gebautes Einfamilienhaus. Es war mit Brettern verschalt, die so hell gestrichen waren, dass man seinem Besitzer keine Stillosigkeit vorwerfen konte. Zwei der Fenster im Erdgeschoss waren kaputt. Ansonsten schien das Haus in keinem schlechten Zustand zu sein. Für ein verlassenes Gebäude wirkte es fast zu gut erhalten.

Auch diesmal sah Mertanen keine Bewegung.

Er nahm die Tasche vom Vordersitz, legte das Zielfernrohr hinein und stieg aus. Nachdem er abgeschlossen hatte, ging er um den Wagen herum und überzeugte sich, dass auch die rechte Tür verriegelt war. Dann näherte er sich langsam dem Haus.

Es lag nur etwa fünfzig Meter vom Ufer entfernt und war auf der Seeseite in schlechterem Zustand als auf der Waldseite. Alle Fenster im Erdgeschoss waren zerbrochen, woraus man zum Beispiel die Vermutung ableiten konnte, dass die Jungen, die sich hier ausgetobt hatten, zu klein waren, um die oberen Fenster einzuwerfen.

Die Farbe blätterte ab und auch alle anderen trostlosen Merkmale eines verlassenen Hauses waren zu erkennen.

Mertanen hätte nicht sagen können, wie lange das Haus schon leer stand. Doch das spielte auch keine Rolle.

Er setzte sich auf die Treppe und suchte mit dem Fernrohr die Umgebung ab. Er war gründlich und nahm sich volle fünf Minuten Zeit für diese Prozedur.

Dann holte er das Stemmeisen aus der Tasche und riss die Bretter ab, mit denen die Tür vernagelt war. Was für ein erbärmlicher Versuch, Eindringlinge abzuhalten, dachte er wütend. So etwas macht man entweder ordentlich oder lässt es ganz bleiben. Die Bretter saßen so locker, dass er das Stemmeisen gar nicht gebraucht hätte.

Mertanen hatte einen muffigen Geruch erwartet. Doch dann ging ihm auf, dass die womöglich jahrelange Durchlüftung für naturfrische Zimmerluft gesorgt hatte, ganz ohne Fichtennadel-Raumspray.

Im Erdgeschoss befanden sich die Küche und zwei kleine Zimmer. Kein einziges Möbelstück, nicht einmal eine Gardinenstange hatte man für etwaige Plünderer zurückgelassen. Oder die Plünderer waren schon dagewesen und hatten die Gardinenstange mitgenommen. Auf der Treppe zum ersten Stock lag jedoch ein Teppich. Ein abgetretener Flickenteppich, kein Wunder, dass er weder die ehemaligen Bewohner des Hauses noch spätere Eindringlinge gereizt hatte.

Mertanen ging in den ersten Stock, der ihn mehr interessierte als das Erdgeschoss. Dort gab es je ein Zimmer an beiden Giebelseiten. Das eine war völlig leer, im anderen lagen zwei Schaumstoffmatratzen. Lebenszeichen, bedauerlicherweise. Mertanen fluchte leise. Jetzt begriff er, wieso die Bretter so locker gesessen hatten: Sie waren wer weiß wie oft entfernt und wieder festgemacht worden. Offenbar hatte jemand den Raum für Schäferstündchen benutzt. Es war typisch für Mertanen, dass ihm dieser Verwendungszweck als Erstes in den Sinn kam.

Mertanen biss sich auf die Lippe. Er nahm die Unique aus der Tasche und machte eine Inspektionstour durch das Obergeschoss. Die Dachkammern an den Längsseiten waren nicht so leer wie der Rest des Hauses; auf dem Dachboden sammelt sich immer allerhand überflüssiger Krimskrams und keiner rafft sich auf, das Zeug wegzuwerfen, schon gar nicht, wenn man auszieht und den Stauraum nicht mehr braucht. Auch hier kein Lebenszeichen.

Mertanen kehrte in das Zimmer mit den Matratzen zurück. Mit dem Fuß schob er eine der beiden unter das Fenster und öffnete es. Dann kniete er sich auf die Matratze, setzte das Fernrohr an und suchte erneut die Umgebung ab.

Er lächelte. Die Stelle war hervorragend, einfach perfekt. Das verlassene Haus an sich interessierte ihn überhaupt nicht. Der eigentliche Gegenstand seines Interesses befand sich etwa zweihundert Meter entfernt am anderen Ufer der Bucht. Dort stand eine Villa, die man weder als verlassen noch als trostlos bezeichnen konnte. Ein gediegenes, allerdings nur einstöckiges Blockhaus, das fast völlig von Birken verdeckt wurde. Doch die Sauna am See war bestens zu sehen und der Bootssteg erst recht. Mertanen wusste, dass sportliche Männer nicht auf das Schwimmen nach der Sauna verzichteten. Und er erwartete sportliche Männer. Zumindest einen. Vor seinem inneren Auge sah er zwei ältere Herren mit um die Hüften gebundenen weißen Handtüchern auf den Bootssteg gehen. Dort setzten sie sich hin, der eine hatte eine Bierflasche dabei, die in seiner riesigen Pranke fast verschwand. Sie saßen eine Weile da, um sich abzukühlen, bevor sie langsam ins Wasser stiegen; sie hielten sich an den Rat der Ärzte, denn beide hatten noch vieles, was das Leben lohnenswert machte. An dieser Stelle brach Mertanen seine Träumerei ab, denn er lebte nicht gern in der Fantasie. Seine Welt war die Realität. Dachte er.

Mertanen hob das Fernrohr ein wenig und betrachtete die

Sauna. Einem anspruchslosen Menschen hätte sie als ganzjähriges Wohnhaus genügt, und wer ein Sommerhaus dieser Größe und Bauweise besaß, durfte schon als wohlhabend gelten.

Die Veranda war aus dicken Planken gezimmert, die Wände bestanden aus Fichtenstämmen. Auf der Veranda standen zwei lange Bänke, zwei von der Natur geformte, sicher unbequeme, aber sicher auch teure Stühle und ein Tisch. Mertanen nahm eine rasche Lagebeurteilung vor: Selbst wenn die Männer sich auf die Veranda setzten statt auf den Steg, würde er sein Ziel treffen.

Er schloss das Fenster und schob die Matratze auf ihren Platz zurück. Falls er lange warten musste, konnte er sich dort ausstrecken.

Mertanen entschied sich endgültig für das verlassene Haus. Einen besseren Standort würde er nirgends finden.

Erst als er wieder am Wagen stand, zündete er sich die nächste Zigarette an. Allmählich glaubte er wieder daran, dass er es schaffen würde.

Mertanen fuhr zurück auf die Landstraße, passierte die Pflegestätte für geistig Behinderte, passierte den Polizisten und winkte ihm zu, passierte Bibliothek, Kneipe und Kirche sowie die reizende Siedlung, erreichte die Stadt und zog sich in seine Wohnung zurück, um Zeitung zu lesen.

2

Hanhivaara erwachte. Die Tage folgten in unnatürlich logischer Ordnung aufeinander. Das nahm dem Menschen die Möglichkeit, zu leben. Jetzt war zum Beispiel Donnerstag und Hanhivaara hatte Lust im Bett liegen zu bleiben. Doch das ging nicht, denn Donnerstag war nicht der Tag, an dem man im Bett blieb. Dafür war der Samstag da oder der Sonntag. Aber als Hanhivaara sich die vergangene Woche ins Gedächtnis rief, fiel ihm auf, dass weder der Samstag noch der Sonntag ein solcher Tag gewesen war. Und dann erkannte er, dass er am Ende seiner Gedankenkette angelangt war. Die Tage folgten einander doch nicht in logischer Ordnung. Es gab einfach nur einzelne Tage.

Leider war auch dies ein solcher einzelner Tag. Das Wetter war normal. Ein Sonnenstrahl lugte durch den Vorhangspalt. Das war vielleicht nicht ganz gewöhnlich. Aber bei der Arbeit würde es zugehen wie gewöhnlich. Ein Mörder musste festgenommen werden. Das war Hanhivaaras heutige Aufgabe.

Er stand auf und zog die Vorhänge zurück. Alles Schwindel! Die Sonne versteckte sich hinter einer Wolke, bevor Hanhivaara Gelegenheit hatte, sie fensterbreit ins Zimmer scheinen zu lassen. Er fühlte sich betrogen.

Er trank Kaffee, obwohl er wusste, dass auch der als ungesund galt. Es gab nur wenige Annehmlichkeiten auf dieser Welt, die gesund waren. Doch am allergefährlichsten war es, nach seinen Gefühlen zu handeln. Dafür wurde man fast immer bestraft.

Hanhivaara wollte nur Kaffee, sonst nichts. Anschließend verließ er das Haus. Es war frisch, der Wind kam von Norden. Alles war so, wie es sein sollte.

Hanhivaara hatte die Pistole eingesteckt. Eine unnötige Geste, wie er sich sagte, doch sicher nicht die erste in seinem Leben. Er glaubte nicht, dass der Mörder, den er bald der Gerechtigkeit zuführen würde, ein zweites Mal morden würde. Ihm war klar, dass er tatsächlich ein Einmalmörder war, der aus Leidenschaft gehandelt hatte. Eine derartige Leidenschaft kann der Mensch nicht sehr oft empfinden, sonst ist er bald ausgebrannt.

Der Treppenaufgang war typisch für ein altes Haus. Er war schmutzig und in die weichen Betonwände hatte jemand mit dem Schlüssel Kerben geritzt, die Wandmalereien der Gegenwart. Nicht besonders schön, auch gar nicht aus dem Bedürfnis nach Schönheit geboren, ohne Zweck entstanden und offen für alle Interpretationen.

Hanhivaara klingelte.

Elsa Maijala öffnete ihm. Sie sah kein bisschen weniger verweint aus als beim letzten Mal. Manche Frauen weinen immer, vor Freude, vor Kummer und grundlos, vielleicht aus dem Gefühl heraus, dass es keinen Grund gebe, nicht zu weinen.

Die Frau stand an der Tür und guckte. Nichts geschah. Sie bat Hanhivaara nicht herein. Sie starrte nur vor sich hin.

Hanhivaara zwängte sich an ihr vorbei.

Olavi Maijala saß immer noch am Küchentisch. Als hätte er sich seit Hanhivaaras letztem Besuch nicht vom Fleck gerührt, wie ein lebendes Beispiel dafür, dass erst die Wahrnehmung die Welt konstruiert, als ob Olavi Maijala nicht existierte, bevor Hanhivaara seine Existenz bezeugte, indem er sie wahrnahm.

Olavi Maijala saß da wie die Geißel Gottes, ausdruckslos, aber dennoch feindselig.

»Ich habe nichts mehr zu sagen«, schleuderte er Hanhivaara entgegen.

Hanhivaara ließ sich durch diese unhöfliche Begrüßung nicht vertreiben. Er setzte sich Olavi Maijala gegenüber. Elsa Maijala stand an der Tür, überzeugt davon, dass etwas Schreckliches passieren würde, wie sie ihr ganzes Leben lang überzeugt gewesen war, dass eines Tages etwas Schreckliches passieren würde. Daneben war sie auch sicher, dass es nicht ihre Schuld sein würde, obwohl sie die härteste Strafe treffen würde.

Hanhivaara sagte: »Ich habe eigentlich nur eine Frage.«

Olavi Maijala wartete.

»Was für Blumen waren es?«, fragte Hanhivaara.

Olavi Maijala verstand die Frage nicht und das war nicht seine Schuld.

Hanhivaara holte die Zettel aus der Tasche, die er vom Notizblock abgerissen hatte, und sagte: »Als ich Sie das letzte Mal wegen Ihrer Tochter befragt habe, sagten Sie, im Zimmer Ihrer Tochter habe eine Kristallvase mit Blumen gestanden und darüber seien Sie besonders wütend geworden.«

»Gott hat sie bestraft«, erklärte Maijala in der Überzeugung, eine endgültige Wahrheit verkündet zu haben.

»Aber durch wessen Hand?«

Erneut senkte sich Stille über die Männer. Maijala hatte immer noch nicht begriffen, dass er überführt war.

Hanhivaara wiederholte seine Frage: »Was waren das für Blumen?«

»Das spielt doch keine Rolle«, sagte Maijala trotzig.

»Nein. Aber ich möchte es trotzdem wissen.«

»Ich erinnere mich nicht. Oder doch, vielleicht waren es Nelken.«

»Wie viele?«

»Drei.«

»Wann waren Sie zuletzt bei Ihrer Tochter?«

»Das ist Monate her.«

»Tatsächlich?«

»Monate.«

»Es ist nicht Monate her. Sie waren in der Nacht zum letzten Donnerstag dort.«

Maijala sprang auf. Er rief: »Stimmt nicht! Wer sagt das? Niemand hat mich gesehen.«

Hanhivaara musste beinahe lachen, als Maijala der letzte Satz entschlüpfte. Doch auch ohne diesen Versprecher hätte er die Wahrheit aus ihm herausgeholt. Maijala merkte gar nicht, was er gesagt hatte.

Hanhivaara erklärte: »Die Nelken auf dem Tisch hatte

Helena in der Nacht zum Donnerstag bekommen. Ein Verlobungsstrauß. Helena hatte sonst nie Blumen. Sie machte sich nichts aus Blumen.«

»Sie mochte Blumen.«

»Sie sind in Wut geraten, als Sie sahen, dass Helena einen Mann mit in ihre Wohnung nahm. Vielleicht haben Sie sie zufällig gesehen, auf dem Weg von der Arbeit. Sie haben vor dem Haus gewartet, bis der Mann ging. Offenbar hatten Sie einen Schlüssel.«

»Niemand hat mich gesehen.«

»Es ist Ihnen wohl klar, dass Sie schon zweimal gestanden haben.«

»Es war Gottes Rache. Meine Hand war das Werkzeug Gottes.«

Elsa Maijala hatte es offensichtlich gewusst. Sie weinte nicht heftiger als zuvor.

»Hatten Sie einen Schlüssel?«

»Ja. Ich hatte einen Schlüssel. Ich habe gewartet, bis dieser Mann aus dem Haus kam. Dann bin ich zu ihr gegangen. Sie lag halb nackt auf dem Bett. Auf dem Tisch waren Schnapsflaschen und Kondome und Blumen, ja, Blumen. Ich habe mich auf die Bettkante gesetzt und gewartet, dass Gott mir sagt, was ich tun soll, um meine Tochter auf den rechten Weg zu führen. Da wurde sie auf einmal wach. Sie packte mich und begann mich zu küssen und zu streicheln. Sie können sich nicht vorstellen, was das für ein Gefühl war. Meine Tochter versuchte, mich, ihren eigenen Vater, ins Bett zu kriegen.«

Hanhivaara hätte am liebsten gesagt, dass Helena betrunken war und nicht wusste, was sie tat. Doch er wollte Maijala bei seinem Geständnis nicht unterbrechen.

»Ich habe versucht, sie abzuschütteln. Dabei sind ihre Kleider zerrissen und ich sah ein Kruzifix an ihrem Hals und wusste, dass Gott mir ein Zeichen gab. Ich habe ihr die

Kleider vom Leib gerissen und ihr die Hände um den Hals gelegt, Gott muss mich gelenkt haben. Dann sah ich das Messer. Ich habe es genommen und zugestochen. Ich habe zugestochen.«

Olavi Maijala starrte ausdruckslos vor sich hin. Er zeigte keine Reue. Er hatte seine eigene Tochter getötet, aber er hatte es nicht vergessen, wie die meisten Affekttäter.

Die Öffentlichkeit würde entzückt sein: Ein Vater hatte seine Tochter getötet. Noch lieber wäre es der Öffentlichkeit allerdings gewesen, wenn der Vater seine Tochter vergewaltigt hätte. Hanhivaara hatte direkt Mitleid mit der Öffentlichkeit: Man konnte nicht alles haben.

Erst viel später, als der Fall vor Gericht kam, ergab sich ein neues pikantes Detail: Elsa Maijala sagte aus, dass Helena nicht Olavis Tochter gewesen sei. Damit war das Melodram perfekt, doch selbst Hanhivaara wurde sich nicht darüber klar, ob Olavi Maijala seine vermeintliche Tochter getötet oder sich für den Seitensprung seiner Frau gerächt hatte.

3

Hahnhivaara wurde kein Held. Der Abend erinnerte sich nicht einmal so genau an das, was der Morgen erlebt hatte.

Siika hatte tadelnd gesagt, Hanhivaara neige zu Dramatik. Es sei nicht nötig, mit großer Gebärde einen Mörder mitzubringen, wenn man morgens zur Arbeit komme. Mit großer Gebärde, diesen Ausdruck hatte Siika tatsächlich verwendet. Hanhivaara hatte seinen Ohren nicht getraut.

Olavi Maijala war verhaftet worden, und damit war ein Fall praktisch abgeschlossen.

Doch es gab andere Fälle.

Und so saß Hanhivaara am Abend wieder in einer Kneipe und fragte sich, warum das immer wieder passierte. Er mochte eigentlich gar keine Kneipen, abgesehen von einigen kleinen Lokalen, in denen er mit Maija gegessen hatte. Dann war Maija gestorben, aber er war weiterhin in diese Lokale gegangen, teils aus romantischer Sehnsucht und teils, weil er allmählich zu schätzen gelernt hatte, was dort auf den Tisch kam. Dagegen hatte er keinen Fuß in ein Tanzlokal gesetzt. Dort suchte man in der Regel die Nähe des anderen Geschlechts. Beim bloßen Gedanken daran überfiel ihn eine bleierne Müdigkeit.

Doch nun saß er in dem Lokal, in dem Eeva-Maria Kilpinen gearbeitet hatte. Und das war ein Tanzlokal, wie es im Buche steht, proppenvoll mit jungen Leuten. Hanhivaara hatte an sich nichts gegen junge Leute. Nur fand er es meist ermüdend, sich mit ihnen zu unterhalten. Es gab vieles, was ihn ermüdete. Im Übrigen glaubte er, dass die jungen Leute ein Gespräch mit ihm ebenfalls ermüdend gefunden hätten. Glücklicherweise dröhnte die Musik so laut, dass man sich das Reden ersparen konnte.

Doch er war nicht zu seinem Vergnügen in ein Lokal gegangen, in dem die Lichter zuckten und flackerten, was seine Augen fürchterlich anstrengte. Und wenn einmal nichts flackerte, war es so dunkel, dass auch das seine Augen anstrengte.

Hanhivaara saß einem kräftigen jungen Mann gegenüber, der sich die Haare in die Stirn gekämmt hatte und Kellnerkleidung trug, weißes Hemd und schwarze Hose. Der junge Mann saß ganz ruhig da, hatte die Hände auf den Tisch gelegt und sah Hanhivaara aufmerksam an.

Hanhivaara gefiel das überhaupt nicht. Dieser zweite Fall hatte sich derart in die Länge gezogen, dass er ihn allmählich langweilte. Er musste möglichst schnell geklärt werden und Klarheit war in der Regel leichter zu gewinnen, wenn der Zeuge, den man vernahm, Angst hatte oder wenigstens nervös war.

»Haben Sie Eeva-Maria Kilpinen erschossen?«, fragte Hanhivaara.

»Um Himmels willen, nein.« Immer noch ruhig.

»Sie heißen Pukkila, nicht wahr?«

»Stimmt.«

»Ihr Name steht auf der Mitgliederliste eines Schützenvereins. Sie können schießen.«

Hanhivaara hatte den Namen von einem Kollegen erhalten, der sich von hinten durch die Liste arbeitete. Er hatte darauf gedrängt, bei den Vernehmungen zu helfen, um die Erinnerung an den gerade aufgeklärten unangenehmen Fall möglichst schnell loszuwerden.

»Ein bisschen. Nicht besonders gut. Ich habe mir schon überlegt, die Waffen zu verkaufen.«

»Sie haben mehrere?«

»Nur drei. Waffen sind teuer.«

»Wer von den Kellnern hier gehört noch zu Ihrem Verein?«

»Keiner, soweit ich weiß.«

Hanhivaara bestellte nichts. Er fand es schlimm genug, dass er immer wieder in dieser Kneipe sitzen musste. Das Bier war hier sowieso nicht gut. Meist standen die fertig gezapften Krüge reihenweise da und warteten auf Abnehmer. So durfte man es nicht machen, Bier hatte schäumend, kühl und frisch zu sein, wenn es serviert wurde.

Hanhivaara sagte: »Umso schlimmer für Sie.«

Pukkila sagte nichts. Immerhin zündete er sich eine Zigarette an. Ein kleiner Fortschritt, dachte Hanhivaara.

»Sagen Sie etwas.«

»Ich habe nichts zu sagen«, meinte Pukkila.

»Nicht?«

Wieder blieb die Antwort aus, und Hanhivaara beschlich der Verdacht, dass er dieses Spiel nicht mehr so gut beherrschte wie früher.

Er fragte: »In welchem Verhältnis standen Sie zu Eeva-Maria Kilpinen?«

»In gar keinem.«

»Schluss mit den Einzeilern! Wenn ich Sie frage, wie Ihre Beziehung zu Eeva-Maria Kilpinen war, erwarte ich eine Antwort.«

Pukkila ließ den Blick über die Menge schweifen. Dann sah er Hanhivaara an und sagte mit ruhiger Stimme: »Ich kannte sie, wie man Kollegen eben kennt. Wie man seine Kollegen kennen muss. Man arbeitet zusammen. Man sorgt dafür, dass alles läuft. Dann geht man nach Hause und sieht sich erst wieder, wenn man das nächste Mal in derselben Schicht arbeitet. So ist es meiner Meinung nach richtig und an dieses Prinzip habe ich mich gehalten.«

»Na also, das war doch mal eine Antwort. Aber ist das auch die Wahrheit?«

»Ja, das ist die Wahrheit.«

Hanhivaara überlegte. Die Antwort hatte schlüssig und wohlüberlegt geklungen. Also war sie entweder wahr oder gelogen, dachte er und stellte fest, dass er selbstquälerische Neigungen entwickelte.

»Was wissen Sie über Eeva-Maria Kilpinen?«

»Nicht sehr viel«, sagte Pukkila. Er drückte seine Zigarette aus und fügte, nun schon leicht nervös, hinzu: »Ich weiß nicht mal, wie alt sie war. Etwas über vierzig, nehme ich an. Sie war eine schöne Frau, aber nicht unbedingt mein Typ. Außerdem zu alt für mich und außerdem eine Kollegin und deshalb tabu. Meines Wissens hat sie ihre Arbeit gut gemacht, denn ich habe keine Beschwerden gehört. Und dabei beschweren sich die Leute immer, auch wenn sie keinen Grund haben. Sie muss also wirklich gut gewesen sein. Von Gerüchten weiß ich nichts, weil ich sie mir grundsätzlich nicht anhöre.«

»Sie sind ein unglaublich schlechter Zeuge«, sagte Hanhivaara mit gespielter Bitterkeit. »Sie sollten sich keine Gerüchte entgehen lassen.«

»Ich wusste nicht, dass ich Zeuge in einem Mordfall werden würde. Hätte ich das gewusst, dann hätte ich die Ohren gespitzt, um jedes Gerücht mitzukriegen. Und sei es nur Ihnen zuliebe.«

»Gibt es hier keinen, der Gerüchte kennt?«

»Der ganze Laden ist die reinste Gerüchteküche. Suchen Sie sich einfach einen raus. Ich bin die schlechteste Wahl, wie Sie selbst gesagt haben.«

Hanhivaaras Antwort klang weder drohend noch höhnisch: »Aber Sie sind der Einzige, der schießen kann. Sehen Sie die Verbindung nicht? Die anderen können nicht schießen. Folglich kann man sie nicht ernsthaft verdächtigen.«

»Da ist der Zeuge also plötzlich zum Verdächtigen geworden«, sagte Pukkila. »Aber wissen Sie auch, wie viele Mitglieder der Schützenverein hat?«

»Sie interessieren mich besonders.«

»Ungefähr dreihundert. Und die meisten sind bessere Schützen als ich. Sehen Sie sich die Liste noch mal an, vielleicht finden Sie einen besseren Namen.«

Hanhivaara wusste, dass er genau das tun würde. Trotzdem sagte er: »Ich gebe Ihnen auch keine Anweisungen, wie Sie Ihr Tablett zu tragen haben.«

»Das war ein Tipp und keine Anweisung. Trotzdem entschuldige ich mich.«

Hanhivaara trommelte mit den Fingern auf den Tisch, bis er merkte, dass er es war, der hier nervös wirkte. Pukkila hatte sehr kurze Haare. Das brachte ihn auf einen Gedanken.

»Ihre Frisur ist zu kurz, um modisch zu sein.«

»Um die Mode kümmere ich mich nicht.«

»Haben Sie sich kürzlich die Haare schneiden lassen?«

»Ich gehe alle zwei Wochen zum Friseur, wenn es Sie interessiert.«

»Doch, doch, das interessiert mich. Sind Sie jemals völlig kahl gewesen? Weil Sie Medikamente nehmen mussten oder so was?«

»Ich sagte, um die Mode kümmere ich mich nicht. Ich habe nicht gesagt, dass ich absichtlich unmodern oder auffällig aussehen will. Nein, ich war nie kahl.«

Hanhivaara blieb hartnäckig beim Thema: »Kennen Sie irgendeinen Freund von Eeva-Maria Kilpinen, der eine Glatze hat?«

»Ich habe Eeva-Marias Freunde nicht gekannt, außer denen, die hier arbeiten, und von denen hat meines Wissens keiner eine Glatze. Ich denke, das wäre mir aufgefallen.«

»Vielleicht jemand, der als Gast hier war und sich mit ihr angefreundet hat?«

Pukkila rieb sich die Augen und sagte: »Hier ist es so verdammt dunkel, dass ich am liebsten den Arbeitsplatz wechseln würde. Es ist unerträglich. Warten Sie einen Moment.«

Er hörte auf, sich die Augen zu reiben, und raufte sich stattdessen die Haare. Viel zu raufen gab es da allerdings nicht. Dann sagte er: »Manchmal war tatsächlich jemand hier, der eine Glatze hatte. Und es könnte sein, dass er Eeva-Maria kannte. Doch, das wäre möglich.«

Er drehte sich um und winkte eine Kollegin an den Tisch. Sie kam, sah aber alles andere als zufrieden aus. Sie giftete Pukkila an: »Du bist hier nicht als Gast. Also hör gefälligst auf, mich ranzuwinken, ja?«

Pukkila wirkte völlig unbeeindruckt. Er sagte: »Hör mal, erinnerst du dich an den Kahlkopf, der manchmal herkommt? Ich hab' ihn seit einer Weile nicht mehr gesehen. Er hat meistens da an der kleineren Bar gesessen. Wenn ich mich recht erinnere.«

»Ein Kahlkopf? Ich kenne keinen Kahlkopf.«

Hanhivaara mischte sich ein: »Es könnte ein Bekannter von Eeva-Maria Kilpinen gewesen sein.«

Die Kellnerin schüttelte den Kopf, doch dann sagte sie plötzlich: »Vielleicht Mertanen. Er hat Eeva-Maria manchmal hier besucht. Aber er war nicht wirklich kahl. Er hat sich jeden Morgen den Schädel rasiert, oder jeden zweiten Morgen, irgend so was. Ein merkwürdiger Typ.«

»Mertanen«, überlegte Hanhivaara laut. »Das könnte derselbe sein, den ich getroffen habe, vorgestern war das wohl. Der hatte allerdings lange blonde Haare.«

»Dann kann es nicht derselbe Mertanen sein. Der, den ich meine, war letzte Woche noch völlig kahl. Lange Haare kann er vorgestern noch nicht gehabt haben, falls Sie unter langen Haaren dasselbe verstehen wie ich.«

»Dieser Mertanen war aber ein Freund von Eeva-Maria Kilpinen?«, fragte Hanhivaara nachdenklich. Machte er doch Fortschritte? Das wurde aber auch Zeit.

»Jedenfalls kannte er sie. Er kam immer spätabends und hing an der Bar herum, wenn Eeva-Maria Dienst hatte. Er hat immer nur Orangensaft getrunken. Ein paarmal habe ich gesehen, wie die beiden zusammen weggingen.«

»Ging Eeva-Maria häufig mit Gästen mit?«

»Nein. Das tun die wenigsten Kellnerinnen. Aber Mertanen war nicht bloß ein Gast. Er war selber Kellner. In irgendeinem anderen Lokal, das früher schließt. Sie hatten sich woanders kennen gelernt. Er war sowieso kein richtiger Gast, richtige Gäste bestellen nämlich was.«

Hanhivaara fragte: »Können Sie sich irgendeinen Grund denken, weshalb sich ein Mann den Kopf kahl schert und seine Glatze anschließend unter einer Perücke versteckt?«

Die Kellnerin antwortete: »Ein Grund liegt doch auf der Hand. Er ist verrückt.«

»Eine sehr schnelle Schlussfolgerung, und nicht gerade wissenschaftlich«, sagte Hanhivaara.

»Wer von Verrückten spricht, pfeift auf die Wissenschaft«, mischte sich Pukkila überraschend ein. »Aber ich habe eine andere Idee: Vielleicht hatte er Läuse. Die wird man durch Kahlschlag am besten los.«

»Haben Sie oder Ihre Kollegen Läuse?«

»Igitt«, entsetzte sich die Kellnerin.

»Das war nur ein Scherz«, sagte Pukkila, der damit zum ersten Mal zeigte, dass auch er menschliche Eigenschaften besaß. Dann wurde er wieder ernst. »Es könnte natürlich auch möglich sein, dass er sich vermummen wollte.«

Hanhivaara zeichnete Dreiecke und Parallelogramme auf seinen Block. Er schrieb den Namen Mertanen dazwischen und murmelte: »Ja, es könnte natürlich sein, dass er sich vermummen wollte. Aber warum?«

Pukkila hatte eine einleuchtende Erklärung parat: »Wenn man jemanden erschießt, ist es ratsam, sich unkenntlich zu machen. Vorausgesetzt, man will nicht geschnappt werden.«

»Richtig. Ist Mertanen Mitglied in Ihrem Schießclub?«

Pukkila überlegte. »Ich weiß es nicht. Ich war in letzter Zeit kaum noch auf der Schießbahn und kenne überhaupt nur ganz wenige Mitglieder. Aber das können Sie natürlich im Register nachsehen. Man muss jedenfalls Mitglied sein, um die Schießbahn benutzen zu dürfen.«

»Bringen Sie mir ein Bier«, sagte Hanhivaara. »Sie können gehen. Ich muss mir die Sache durch den Kopf gehen lassen.«

Pukkilas beruflich geschultes Ohr filterte aus Hanhivaaras Gemurmel nur die Bestellung auf. Wenn Pukkila das Bier holte, brachte ihm das gut eine Mark ein.

Also holte er es.

Und Hanhivaara trank.

DREIZEHN

1

Der Wagen des Präsidenten brauste über die Fernstraße. Es war eine große, schwarze Limousine, amerikanisches Fabrikat. Auf der Rückbank saß es sich wunderbar bequem, fand der Präsident. Für Stadtfahrten benutzte er einen kleineren Wagen. Um Energie zu sparen, gab man der Bevölkerung zu verstehen. Der Landesvater ging mit gutem Beispiel voran. Aber für Überlandfahrten war so ein großer Wagen doch in jeder Hinsicht angenehmer.

Der Chauffeur war ein junger Mann, erst fünfunddreißig. Und heute zum ersten Mal im Einsatz. Der bisherige Chauffeur hatte das Rentenalter erreicht, dagegen war der Präsident machtlos. Alle werden älter, dachte er. Er hatte seinen Chauffeur gemocht. Ein ruhiger Mann, der in seiner zwanzigjährigen Tätigkeit nur zweimal gegen die Verkehrsvorschriften verstoßen hatte, jedenfalls im Beisein des Präsidenten nur zweimal. Der erste Patzer war ihm gleich am ersten Tag passiert: Er war bei Rot über eine Kreuzung gefahren, eine erstaunliche Leistung, denn zu jener Zeit gab es in Finnland nur sehr wenig Ampeln. Der Präsident hatte es ihm durchgehen lassen – Nervosität am ersten Tag war verständlich. Beim zweiten Mal war der Chauffeur aus Unachtsamkeit zu schnell gefahren. Vielleicht hatte er geglaubt, der Präsident habe nichts davon bemerkt, doch später hatte er festgestellt, dass es kaum etwas gab, was der Präsident nicht bemerkte. Allerdings kam es vor, dass er nichts dazu sagte. So war es auch in diesem Fall gewesen. Der Präsident hatte sich seinen Tadel für später aufheben wollen, doch es gab keinen Patzer mehr, und so war er seine Kritik nie losgeworden.

Der Präsident war keineswegs sicher, dass er diesen neuen Mann mögen würde. Er hatte an seinem ersten Tag keinen Fehler gemacht, bisher jedenfalls nicht. Doch der Präsident war fest entschlossen, beim ersten Patzer Konsequenzen zu ziehen. Er lächelte, als ihm auffiel, dass er auf seine alten Tage grantig wurde. Die Wendung von den alten Tagen schmeckte ihm allerdings nicht, das Lächeln verschwand.

Der Chauffeur hielt ein gleichmäßiges Tempo. Es herrschte sehr wenig Verkehr an diesem Freitagmorgen. Am Abend würde es anders aussehen, denn um diese Jahreszeit fingen die Leute schon an, übers Wochenende in ihre Sommerhäuser zu fahren und die Unfallstatistiken in die Höhe zu treiben.

Wenn ein Überholmanöver nötig wurde, führte der neue Chauffeur des Präsidenten es zügig und geradezu elegant aus. Aber er hatte auch schon mehr als zwanzig Jahre Fahrpraxis. Wenn der Präsident das gewusst hätte, wäre der Mann vielleicht nicht sein Chauffeur geworden. In Finnland konnte ein Fünfunddreißigjähriger nämlich offiziell keine zwanzig Jahre Fahrpraxis haben; da steckten mindestens drei Jahre führerscheinloses Fahren drin. Der Chauffeur war jedoch Sohn eines Fuhrunternehmers und hatte als Junge auf dem Villengrundstück seines Vaters die Privatwege unsicher gemacht. Dummerweise hatte der Vater Konkurs gemacht, und zwar so ungeschickt, dass er alles verlor. Also hatte der Sohn in fremde Dienste treten müssen. Er hatte sich bewährt: Chauffeur des Präsidenten wurde nicht jeder. Über eine Kündigung hätte er sich allerdings auch nicht weiter aufgeregt, denn die Arbeit interessierte ihn nicht besonders.

Auch der Chauffeur war sich keineswegs sicher, ob er den Präsidenten mochte.

Er schaute kurz in den Rückspiegel und sah den kahlen Schädel des Präsidenten und seine Augen hinter den starken Brillengläsern. Er war sich ziemlich sicher, dass er diese Augen nicht mochte. Na ja, man muss sich in sein Los fügen, sagte er sich und gab den Gedanken auf, die Limousine in den Graben zu steuern.

Von diesen Gedanken wusste der Präsident jedoch nichts. Gedankenlesen war eine Fähigkeit, die ihm abging – zu seinem Bedauern übrigens, denn wem konnte man heutzutage noch hundertprozentig trauen?

Neben dem Präsidenten saß sein Adjutant. Es war also ein ausgesprochen kleines Gefolge. Die Franzosen, die in der Ära de Gaulle den Schutz ihres Präsidenten zur höheren Kunst entwickelt hatten, obwohl de Gaulle selbst gar keinen Wert darauf legte, hätten über die Vertrauensseligkeit der Finnen gelacht. Aber das grundlegende Axiom der finnischen Lebensphilosophie lautet eben: Bei uns passiert so was nicht.

Und das war ein gutes Axiom: Es war bisher noch nicht widerlegt worden. Irgendein früherer Präsident war einmal entführt und an die russische Grenze gekarrt worden, doch das zählte nicht, denn man hatte ihm nicht ans Leben gewollt, sondern nur an die Ehre. Ein Klacks in einem Land, dessen Bewohner seit jeher ihren Mitbürgern die Ehre abgeschnitten und jeden verfolgt hatten, der sich nicht an die Konventionen hielt.

Der Präsident war zufrieden mit diesem Land. Es war ein gutes Land, und er hoffte, dass es immer in guten Händen liegen würde. Außerdem wusste er, dass er in keinem anderen Land zum Präsidenten gewählt werden konnte. Folglich war es besser, mit dem zufrieden zu sein, was man hatte.

Stumm betrachtete der Präsident die vorbeiziehenden Wälder und Äcker. Wie prachtvoll dieses Land doch war! Stolz aufragende Föhren, rauschende Fichtenwälder ... In dieser Gegend gab es allerdings vorwiegend große Felder, auf denen sich Weizen, Hafer, Gerste und Roggen auf ihren schlanken Halmen wiegten. Der Präsident erinnerte sich, dass Hafer hängende Ähren hat und dass die Roggenähre flach und mit langen Grannen versehen ist. Doch es wollte ihm beim besten Willen nicht einfallen, woran man Gersten- und Weizenähren unterscheidet. Wie konnte man so etwas vergessen? Der Präsident war wütend auf sich selbst.

Er sagte zu seinem Adjutanten: »Sind das nicht prachtvolle Getreidefelder? Da schwillt einem geradezu das Herz.«

»Als Sohn eines Bauern weiß ich sie natürlich besonders zu schätzen«, antwortete der Adjutant mit tiefer, sonorer Stimme.

»Ich komme ja auch vom Land, oder jedenfalls beinahe. Aber stell dir vor, ich habe vergessen, wie man Gerste von Weizen unterscheidet. Erinnerst du dich?«

»Wusstest du, dass Gerste in Mitteleuropa hauptsächlich zu Bier verarbeitet wird? Hafer dagegen wird vor allem als Viehfutter genutzt. Und da der Pferdebestand sich verringert hat, ist der Haferanbau überall zurückgegangen. Es ist eine Schande! Wenn ich daran denke, mit welchem Genuss ich als Kind Haferbrei gelöffelt habe ... Und jetzt? Viehfutter, pfui Deibel.«

»Na schön, aber kannst du mir sagen, wie man Weizen und Gerste unterscheidet?«, beharrte der Präsident.

»Weizen, ganz recht. Die häufigste Getreideart der gemäßigten Zonen. Bei uns ist der Winterweizen sehr anfällig, aber wenn man Glück hat, bringt er eine größere Ernte als der Sommerweizen. Zum Backen eignet sich Sommerweizen allerdings besser, dank seines hohen Gluteingehalts.« Der Adjutant war über vieles im Bilde und verblüffte den Präsidenten immer wieder mit seinen Kenntnissen.

Der Präsident betrachtete den fünfundfünfzigjährigen General, dessen Haaransatz sich wie aus Sympathie für seinen obersten Vorgesetzten bereits zurückzog. Davon abgesehen, wirkte er recht jugendlich. Sicher kam er bei den Frauen noch an. Oder jedenfalls bei den Frauen, die keine unüberwindbare Abneigung gegen Offiziere hatten.

Der Präsident ließ nicht locker: »Wie sieht eine Weizenähre aus?«

Kleinlaut gab der Adjutant zu: »Ich weiß es nicht.«

Der Chauffeur sagte: »Gerste hat richtig lange Grannen. Wie Rosshaar. Beim Weizen sind die Grannen kürzer, die Ähre ist irgendwie gedrungener. Rundlich.«

Der Präsident schloss die Trennscheibe, die versehentlich offen geblieben war. Mehr denn je war er davon überzeugt, dass der Chauffeur bei der nächsten Ampel einen Fehler machen würde.

Mittlerweile saß der Präsident bereits anderthalb Stunden im Wagen und die Landschaft begann ihn zu ermüden. Je schneller sie am Ziel waren und den offiziellen Teil hinter sich brachten, desto besser.

»Zeig mir noch mal die Bilder«, bat er den Adjutanten.

Der Adjutant nahm einige Fotos aus seiner Aktentasche. Sie zeigten ein Kunstwerk oder, genauer gesagt, dreizehn Kunstwerke, die ein Ensemble bildeten. Sie stellten Ereignisse aus der Geschichte der Stadt Tampere dar. Dieser Zyklus sollte heute enthüllt werden.

Es war durchaus nicht üblich, dass der Präsident an der Enthüllung irgendwelcher Kunstwerke teilnahm. Selbst dann nicht, wenn sie ihre Motive aus der Geschichte bezogen, dem besonderen Interessengebiet des Präsidenten. Doch diesmal handelte es sich um eine hochrangige Veranstaltung, sodass er sich durch seine Anwesenheit nichts vergab.

»Wer wird noch mal dabei sein?«, fragte er.

»Die Stadtverordneten, der Bürgermeister und die Stadtdirektoren, einige Parlamentsabgeordnete, einige Reiche und der Künstler.«

»Es ist sicher ein gutes Gemälde. Aber bei dem Pferd hier stimmt irgendetwas nicht.«

»Tja, dazu kann ich nichts sagen. Von Gemälden und Skulpturen verstehe ich nicht viel.«

»Dann gibt es also doch etwas, wovon selbst du nichts verstehst.«

Sie waren beide nicht ganz ehrlich. Der General übte sich nicht etwa in falscher Bescheidenheit, das war nicht sein Stil, aber er wusste, dass er nur ein Kunstliebhaber war, kein Experte. Der Präsident wiederum wusste, dass der General zeitgenössische Kunst sammelte, sagte aber trotzdem, was er sagte.

Der Wagen fuhr langsamer. Der Präsident und der Adjutant schauten aus dem Fenster, jeder auf seiner Seite. Und beide sahen Wasser. Die Stelle wurde gern als schönste des Landes bezeichnet. Dabei hängt natürlich alles von dem Schönheitsideal des Einzelnen ab. Viele Menschen finden Gebirgslandschaften schön, andere ziehen Stellen vor, an denen sich Land und Wasser vereinen. Eintönige Ebenen rufen dagegen bei den wenigsten Bewunderung hervor.

An dieser Stelle führte die Fernstraße durch eine Landschaft, in der sich das unvergessliche, faszinierende Zusammenspiel von Wasser und Land vollzog. Teile dieser Landschaft waren der See, die Anhöhe Vanajanselkä, Inseln, grüne Wälder und die Straße, die das Ganze gewissermaßen durchschnitt, als hätte sie es eilig, irgendwohin zu kommen, vielleicht in eine zivilisiertere Umgebung. Hier nämlich waren die einzigen Zeugnisse der Zivilisation eine Brücke und zwei Cafés, in denen viele Autofahrer Rast machten und eine Tasse Kaffee tranken. Für diesen Genuss mussten sie natürlich einen angemessenen Preis zahlen; die Cafébesitzer bestimmten selbst darüber, was der angemessene Preis an einem offiziell für schön erklärten Ort war. Der Preis für eine Tasse Kaffee schien weniger von der Herkunft und

Qualität der Kaffeebohnen abzuhängen als davon, in welcher Umgebung man sie trank.

Der Präsident sagte: »Ollila und ich haben der Stadt Tampere vor mehr als zehn Jahren ein Kunstwerk gestiftet. Da wir beide Sportler sind, wollten wir eine Statue für den Platz vor dem Schwimmbad. Wir haben aber zehn Jahre lang keinem verraten, dass wir die Stifter waren. So lange haben wir sie rätseln lassen.«

Der Adjutant erinnerte sich an die Episode. Über die Porträtbüsten des Präsidenten musste er schließlich Bescheid wissen. Er beschränkte sich jedoch auf die verschmitzte Frage: »Habt ihr das heutige Kunstwerk auch gestiftet?«

Der Präsident lachte. »Das soll die Stadt ruhig selbst bezahlen.«

»Ganz billig war es nicht«, sagte der Adjutant.

Der Präsident gab ihm keine Antwort.

Der Adjutant sah zum Fenster hinaus und sagte: »Es ist eine Kreidearbeit. Sie gliedert sich in dreizehn Panneaus, die jeweils ein Ereignis aus der Geschichte der Stadt darstellen. Allerdings gibt es auch historische Ereignisse, an die manche nicht so gern erinnert werden wollen. Im Stadtrat gab es heftige Auseinandersetzungen, bevor alle Parteien bereit waren, dem Künstler sein Honorar zu zahlen.«

»Verdammte Kleinkrämer, alle miteinander«, sagte der Präsident. »Kimmo Kaivanto. So heißt der Künstler, oder?«

»Genau.«

»Hm.«

Sie näherten sich der Stadt und der Chauffeur bekam die erste Ampel zu Gesicht. Er überwand sie mühelos. Dabei kam ihm natürlich zugute, dass vor der Limousine des Präsidenten nun ein Polizeiauto fuhr und sämtliche Ampeln an der Strecke auf Grün geschaltet waren.

»Sind wir pünktlich?«

»Auf die Sekunde.«

Die Pünktlichkeit des Präsidenten war legendär. In zwanzig Jahren war er kein einziges Mal auch nur eine Minute zu früh oder zu spät gekommen. Viele glaubten, er habe eine gut funktionierende Uhr. Doch nicht ganz unbeteiligt an der Pünktlichkeit des Präsidenten waren seine vielen Assistenten, von denen die meisten Probleme hatten, den Schweißgeruch loszuwerden.

Das Polizeifahrzeug fuhr mit Blaulicht vor dem Wagen des Präsidenten. Als wäre es in der Stadt gefährlicher als auf dem Land.

2

Asko Mertanen hatte seine gewohnte Killerkleidung angelegt: Jeans, Anorak und eine blonde Perücke.

Er saß auf der Treppe der alten Kirche, wobei er darauf achtete, nicht zu lässig zu sitzen, denn es hatten sich bereits einige Polizisten versammelt, die sich um die Sicherheit des Staatsoberhauptes kümmern sollten. Mertanen hatte seine Lippen eingecremt. Sie sahen gar nicht mehr so schlimm aus und bluteten auch nicht. Er lächelte und musterte durch seine Sonnenbrille das nahe Theatergebäude. Zu seinen Füßen stand ein Koffer und in dem Koffer lag sein Gewehr.

Ein weiß-blauer Saab parkte auf dem Platz vor dem Theater, ein zweiter neben dem Taxistand beim alten Springbrunnen.

Bisher hatten sich noch keine Neugierigen eingefunden, doch sie würden kommen.

Mertanen hatte Gefallen daran gefunden, gewissermaßen vor einem Publikum zu arbeiten. Wenn er heute kein Glück hatte, würde er die Sache allerdings ohne Zuschauer erledigen müssen. Schade, aber nicht zu ändern.

Zu seinem Glück war es ein wolkenloser Tag mit klarer Sicht, was seiner Treffsicherheit nicht zum Nachteil gereichen würde.

Mertanen stand auf und nahm seinen Koffer. Er ging auf das Theater zu. Die Polizisten musterten ihn flüchtig, als er an ihrem Saab vorbeikam. Wohl irgendein Tourist.

Auch in einem anderen Punkt hatte Mertanen Glück. Die Spielzeit war vorbei, doch das Theater war noch geöffnet, weil ein deutsches Ensemble in der irrigen Vorstellung, bei frühlingshaftem Wetter gingen die Finnen ins Theater, zu einem Gastspiel angereist war. Mertanen trat ein, winkte der Kartenverkäuferin zu und stieg mit dem selbstsicheren Schritt des Glücksspielers die Treppe auf der rechten Seite hinauf. Er kam in einen Flur, an dessen Ende sich rechts eine Tür befand. Sie war verschlossen. Doch er musste weiter nach oben.

Er klopfte. Nichts rührte sich. Er klopfte fester.

Hinter der Tür war kein Laut zu hören.

Er wollte gerade kehrtmachen, um einen anderen Weg zu suchen, als die Tür aufging.

Auf diesen Moment hatte er sich gut vorbereitet. »Ich suche den Bühnenbildner Kaatinen.« Den Namen hatte er in einem Programmheft gelesen. »Oder bin ich hier an der falschen Tür?«

»Ja, das sind Sie«, sagte der Mann, der ihm geöffnet hatte.

»Und wo finde ich die richtige?«

Der Mann überlegte kurz und meinte dann: »Am besten bringe ich Sie selbst zur Requisitenkammer. Wer zum Teufel hat Sie denn hierher geschickt?«

»Vielleicht habe ich etwas falsch verstanden.«

Mertanen folgte dem Mann. Das Theater war eine fantastische Welt. Auch im konkreten Sinn. Das hatte Mertanen bereits erkannt, als er das Gebäude von außen betrachtet hatte. Es musste verwinkelt und von geheimnisvollen Gängen durchzogen sein, hatte er gedacht, und so war es tatsächlich. Der Traum jedes Autors von Horrorgeschichten. Durch diese Gänge hätte man ein unschuldiges Opfer zum Minotaurus führen können.

Mertanen sah sich staunend um: »Ein merkwürdiges Gebäude. Was hat sich der Typ, der es entworfen hat, wohl dabei gedacht?«

»Von Theaterarchitektur scheinen Sie nicht viel zu verstehen«, sagte der Mann, ohne sich umzublicken.

Gut so.

Mertanen redete weiter: »Sind wir hier schon im obersten Stockwerk oder gibt es noch einen Geheimgang zum Turm?«

»Der Turm liegt zwei Etagen höher.«

»Dann gehen wir jetzt dahin.«

»Was?«, fragte der Mann. Etwas anderes hätte er kaum fragen können.

»Ich sagte, wir gehen in den Turm. So große Umstände macht das ja wohl nicht.«

Plötzlich gab Mertanen dem Mann einen Stoß, drückte ihn gegen die Wand und hielt ihn mit einer Hand am Genick, während er die andere Hand vorstreckte und den Mann die Unique sehen ließ. Der andere war nicht größer als Mertanen und so überrascht, dass er keinen Widerstand leistete.

Mertanen sagte: »Haben Sie schon mal einen Kriminalfilm gesehen? Ich hoffe es. Denn Sie sollten sich jetzt genau so verhalten, wie es in diesen Filmen jemand tut, dem man eine Pistole in den Rücken bohrt.« Mertanen sprach schnell. Er musste seinen Standpunkt darlegen, bevor der Mann sich von seiner Verblüffung erholt hatte und auf die Idee kam, den Helden zu spielen. »Ich habe zehn Patronen im Magazin. Glauben Sie mir?«

Er drückte den Mann noch fester gegen die Wand.

»Antworten Sie!«

»Ja.«

»Gut. Muss ich noch mehr sagen oder gehen wir jetzt zum Turm? Drehen Sie sich nicht um. Nicken Sie nur.«

Der Mann umarmte die Wand und nickte stumm.

Mertanen hielt ihn weiter am Nacken und bohrte ihm die Pistole ins Kreuz.

»Also los«, sagte er.

Und so setzten sie sich in Bewegung.

Plötzlich hörte Mertanen Stimmen. Er hielt seinen Führer an und zischelte: »Ich hoffe, Sie sind klug genug, eine Route zu wählen, auf der uns niemand begegnet. Das dürfte besser sein. Nicken Sie.«

Der Mann nickte, ging aber nicht weiter. Mit dünner Stimme sagte er: »Wir müssen ein paar Schritte zurück.«

Mertanen drückte den Lauf fester gegen seinen Rücken und sagte: »Wir gehen jetzt ein paar Schritte zurück. Langsam.«

Die beiden Männer gingen rückwärts, und Mertanen fand, dass die Situation etwas Humoristisches hatte.

Der Mann sagte: »Darf ich die Hand in die Tasche stecken? Ich brauche die Schlüssel.«

»Sie lernen schnell«, lobte Mertanen. »Die Schlüssel, bitte.«

Der Mann zog einen Schlüsselbund aus der Tasche und wandte sich zu einer Tür auf der rechten Seite. Dabei drehte er nur den Körper nach rechts, seine Augen blieben geradeaus auf den Gang gerichtet. Mangelnde Vorsicht konnte man ihm nicht vorwerfen. Erst als Mertanen die Drehung mitgemacht hatte und wieder hinter ihm stand, drehte er auch das Gesicht zur Tür. Sie öffnete sich geräuschlos.

Dahinter lag eine Treppe.

Mertanen schob den Mann rasch über die Schwelle, schloss die Tür und drückte seinen Führer wieder gegen die Wand. »Gibt es noch mehr Türen, ehe man auf den Turm kommt?«

»Eine«, sagte der Mann. »Aber was wollen Sie auf dem Turm? Da liegen doch bloß alte Lumpen herum.«

»Den Schlüssel«, befahl Mertanen.

Mit zitternden Händen suchte der Mann nach dem richtigen Schlüssel, ließ dabei aber den ganzen Bund fallen. Er zuckte zusammen wie ein Schuljunge, der beim Abschreiben erwischt wird.

Mertanen kam ins Schwitzen. Dieser Jammerlappen konnte aber auch nichts richtig machen. Er biss sich auf die Lippen und schmeckte Lippencreme auf der Zunge.

»Soll ich die Schlüssel aufheben?«, fragte der Mann. Er hatte keine Courage mehr. Allerdings bewahren überraschend wenige Menschen den Mut, wenn man ihnen eine Pistole in den Rücken bohrt und nicht damit zu rechnen ist, dass im nächsten Moment ein Held hinzueilt und den Verbrecher außer Gefecht setzt.

»Aufheben!«, kommandierte Mertanen. »Und dann suchen Sie den richtigen Schlüssel raus, aber dalli!«

Der Mann tat wie geheißen. Er hob den Bund auf, nahm einen Schlüssel ab und reichte ihn nach hinten, ohne sich umzuschauen. Die Angst war stärker als die Neugier; fast immer siegt sie über alle anderen Gefühle.

Mertanen nahm den Schlüssel und zog dem Mann den Pistolengriff über den Kopf. Er schlug ziemlich fest zu. Mit derartigen Aktivitäten hatte er noch keine Erfahrung. Der Mann sackte weg und Mertanen fesselte ihn schnell ans Treppengeländer. Dann klebte er ihm ein breites Pflaster über den Mund und hoffte, dass sein treuer Führer nicht erbrechen würde.

Mertanen stieg zwei Etagen höher und schloss die Tür auf.

Das große Turmzimmer war tatsächlich mit einem Sammelsurium gebrauchter Sachen gefüllt. Es war eine Art Lagerraum, in dem Kostüme aufbewahrt wurden, die man zurzeit nicht brauchte, aber vielleicht später noch einmal verwenden konnte. Das vermutete Mertanen jedenfalls.

Rasch machte er eine Runde durch den Raum und spähte auch unter die Kleider. Niemand zu sehen oder zu hören.

Er warf einen Blick auf die Uhr. Perfektes Timing. In einer Viertelstunde musste der Präsident eintreffen. Der Präsident kam immer pünktlich. Mertanen blieb Zeit genug, sein Gewehr zusammenzuschrauben, ein paarmal tief durchzuatmen und in Position zu gehen. Andererseits war er auch nicht zu früh gekommen: Jede zusätzliche Minute im Theater erhöhte das Risiko, entdeckt zu werden.

All dies hatte Mertanen schon zweimal erlebt. Es wurde allmählich zur Routine. Allerdings wusste er, dass diese Operation bei Weitem wichtiger war als die vorhergehenden. Bisher hatte er sich sein Opfer aussuchen können. Er hatte in Ruhe wählen, in Ruhe zielen und in Ruhe abdrücken dürfen. Es waren ruhige Attentate gewesen.

Diesmal war das Ziel vorherbestimmt, er hatte nicht das Recht, zu wählen. Und die Zeit war begrenzt. Der Wagen des Präsidenten würde vor dem Rathaus anhalten. Vielleicht würde der Adjutant zuerst aussteigen, vielleicht der Präsident. Aber vom Auto zur Treppe waren es nur vier Schritte und die Treppe hatte sieben Stufen. Das würde ihm höchstens zehn Sekunden geben.

Zehn Sekunden waren an sich genug. Doch es gab ein Problem: Das Theater war zwar die beste Stelle für sein Vorhaben, aber optimal war sie trotzdem nicht. Es war keineswegs sicher, dass der Präsident die ganze Zeit über in seinem Blickfeld war. Wer weiß, wie viele Personen um ihn herumscharwenzelten. Möglicherweise würde Mertanen ihn nur eine Sekunde im Fadenkreuz haben. An sich genügte ihm auch eine Sekunde, doch bei einer so wichtigen Mission durfte er keinen Fehlschuss riskieren.

Mertanen sah zum Fenster hinaus. Die Linie vom Turm

über das darunter liegende, mit einer Regenrinne abschließende Dach und weiter zur Rathaustreppe war nicht ideal. Er würde von der Limousine nur das Dach sehen und von den Menschen nur die Oberkörper, bis sie die letzte Stufe erreichten.

Er zündete sich eine Zigarette an und untersuchte das Fenster. Es ließ sich leicht öffnen. Wahrscheinlich mussten die Kleider ab und zu gelüftet werden.

Nun kam der gefährlichste Teil: Er schob den Gewehrlauf durch das geöffnete Fenster und visierte die Rathaustür an. Auf die Entfernung hätte er sogar einen Spatzen getroffen. Aber er durfte nicht zu lange nach der günstigsten Position suchen. Es war nicht auszuschließen, dass einer der Polizisten den Blick über die Dächer schweifen ließ. Ein Gewehrlauf, der sich aus einem Fenster schob, würde ihn alarmieren. Sofern er ihn auf diese Entfernung erkennen konnte, was ebenfalls nicht ganz auszuschließen war.

Mertanen wählte seine Position und prägte sie sich ein. Dann legte er das Gewehr auf den Boden, ohne den Platz vor dem Rathaus aus den Augen zu lassen. Er vermutete, dass der Wagen des Präsidenten über die Hämeenkatu kommen, auf die Viistokatu und von dort auf die Aleksis-Kivi-Katu abbiegen und schließlich vor dem Rathaus halten würde.

Mertanen rauchte seine Zigarette auf, drückte sie am Fensterbrett aus und schnipste die Kippe auf das Dach. Sucht sie doch, wenn ihr wollt, dachte er.

Ein weiteres Polizeifahrzeug bog von der Hämeenkatu in die Viistokatu ein. Ihm folgte ein großer, schwarzer amerikanischer Schlitten. Die Viistokatu konnte Mertanen vom Turm aus nicht überblicken.

Er schätzte, dass der Moment gekommen war, nahm das Gewehr, stützte es auf das Fensterbrett und ging in kniende Position, denn die Fenster lagen ungewöhnlich niedrig. Er sah die Rathaustür im Fadenkreuz, senkte den Lauf ein wenig und wartete.

Kein Autodach erschien im Zielfernrohr.

Mertanen wartete geduldig. Der kleine Zwischenfall blieb ihm verborgen: Die Wagen konnten nicht in die Aleksis-Kivi-Katu einbiegen, weil mitten auf der Straße ein Mann stand und die Arme schwenkte. Drei Polizisten schritten forsch auf ihn zu und führten ihn ab. Das Ganze war nichts weiter als eine Demonstration auf finnische Art, die massive Meinungsäußerung einer andersdenkenden Minderheit. Diesmal war die Minderheit allerdings betrunken. Eine Anklage würde folgen.

Dann bogen die Wagen endlich ab. Herren in schwarzen Anzügen warteten auf der Rathaustreppe. Und plötzlich begriff Mertanen, dass zu viele Anzugträger auf der Treppe herumstanden. Es würde nicht leicht sein, den Richtigen zu treffen.

Die schwarze Limousine hielt. Ein Mann in Uniform stieg aus und öffnete den Schlag. Jetzt. Nein. Der Uniformierte war hinter den kahlköpfigen Herrn im schwarzen Anzug getreten, stand also zwischen ihm und Mertanen.

Noch einmal war die kahlköpfige Gestalt ungeschützt im Visier. Aber der Moment war doch zu kurz.

Und dann war die Gelegenheit vorbei.

Mertanen packte seine Sachen ein. Auf der Treppe löste er die Fesseln des Mannes, der immer noch nicht aufgewacht war.

Mertanen verließ das Gebäude.

3

Der Präsident ging ein wenig gebeugt, aber bei Weitem nicht so krumm wie die meisten Männer seines Alters, das heißt, falls sie in seinem Alter noch lebten. Diesmal musste er sich noch ein wenig mehr vorbeugen, denn Ollila war fünfzehn Zentimeter kleiner als er, dafür aber rundlich, ein echt finnischer Stöpsel.

Ollila sagte: »Ich verspreche dir, dass wir es kurz und schmerzlos machen. Morgen, meine ich, denn heute scheint es ja quälend lang zu werden.«

Die Enthüllung eines Kunstwerks ist immer etwas Feierliches und immer gibt es Menschen, die sich wünschen, dass feierliche Momente dauern und dauern und dauern.

Der Präsident betrachtete die Gemälde. Hier der freie, ungezähmte Wasserfall und König Gustav III., dort der Marktplatz, Arbeiter, ja, und das Pferd, das dem Präsidenten ein wenig seltsam vorgekommen war. Der Künstler hatte die Entstehung seines Werks erläutert, doch der Präsident hatte nur mit halbem Ohr zugehört. Er machte sich nicht viel aus bildender Kunst, obwohl er selbst auch als Maler in Erscheinung getreten war. Aber das war nur ein netter Zeitvertreib gewesen und außerdem hatte er die beiden kleinen Ölbilder nicht ganz allein gemalt, sondern eher die Ideen geliefert.

Ollila sagte: »Wenn das hier vorbei ist, kommst du zu mir. Morgen eröffnen wir dann die vermaledeite Kunststofffabrik und anschließend fahren wir zum Saunen aufs Land. Klingt das gut?«

Der Präsident beugte sich noch ein Stück weiter hinunter und sagte leise: »Sehr gut.«

Die Stadtverordneten und Stadtdirektoren und sonstigen Anwesenden scharten sich begeistert um den Präsidenten, als hinge ihr ganzes Glück davon ab, ihn zu sehen oder gar zu berühren. Wie Jünger, die ihren Heiland um seinen Segen bitten.

Der Präsident hielt nicht viel von Speichelleckern. Die gab es überall und immer hatten sie ihren eigenen Vorteil im Sinn. Keiner respektierte ihn wirklich, ohne Hintergedanken.

Zerstreut drückte er auch dem Künstler die Hand. Eigentlich drückte er niemandem zerstreut die Hand, er hatte sich sogar angewöhnt, die Hände, die er drückte, zu zählen. Es war unter seiner Würde, jedem x-Beliebigen die Hand zu schütteln, das tat er höchstens einmal als Show. In Anwesenheit eines Fotografen würde er natürlich noch dem letzten Holzfäller die Hand schütteln. Die Bildunterschrift wäre dann *Zwei Männer des Waldes* oder so ähnlich.

Der Künstler war jedoch ein gepflegter junger Mann. Kein langhaariger, versoffener Strolch wie die meisten. Der Präsident bedachte den Künstler mit einigen freundlichen Worten, auf die dieser einige freundliche Worte erwiderte.

Jeder hielt ein Sektglas in der Hand. Dafür war der Präsident besonders dankbar. Bei einer ähnlichen Feierlichkeit in dieser Stadt hatte man ihm ein widerliches, nach Erdbeeren schmeckendes Gesöff serviert, dessen Rezept angeblich so eifersüchtig gehütet wurde wie die Jungfräulichkeit eines spanischen Mädchens. Dem Präsidenten war dieser Vergleich durch den Kopf geschossen, der allerdings ein wenig hinkte, denn auf die Jungfräulichkeit eines spanischen Mädchens mochte es vielleicht jemand abgesehen haben, aber auf dieses Rezept bestimmt nicht. Er hatte vergessen, seinen Gastgebern mitzuteilen, dass er diese elende Brühe nicht noch einmal trinken würde. Zum Glück hatten sie sich diesmal aber von sich aus für finnischen Schaumwein entschieden, der großspurig als Champagner deklariert wurde.

Der Pressereferent der Stadt sah sich zufrieden um. Das war doch mal eine ordentliche Veranstaltung. Mitunter, zum Beispiel während des Filmfestivals oder der Theaterfestspiele, wenn die Stadt sich dazu herablassen musste, die Teilnehmer zum Empfang einzuladen, waren unter den Gästen obskure Gestalten, die in Kordhosen oder gar in Jeans kamen. Aber diesmal: keine Jeans, nicht einmal Kordhosen. Nein. Endlich einmal honorige Leute.

Doch alles hat ein Ende. Irgendwann kommt der Moment, da keinem mehr einfällt, wie man die Sache noch weiter in die Länge ziehen könnte. Um so etwas hatte der Präsident sich ohnehin nie gekümmert, er ging, wann er wollte, und im Allgemeinen ziemlich bald.

Der Präsident saß in der Limousine, in die sich außer dem Adjutanten nun auch noch Ollila quetschte.

»Nach dem Blubberwasser haben wir uns ein ›Konjäckchen‹ verdient«, sagte Ollila.

»Du sprichst mir aus der Seele«, nickte der Präsident.

Der Adjutant schwieg und hielt sich den Bauch. Sekt war nicht das Richtige für sein Magengeschwür.

»Hopp, hopp, hopp, Pferdchen lauf Galopp«, sagte Ollila und klopfte an die Trennscheibe.

Das gefiel dem Präsidenten nicht. In dieser Kutsche hatte Ollila nichts zu sagen, auch wenn er ihm sonst aus alter Freundschaft manches gestattete, wovon seine engsten Mitarbeiter nur träumen konnten.

»Moment«, sagte der Präsident und schob die Trennscheibe auf.

Der Chauffeur stellte den Blinker ab und sah über die Schulter nach hinten. Sein Gesicht war völlig ausdruckslos. Es zeigte weder respektvolle Achtung noch eine Einstellung, die sich in dem Satz zusammenfassen ließe: Okay, ich fahr dich, aber glaub ja nicht, du hättest mir was zu sagen. Der Präsident betrachtete die Ausdruckslosigkeit seines Chauffeurs als Mangel.

Er fragte: »Wissen Sie, wohin Sie fahren müssen?«

»Selbstverständlich«, sagte der Mann, machte eine kleine Pause und fügte hinzu: »Herr Präsident.«

Die Pause war lang, sehr lang.

»Dann mal los«, sagte der Präsident.

Am anderen Ende der Stadt hielt ein kleiner Fiat vor einem Hochhaus.

VIERZEHN

1

Hanhivaara fühlte sich ungerecht behandelt. Der Mord an Helena Maijala war aufgeklärt, doch der zweite Mord hatte allem Anschein nach keinerlei Verbindung zu diesem Fall. Helenas Vater behauptete, Eeva-Maria Kilpinen nicht gekannt zu haben. Ein Gewehr besaß er auch nicht. Und er konnte nicht schießen. Also war er wohl doch nicht Eeva-Marias Mörder, zum Teufel! Derartige Komplikationen brachten Hanhivaara auf die Palme. Nun musste er für den Mord an Eeva-Maria einen anderen Täter finden.

Hanhivaara saß allein in dem Besprechungsraum mit dem runden Tisch aus geflammter Birke und dachte, dass man bloß mal eine Weile wegzuschauen brauchte, und schon war alles anders. Früher hatte es genügt, sich in Kairamos Dienstzimmer zu versammeln, um Kapitalverbrechen aufzuklären. Jetzt nicht mehr.

Und dann war da auch noch Siika.

Hanhivaara dachte an Asko Mertanen. Er war noch einmal zu ihm gefahren, doch der Kellner war nicht zu Hause gewesen. Jedenfalls hatte er nicht geöffnet. Hanhivaara hatte überlegt, Mertanen zur Fahndung auszuschreiben und einen Durchsuchungsbefehl zu beantragen. Aber dafür reichte das Belastungsmaterial kaum aus. Dass einer heute kahl sein und morgen eine Perücke tragen wollte, ließ sich beim besten Willen nicht zu einem Verbrechen hinbiegen.

Siika kam herein und setzte sich neben Hanhivaara. »Weißt du, was der letzte Schrei auf dem Waffenmarkt ist?«

»Schleudern«, antwortete Hanhivaara zerstreut.

»Das ist der größte Fehler der finnischen Polizisten. Die Entwicklungen in ihrer eigenen Branche interessieren sie nicht die Bohne.« Siika war sichtlich beleidigt.

Hanhivaara sagte: »Falls deine Bemerkung sich auf diese Waffengeschichte bezieht, möchte ich darauf hinweisen, dass ich kein Waffenschmied bin.«

»Ein Polizist muss sich für vieles interessieren und Waffen sind ein wichtiger Teil seines Aufgabenbereichs. Ein Polizist muss mit Waffen umgehen können, um gegen Angriffe gewappnet zu sein. Außerdem muss er fähig sein, Waffen zu identifizieren, sonst kann er keine Verbrechen aufklären«, entrüstete sich Siika.

Hanhivaara sah von seinen Papieren auf und fragte verdrossen: »Was für eine Waffe hast du diesmal entdeckt?«

Siika war sichtlich erfreut. »Eine Handfeuerwaffe, die der Amerikaner Gordon B. Ingram entwickelt hat. Die Mac-11. Sie ist einfach unglaublich. Nur dreiundzwanzig Zentimeter lang, wiegt knapp über drei Pfund. Und nun rate mal, was ihre Feuergeschwindigkeit ist.«

Hanhivaara sagte: »Sechs Schuss pro Viertelsekunde.«

»Du sollst nicht irgendwas daherreden, sondern wirklich raten. Aber gut, ich werd's dir sagen: tausendzweihundert Schuss pro Minute. Kannst du dir das vorstellen?«

»Langsamer, als ich dachte«, sagte Hanhivaara. »Das macht ja nur zwanzig Schuss pro Sekunde.«

»Richtig, und nun rate mal, ob wir in Finnland solche Waffen haben.«

Hanhivaara, der sich nicht vorstellen konnte, wozu ein finnischer Polizist eine solche Handfeuerwaffe brauchte, fragte: »Warum bist du eigentlich nach Tampere gekommen? Was hast du denn gegen Oulu? Ist Oulu denn nicht gerade so gut wie jede andere Stadt?«

Man konnte Siika vieles nachsagen, aber dumm war er nicht. Statt die Gründe für seinen Umzug aufzuzählen, sagte er pikiert: »Du hörst mir nicht zu, verdammt! Wahrscheinlich wäre es dir völlig egal, wenn die Polizei gänzlich entwaffnet würde.«

Das wäre Hanhivaara tatsächlich ziemlich egal gewesen. Er fragte: »Bist du ein guter Schütze?«

»Zwei Meisterschaften beim Schießwettbewerb der nordfinnischen Polizei«, antwortete Siika. »Schießen kann ich.«

Hanhivaara stand auf, ging nachdenklich um den Tisch herum und setzte sich Siika gegenüber wieder hin. Das war keineswegs ein demonstrativer Akt, Hanhivaara war einfach nur in Gedanken. Er sagte: »Du hast die Berichte sicher sorgfältig gelesen. Wie wahrscheinlich ist es, dass Eeva-Maria Kilpinen von einem ungeübten Gelegenheitsschützen erschossen wurde?«

Das war eine Frage nach Siikas Geschmack, denn sie gab ihm Gelegenheit zu einem kleinen Vortrag: »Wahrscheinlich? Wahrscheinlich, sagst du? Das ist nicht nur unwahrscheinlich, sondern schlichtweg unmöglich. Im Western lernt man innerhalb von zwei Tagen schießen, am ersten schießt man weit an einer leeren Whiskyflasche vorbei und am zweiten trifft man sie. Bei uns klappt das nicht, vielleicht liegt es am Klima. Aber man kann natürlich spekulieren. Wir könnten annehmen, dass Eeva-Maria Kilpinen einem Zufall zum Opfer gefallen ist. Vielleicht hat der Schütze blind irgendwohin geschossen, ohne jede Absicht, die Frau zu treffen. Es könnte sich auch in einem anderen Sinn um Zufall handeln. Die Chance eines ungeübten Schützen, so zu treffen, wie er getroffen hat, steht nämlich eins zu einer Million. Insofern ist es möglich, aber nach meinem Geschmack ist eins zu einer Million dasselbe wie unmöglich. Aber jede Medaille hat zwei Seiten. Schließlich steht nicht fest, dass es sich um einen ungeübten Schützen handelt. Für einen erstklassigen Scharfschützen wäre die Aufgabe alles andere als unmöglich. Ich glaube, ich würde es auch hinkriegen.«

Ein faszinierender Gedanke ging Hanhivaara durch den Kopf: Wenn Siika ein Geständnis ablegte, bliebe das Dezernat künftig von seinen Rätseln verschont.

Doch er sagte lediglich: »Also sollten wir uns auf die registrierten Schützen konzentrieren. Wie viele sind schon vernommen worden?«

»Keine Ahnung. Das ist sowieso nur ein blindes Herumstochern, eine Arbeit für komplette Idioten«, meinte Siika abschätzig.

»Du verachtest deine Kollegen«, tadelte Hanhivaara, der das zwar auch gelegentlich tat, aber grundsätzlich nur in Gedanken.

Siika schwieg.

Rimpiaho kam herein. Sein sonniges Jungengesicht war noch sonniger als gewöhnlich. Er war braun gebrannt, seine Augen glänzten. In einer Zeit, in der alle jungen Männer wahlweise Sportler, Erotomanen oder arbeitslos waren, bildete Rimpiaho eine Ausnahme: Er hatte noch einen Rest altmodischer Lebensfreude, die zwar von der Polizeiarbeit angenagt wurde, von Zeit zu Zeit aber doch noch hochkam. Rimpiaho hätte einen Berufswechsel in Erwägung ziehen sollen. Aber bei der hohen Arbeitslosigkeit ... Und so pervers es klang, irgendwie mochte er die Polizeiarbeit.

Er sagte: »Du, Hanhi, hör mal ...«

»Er mag es nicht, wenn man seinen Namen verstümmelt«, unterbrach ihn Siika.

Hanhivaara tat, als hätte er nichts gehört. Und auch Rimpiaho lächelte nur.

»Was gibt's?«

»Ein Name ist aufgetaucht.«

»Das ist noch längst nicht die Wiederkehr des Heilands«, meinte Hanhivaara.

»Nein. Es ist viel besser«, sagte Rimpiaho. »Unter der Wiederkehr des Heilands hätte unsereins womöglich zu leiden. Dieser Name dagegen bedeutet womöglich ein Fortschreiten der Ermittlungen.«

»Fortschritt«, verbesserte Siika. »Allgemein gesprochen, oder wie?«

»Nein, im Besonderen. Ich nehme nichts allgemein«, erklärte Rimpiaho.

»Dein Fehler. An deiner Stelle würde ich damit nicht auch noch prahlen«, tadelte Siika.

Hanhivaara, der wegen des langsamen Fortschreitens der Ermittlungen ungeduldig und besorgt gewesen war, stürzte sich so begierig auf Rimpiaho wie einst Adam auf den berühmten Cox Orange. In väterlichem Ton mahnte er: »Jetzt setzen wir uns alle brav hin und hören uns an, was Rimpiaho zu sagen hat. Und wenn wir zu dem Ergebnis kommen, dass das Gesagte für die Klärung eines gewissen Mordfalls von Bedeutung ist, handeln wir zügig. Einverstanden?«

Auch Rimpiaho setzte sich, obwohl ihm schien, das Fortschreiten der Ermittlungen würde dadurch eher verzögert.

Er sagte: »Wir haben einen gewissen Asko Mertanen.«

In Gedanken rief Hanhivaara aus: Mertanen! Aber er war überzeugt, dass die Angelegenheit auch ohne seine Ausrufe voranschreiten würde, und hielt den Mund.

Rimpiaho fuhr fort: »Der Name Asko Mertanen steht erstens im Mitgliederverzeichnis eines Schützenvereins.«

Ein Schütze!, rief Hanhivaara in Gedanken. Doch er schwieg.

Rimpiahos Stimme war dagegen weiterhin zu hören: »Außerdem steht sein Name in Eeva-Maria Kilpinens Adressbuch.«

Hanhivaara rief in Gedanken: Ich weiß, ich weiß! Und weiter?

Und wieder Rimpiaho: »Sein Name steht natürlich auch im Waffenscheinregister. Demnach besitzt er etwa ein Dutzend Gewehre und Pistolen.«

Diesmal rief Hanhivaara laut: »Und außerdem hat Mertanen eine Glatze!«

Rimpiaho und Siika sahen sich an, als bestünde zwischen ihnen eine leidenschaftliche Beziehung.

Hanhivaara hatte den Blickwechsel nicht bemerkt. Er fragte: »Wieso, in drei Teufels Namen, hat es so lange gedauert, das festzustellen?«

»Ein Koordinationsfehler.«

»Und zwar ein verdammt schwerer! Natürlich hätten die Kollegen, die die Register überprüfen, auch die Namen kennen müssen, die in anderem Zusammenhang aufgetaucht sind. Das war ein ganz schlimmer Patzer, verdammt noch mal! Wir hätten ihnen unsere Namenslisten geben müssen. Wir sind eine Bande von Schafsköpfen, zum Donnerwetter!« Hanhivaara war ein wenig verärgert. Er holte tief Luft und fragte: »Wie hast du es herausgefunden?«

»Ich habe die einzelnen Listen verglichen«, sagte Rimpiaho.

Hanhivaara erklärte: »Ich habe Mertanen vernommen. Er hat gesagt, er habe keine Waffen, könne nicht schießen und kenne keinen Glatzkopf, der mit Eeva-Maria Kilpinen befreundet war. Er hat dreimal gelogen.«

»Was hast du nur dauernd mit diesem Glatzkopf?«, fragte Siika.

»Als ich Mertanen vernommen habe, trug er offenbar eine Perücke. Er hatte nämlich lange blonde Haare. Aber inzwischen habe ich anderweitig erfahren, dass er selbst Eeva-Marias kahler Freund war. Warum wollte er mir seine Glatze verheimlichen? Ein Kahlkopf kann sich leichter in einen Behaarten verwandeln als umgekehrt.«

»Wieso? Man braucht sich doch bloß die Haare abzuschneiden«, sagte Siika. Mitunter wirkte er etwas einfältig, dann nämlich, wenn er sprach, bevor er dachte. Das passierte allerdings nicht oft.

Diesmal waren es Hanhivaara und Rimpiaho, die einen Blick wechselten.

Hanhivaara sagte: » Mertanen hat gelogen. Und ein Mann, der in einer solchen Situation lügt, ist ziemlich dumm.«

»Am besten machen wir uns gleich auf den Weg«, drängte Rimpiaho.

»Wir erledigen das ganz unauffällig zu zweit«, wandte sich Hanhivaara an Siika. »Du kannst inzwischen diesen Fortschritt nach oben melden.«

Erstaunlicherweise erhob Siika keine Einwände. Vielleicht wollte er bei seinen Vorgesetzten Eindruck schinden. Vielleicht wollte er sogar andeuten, er selbst habe die Lösung gefunden.

Doch das war Hanhivaara egal. Und Rimpiaho auch.

Es war Freitag, 16.30 Uhr.

2

Asko Mertanens erster Versuch, den Präsidenten zu erschießen, war gescheitert. Doch er machte sich nichts daraus. Er hatte noch eine zweite Chance. Und er schätzte, dass die Erfolgsaussichten beim zweiten Versuch wesentlich besser sein würden.

Er hatte sich von allen überflüssigen Gedanken befreit. In den Zeitungen las er nur noch die Berichte über den Besuch des Präsidenten und über die beiden Morde. Er interessierte sich auch für die Ermittlungen im Fall Helena Maijala, den der Anschlag auf Eeva-Maria allerdings aus den Schlagzeilen verdrängt hatte. Zudem traten die Ermittlungen auf der Stelle und die Zeitungen hatten nicht viel mehr zu berichten, als dass die Ermittlungen auf der Stelle traten. So krass wurde es freilich nicht ausgedrückt; die meisten Reporter wollten die Polizei ungestört arbeiten lassen und vor allem die

Beziehungen zu ihrer wichtigsten Informationsquelle nicht gefährden. Sollten die beiden Fälle allerdings ungeklärt bleiben, war sicher vorsichtige Kritik zu erwarten. Und gewisse Illustrierte würden es sich nicht nehmen lassen, die Kripo herunterzuputzen.

Mertanen hatte kein Interesse mehr daran, Entscheidungsträger, Politiker und sonstige Pestbeulen anzuprangern. Diese Phase lag hinter ihm. Außerdem hatte er momentan kein Publikum für seine Tiraden.

Er nahm das Gewehr auseinander und überprüfte jedes einzelne Teil. Dann zerlegte und inspizierte er auch die Pistole und überlegte dabei, ob es nicht doch besser gewesen wäre, den Mann im Theater zu seinen Ahnen zu schicken. Wenn der Ärmste sich von seinem Schock erholt hatte, würde er allen von seinem schrecklichen Erlebnis erzählen, nicht zuletzt der Polizei. Und die könnte sich eventuell für die Sache interessieren. Womöglich gab es in ihren Reihen sogar einen Intelligenzbolzen, der eine Verbindung zwischen der Beule des Theatermannes und dem Eintreffen des Präsidenten herstellte. Allerdings klang diese Hypothese so unglaublich, dass wahrscheinlich niemand wagen würde, sie zu äußern. Zumindest nicht in den ersten vierundzwanzig Stunden, und mehr Zeit brauchte Mertanen nicht.

Nach dem Anschlag würde es bei der Polizei viele geben, die sich an die Stirn schlugen und jammerten: Warum ist mir das nicht sofort aufgefallen? Man hätte den Präsidenten warnen und schützen können. Aber nach dem Anschlag würden so manche in diesem Land jammern, aus den verschiedensten Gründen.

Nach der Rückkehr aus dem Theater hatte Mertanen seine Wohnung in Ordnung gebracht. Dann aß er, spülte und putzte noch eine Weile.

In der Zeitung sah er sich noch einmal das Programm des Präsidenten an, entdeckte aber keine Veränderungen.

Dann hörte Mertanen Countrymusik und entspannte sich eine halbe Stunde lang in der Badewanne. Das Telefon hatte er abgestellt, um nicht durch aufdringliches Klingeln gestört zu werden. Gemeldet hätte er sich ohnehin nicht, denn erstens sollte niemand wissen, dass er zu Hause war, und zweitens wollte er mit keinem sprechen.

Noch einmal rekapitulierte er die Ereignisse im Theater. Der Mann, der ihn zum Turm geführt hatte, würde ihn sicher nicht identifizieren können. Aber hätte er da oben nicht doch schießen sollen? Dann wäre die Sache jetzt vorbei und er bräuchte nicht mehr zu warten. Ja, vielleicht hätte er es tatsächlich tun sollen. Jedenfalls durfte er diese Nacht nicht in seiner Wohnung verbringen. Das wäre zu riskant. Das hieß allerdings, dass ihm eine ungemütliche Nacht bevorstand. Sein Quartier war nicht besonders sauber, nicht besonders warm und auch nicht besonders gut ausgestattet. Trotzdem hatte er beschlossen, in dem verlassenen Haus am See zu nächtigen.

Deshalb zerlegte er die Waffen und überprüfte sie. Dann begann er zu packen.

Er stellte eine leichte Wanderausrüstung zusammen. Für eine Nacht benötigte er nicht viel, und er hatte nicht die Absicht, längere Strecken auf schlammigen Waldpfaden zurückzulegen. Den Schlafsack brauchte er und Proviant. Er machte sich ein paar Butterbrote zurecht, füllte Kaffee in die Thermoskanne und packte eine Tüte Äpfel ein. Außerdem nahm er einen Beutel Milch mit. Unterwegs würde er Limonade kaufen. Und Zigaretten brauchte er auch. Für die Körperpflege bot sein Quartier nicht den richtigen Rahmen; es gab kein fließendes Wasser, und Mertanen hatte nicht vor, sich beim Wasserholen am See blicken zu lassen. Zahnbürste und Waschzeug mussten zu Hause bleiben. Er legte alles Notwendige in den Koffer. Die Pistole würde er bei sich tragen und das Gewehr packte er in den Gewehrkoffer, eine längliche Holzkiste, die innen weich gepolstert war und alles nötige Werkzeug enthielt.

Als er fertig war, legte sich Mertanen ins Bett und schlief zwei Stunden. Er schlief wie ein Baby. Diesen Vergleich hätte er selbst allerdings nie verwendet, denn soweit er wusste, brüllten Babys nächtelang. Jedenfalls schlief er tief und traumlos und wachte zwei Stunden später erfrischt wieder auf. Er hatte das Gefühl, alles viel klarer zu sehen. Es war, als ob er neben sich stehen und voller Spannung beobachten würde, wie er sich auf seine Tat vorbereitete.

Mertanen stand auf und machte das Bett so sorgfältig wie seit Langem nicht mehr, als wollte er alles sauber und ordentlich hinterlassen, weil er ahnte, dass er nie wieder zurückkommen würde. Dann zog er frische Kleidung an. Die Unterhose war weiß, der Rest weitgehend schwarz. Die schwarze Kordhose saß an den Oberschenkeln eng und wurde nach unten etwas weiter. Die Socken waren aus schwarzer Baumwolle, die schwarzen Schuhe glänzten in der Nachmittagssonne. Er knöpfte das schwarze Seidenhemd zu und band ein rotes Tuch um den Hals. Die Handschuhe aus dünnem schwarzem Leder steckte er in die Gesäßtasche, aus der sie zur Hälfte heraushingen. Nun fehlte nur noch die Jacke.

Mertanen betrachtete sich im Spiegel: polierte Glatze, dunkle Augen, gerade Nase, rote Lippen. Er sah einen außergewöhnlichen Menschen vor sich, einen eleganten und charismatischen Mann.

Er war bereit zum Aufbruch.

Es war Freitag, es war 16.54 Uhr und es klingelte.

FÜNFZEHN

1

»Hältst du das wirklich für richtig?«, zweifelte Rimpiaho. »Wir wollen einen Mörder verhaften, oder? Sollten wir da nicht bewaffnet sein und vor allem: Sollten wir nicht mehr sein?«

Hanhivaara und Rimpiaho standen vor dem Haus. Hanhivaara öffnete die Tür und sagte: »Wir sind nicht hier, um einen Mörder zu verhaften. Wir wollen den Bekannten oder Freund einer Ermordeten vernehmen. Das ist etwas ganz anderes.« Stimmt das wirklich?, fragte er sich. Machte er sich nicht selbst etwas vor? Warum wollte er die Sache so handhaben?

Die beiden betraten das Treppenhaus. Der Fußboden und die Treppe waren frisch gebohnert, es roch nach Bohnerwachs.

»Sauber ist es hier jedenfalls«, sagte Rimpiaho.

Der Aufzug stand bereit. Hanhivaara drückte den Knopf und die Fahrt ging los.

Die beiden sahen sich nicht an. Aufzüge sind ohnehin das Schlimmste für Finnen. Fünf Etagen mit wildfremden Menschen in einer engen Kabine sind entsetzlich, acht Etagen führen bereits zu körperlichem Unwohlsein.

Dann klingelte Hanhivaara. Das erste Klingeln zeitigte kein Resultat. Nach dem zweiten glaubten sowohl Hanhivaara als auch Rimpiaho, ein Geräusch zu hören.

»Wenn niemand öffnet, gehen wir zum Hausmeister. Ich denke, ich kann ihn überreden, uns die Wohnung aufzuschließen«, sagte Hanhivaara.

Da ging die Tür auf.

Ein vollkommen kahler junger Mann musterte die beiden Polizisten. Bei Hanhivaaras Anblick glitt ein Lächeln über sein Gesicht.

Mertanen, ganz in Schwarz gekleidet, eine schwarze Jacke über dem Arm, trat einen Schritt zurück.

Hanhivaara fragte: »Dürfen wir hereinkommen?«

Die Antwort war ein stummes Nicken. Hanhivaara war auf der Hut, weil Mertanen auf der Hut zu sein schien. Er wirkte wie ein Tier, das sich nicht entscheiden kann, ob es den Kopf in den Sand stecken oder zum Angriff übergehen soll. Mertanen trat weitere vier Schritte zurück und winkte die Männer ins Wohnzimmer. Rimpiaho zog die Wohnungstür ins Schloss.

»Bitte, nehmen Sie Platz«, sagte Mertanen. Die Jacke hatte er immer noch über dem Arm.

»Nein danke«, sagte Hanhivaara. »Es kann sein, dass wir gleich wieder gehen. Und es kann außerdem sein, dass Sie uns begleiten müssen.«

»Warum? Ich bin doch schon vernommen worden.«

Hanhivaara setzte eine möglichst polizeimäßige Miene auf und sagte in dem polizeimäßigsten Ton, dessen er fähig war: »Es scheint, dass Sie uns angelogen haben. Lügen bedeuten oft, dass man etwas zu verbergen hat. Und niemand hat so viel zu verbergen wie ein Verbrecher, der nicht gefasst werden will.«

»Wo soll ich denn gelogen haben?« Mertanens Stimme klang nicht verängstigt. Er sprach ruhig, wenn auch etwas gepresst. Ihm war klar, dass das Spiel eine neue Wendung genommen hatte. Verloren war es trotzdem noch nicht.

Hanhivaara und Rimpiaho waren nebeneinander mitten im Wohnzimmer stehen geblieben, Mertanen stand vier Meter von ihnen entfernt an der Wohnzimmertür, mit einem Fuß noch im Flur.

Hanhivaara sagte: »Sie haben behauptet, nichts von einem Glatzkopf zu wissen, der mit Eeva-Maria Kilpinen befreundet war. Ferner haben Sie behauptet, Sie könnten nicht schießen. Sie sind aber Mitglied in einem Schützenverein und besitzen mehrere Waffen. Man darf also annehmen, dass Sie sehr wohl schießen können.«

»Ach, das ist nur ein Hobby. Ich habe nie an einem Wettkampf teilgenommen, das können Sie nachprüfen. Für Wettkämpfe bin ich nicht gut genug.«

»Und die Glatze, mein Freund?«, fragte Rimpiaho mit sanfter Stimme.

»Ein alberner Einfall. Das hat nichts zu bedeuten.«

»Ein alberner Einfall vielleicht, aber sicher nicht ganz ohne Bedeutung«, sagte Rimpiaho.

»Welche Bedeutung kann eine Glatze schon haben?«

Hanhivaara mischte sich ein: »Es stimmt, dass wir vorläufig nicht genau wissen, welche Bedeutung die Sache hat, aber irgendwas steckt dahinter. Die Glatze macht es leichter, sich mit einer Perücke zu maskieren, nicht wahr? Wenn jemand kahl ist und als Langhaariger ein Verbrechen begeht, kann er die Augenzeugen ganz schön hinters Licht führen. Augenzeugen sind keine Profis, sie lassen sich leicht täuschen.«

Mertanen wurde plötzlich laut: »Was liegt gegen mich vor? Sagen Sie es mir oder verschwinden Sie!«

Hanhivaara und Rimpiaho sahen sich an. Rimpiaho murmelte: »Was jetzt? Nehmen wir ihn mit aufs Präsidium?«

»Hören Sie, Mertanen, es dürfte das Beste sein, wenn wir die Sache von A bis Z klären. Am leichtesten geht das in dem neutralen und nichtssagenden Ambiente meines Dienstzimmers.«

Mertanen trat noch einen Schritt zurück. Plötzlich hielt er eine Pistole auf die Polizisten gerichtet. Seine Hand zitterte nicht und auch seine Stimme war fest: »Diese Pistole hat ein Magazin mit zehn Patronen. Das sind fünf pro Mann. Aber glauben Sie mir, auf diese Entfernung kann ich Sie mit einem einzigen Schuss abknallen.«

»Ein Schuss für uns beide zusammen?«, fragte Rimpiaho und machte einen Schritt nach links, sodass zwischen ihm und Hanhivaara reichlich Platz blieb.

»Eben haben Sie noch behauptet, Sie wären ein miserabler Schütze«, sagte Hanhivaara. »Da weiß man ja gar nicht mehr, was man glauben soll.«

»Schwafeln Sie nicht. Ich kenne die Tricks. Damit wickeln Sie mich nicht ein. Gehen Sie einfach davon aus, dass ich fähig bin, Sie beide zu erledigen. Zu Ihrem eigenen Vorteil sollten Sie mir glauben.«

Mertanen stand nun mit leicht gespreizten Beinen da und hielt die Pistole beidhändig. Er zielte auf Hanhivaaras Kopf.

»Das Ding macht mich nervös«, sagte Hanhivaara.

»Das lässt sich nicht ändern«, erwiderte Mertanen. »Wir haben hier ein Problem.«

»Das scheint mir auch so«, sagte Rimpiaho. »Wie könnten wir es lösen? Am besten wohl, indem Sie die Waffe weglegen.«

Mertanen löste die linke Hand von der Pistole und strich sich über die Glatze. Er sagte: »Wir haben ein Problem. Aber ich werde eine Lösung finden.« Dann brüllte er: »Setzen!«

Die beiden Polizisten setzten sich. Mertanen ließ die Waffe sinken und lehnte sich an den Türrahmen. Er sagte: »Mir scheint, für dieses Problem gibt es nur eine Lösung. Es ist nämlich so, meine Herren, dass ich noch eine Aufgabe zu Ende führen muss und keine Zeit habe, mit Ihnen in ein neutrales oder nichtssagendes Büro zu gehen.«

»Was haben Sie vor? Was ist Ihr Ziel?«, fragte Rimpiaho. »Verstehen Sie denn nicht, dass es falsch ist, Menschen zu erschießen?«

»Falsch. Falsch?«, lachte Mertanen. »Eine Medaille müsste man dafür bekommen oder wenigstens eine Anstecknadel wie beim Blutspenden. Für fünf Opfer gäbe es eine Silbermedaille mit der Inschrift: *Für die Menschheit.* Und die nächste, die Goldmedaille, bekäme man erst, wenn man zwanzig Männer, Frauen oder Kinder eliminiert hätte. Allerdings müsste man da wohl eine Art Punktesystem einführen. Ich meine, eine Schulklasse zu erledigen wäre weniger wert, als eine Polizeimannschaft niederzumähen. Sie verstehen, was ich meine. Man müsste den Schwierigkeitsgrad definieren, so ähnlich wie beim Turmspringen.«

Rimpiaho sagte: »Blutspenden und Turmspringen. Sie sind wohl nicht ganz gescheit.«

»Ja, ja, jetzt behaupten Sie, ich wäre verrückt. So springen die Autoritäten mit jedem um, der die Wahrheit sagt.«

Rimpiaho: »Sie sprechen wohl von der Sowjetunion.«

»Sie haben eine Vorliebe für simple Beispiele. Aber die Sowjetunion ist nicht der einzige Fall. Die anderen gehen nur raffinierter vor. Wenn man mit Samthandschuhen arbeitet, gibt es keinen Lärm, weil niemand etwas merkt.«

»Außer Ihnen.«

»Es ist sinnlos, dieses Geplauder fortzusetzen. Die Zeit des Handelns naht.«

Rimpiaho stand auf und sagte: »Sie schwingen aber feierliche Reden.«

Mit butterweicher Stimme sagte Mertanen: »Ich habe Sie nicht gebeten aufzustehen.«

Rimpiaho sprach unbeirrt weiter: »Ich habe das Gefühl, es wäre das Beste, wenn Sie mir die Pistole geben. Damit kein Unfall passiert.«

»Ihre Gefühle in Ehren, aber Sie bleiben auf Ihrem Platz.«

Rimpiaho trat einen Schritt vor und sagte: »Geben Sie mir die Pistole, dann kommen wir aus dieser unerquicklichen Situation raus.«

Mertanen rührte sich nicht. Rimpiaho merkte nicht, dass auch die Hand des Mannes ganz ruhig blieb. Er hätte es merken müssen. Mertanen sagte: »Noch einen Schritt und Sie werden nie mehr in unerquickliche Situationen geraten.«

Rimpiaho blieb stehen. Er sah Mertanen in die Augen. Hanhivaara sagte: »Rimpiaho, tu's nicht.«

Rimpiaho machte einen Schritt und Mertanen schoss.

Die Kugel traf Rimpiaho mitten ins Gesicht und hatte bei der kurzen Entfernung auch noch die Kraft, am Hinterkopf wieder auszutreten. Rimpiaho blieb keine Zeit, überrascht dreinzuschauen. Er fiel nach hinten und landete auf Mertanens Wohnzimmertisch. Die Wunde blutete stark, Rimpiaho war noch nicht tot. Er röchelte; seine Brust hob und senkte sich und die Atemluft verursachte Geräusche, die Rimpiaho nicht mehr beeinflussen konnte. Dann hörte das Röcheln auf.

Hanhivaara hatte Mertanen vergessen.

Er betrachtete Rimpiahos blutiges Gesicht. Rimpiaho war noch nicht lange genug bei der Polizei gewesen. Er hätte begreifen müssen, dass ein Mensch, der bereits einen kaltblütigen Mord begangen hat, sich nicht an die Regeln hält, die die Psychologen den Polizisten so gern eintrichtern. Ruhe, immer Ruhe bewahren. Sorgt dafür, dass der Verbrecher ruhig bleibt, sprecht mit ihm, beschwört ihn. Mit Reden erreicht man mehr als mit Gewalt. Brillant, dachte Hanhivaara. Er war traurig; er war auch zornig, wusste aber nicht genau, gegen wen. Rimpiaho war ein intelligenter und humorvoller Mann gewesen, er hätte ein längeres Leben verdient gehabt.

Hanhivaara drehte sich um und sah Mertanen an.

Mertanen stand immer noch am selben Fleck. Er kaute auf der Unterlippe und seine Augen waren riesig. Aber die Waffe war wieder auf Hanhivaara gerichtet. Mertanen sagte: »Ich habe noch neun Patronen im Magazin. Eine davon ist jetzt im Lauf. Was werden Sie tun?«

Nun wusste Hanhivaara, gegen wen sich sein Zorn richtete. Verbittert war er auch, dennoch wollte er nicht sterben.

Irgendwie reizte ihn der Gedanke allerdings. Vielleicht sollte er es doch versuchen.

Aber der Selbsterhaltungstrieb ist bei den meisten Menschen stark ausgeprägt. Also setzte sich Hanhivaara wieder aufs Sofa und starrte auf Rimpiahos leblosen Körper.

»Gut«, lobte Mertanen. Wieder ließ er die Waffe sinken und lehnte sich gegen den Türrahmen. Dann sagte er: »Wir müssen jetzt nachdenken.«

»Die Nachbarn haben den Schuss gehört«, meinte Hanhivaara.

»Vielleicht.« Mertanen zog die Jacke an und sagte: »Wir sollten jetzt aufbrechen. Es wird eine ungemütliche Nacht für Sie, aber das lässt sich nicht ändern. Mein Projekt ist in Gefahr. Es steht auf Messers Schneide, würde ich sagen.«

»Worum geht es überhaupt, zum Teufel? Warum knallen Sie mich nicht auch ab?«

»Das erzähle ich Ihnen später. Jetzt müssen wir los. Weiß jemand, dass Sie hier sind?«

»Ja«, sagte Hanhivaara wahrheitsgemäß.

»Ich glaube Ihnen. Wir müssen uns also beeilen. Schade, dass Sie nicht zehn Minuten später gekommen sind. Dann wäre der andere vielleicht auch noch am Leben.«

»Wohin gehen wir?«

»Wir fahren. Das heißt, Sie fahren. Nach meinen Anweisungen.«

»Aha. Und wenn ich mich weigere?«

Mertanen sah zu dem toten Rimpiaho hinüber und sagte: »Meiner Meinung nach haben Sie allen Grund zu der Annahme, dass ich es ernst meine. Wenn Sie jetzt nicht mitkommen, können Sie dem da Gesellschaft leisten. Wenn Sie unterwegs aufmüpfig werden, und sei es nur ein bisschen, erschieße ich Sie. Ob im fahrenden Wagen oder gleich hier unten vor der Haustür, das ist mir egal. Ich habe nicht viel zu verlieren.«

»Dass Sie nichts zu verlieren haben, glaube ich Ihnen gern. Sie werden mit Sicherheit geschnappt.«

Mertanen sagte gelangweilt, wie zu einem etwas einfältigen Kind: »Fangen Sie nicht an zu predigen.«

Hanhivaara machte den Mund zu.

Mertanen deutete mit dem Kopf auf die Wohnungstür: »Wir sind reisefertig. Eine Zahnbürste brauchen Sie nicht. Ich habe auch keine dabei.«

»Humor haben Sie auch?«

»Gehen wir«, sagte Mertanen, und Hanhivaara hatte das Gefühl, als hätte er das schon hundertmal gehört.

Hanhivaara stand mühsam auf. Mertanen zeigte auf einen Koffer und auf einen länglichen Kasten. Hanhivaara nahm beide und ging zur Tür, Mertanen folgte ihm in einigem Abstand. Als Hanhivaara über die Schulter guckte, sagte Mertanen: »Ich verstehe mein Geschäft. Wir gehen zu Fuß nach unten.«

Und so gingen sie. Ein alternder Polizist und ein noch recht junger Kellner, der wahrscheinlich nicht sehr viel älter werden würde. Als Hanhivaara beim ersten Treppenabsatz angekommen war und in Gegenrichtung in den vierten Stock hinunterging, kam Mertanen vom fünften herunter. Er war die ganze Zeit weit genug weg, aber nie zu weit. Die Aufzugkabine stand im vierten Stock und sekundenlang überlegte Hanhivaara, ob er hineinspringen sollte. Er guckte wieder über die Schulter und entschied sich dagegen.

2

Siika hatte sich eine dicke Zigarre gekauft, an der er zufrieden nuckelte, als Huhtanen in der Kantine an seinen Tisch kam.

Huhtanen sagte: »Deine Frau hat angerufen.«

»Hat sie gesagt, ich soll zurückrufen?«

»Sie wollte vor allem wissen, ob du zum Abendessen nach Hause kommst.«

»Das geht nicht. Der Fall ist in die interessanteste Phase eingetreten. Ich erwarte Hanhivaara und Rimpiaho jede Minute zurück.«

»Mir brauchst du nichts zu erklären. Ich bin kein Go-between.«

Siika sah ihn verdattert an. Huhtanen kaute auf seiner Pfeife, um sich das Lachen zu verbeißen.

»Ich rufe meine Frau gleich an und sage ihr, dass der Fall bald geklärt ist.«

»Wie schön.«

Huhtanen selbst war auch nicht gerade anpassungsfähig. Vielen Leuten missfiel seine Wortkargheit. Ein schweigsamer Mann vermittelt seiner Umwelt oft das unangenehme Gefühl, er wisse mehr als alle anderen. Aber Siika konnte erst recht keiner leiden. Sein Problem war, dass er mit seiner Redseligkeit versuchte, die anderen dumm erscheinen zu lassen.

»Was hast du gegessen?«, fragte Huhtanen.

»Hackbraten.«

»Wie schön.«

»Da war nichts Schönes dran.«

»Wie schön.«

Siika paffte an seiner Zigarre und sagte: »Du bist Polizist. Also musst du Probleme lösen können. Wie wäre es mit diesem: Man weiß, dass die Einwohnerzahl der Stadt New York größer ist als die Anzahl von Haaren auf dem Kopf eines einzigen ihrer Einwohner. Man weiß auch, dass kein Einwohner völlig kahl ist. Folgt daraus, dass es in der Stadt mindestens zwei Menschen geben muss, die gleich viel Haare auf dem Kopf haben?«

»Wer Rätsel aufsagt, ist nicht automatisch intelligent.«

Huhtanen stand auf. Auch Siika erhob sich. Er sagte: »Das Problem bleibt aber.«

»Das ist momentan kein relevantes Problem.«

»Du hast wohl ein Fremdwörterbuch gefressen.«

Huhtanen kaute auf seiner Pfeife herum und blickte ernst drein. Seite an Seite verließen die Männer die Kantine. Sie waren immerhin Kollegen.

Sie gingen die Treppe hinauf und gelangten in den Eingangsraum der Schutzpolizei. Es war ein einfacher, alltäglicher Raum. Aber die Dinge, die dort zur Sprache gebracht wurden, waren ja auch nicht weniger alltäglich, zumindest für Unbeteiligte und für die Polizeibeamten, für die sie endloser, deprimierender Alltag waren.

Am Schalter stand ein Mann. Mittelgroß, schätzte Huhtanen, denn er stützte sich mühelos mit den Ellbogen auf den Schalter, brauchte sich aber andererseits nicht zu bücken. Rimpiaho, der ziemlich groß war, musste sich am Schalter immer weit vorbeugen und hatte deswegen schon öfter einen Klaps auf den Hintern bekommen.

Der Mann trug einen Verband um den Kopf. Er war aufgeregt.

»Verdammt noch mal, Sie müssen etwas unternehmen«, rief er. »Da kommt einer anmarschiert, bedroht mich mit einer Waffe und schlägt mich dann nieder. Und als ich wieder zu mir komme, bin ich total durcheinander. Ich kann von Glück sagen, dass ich mein Gedächtnis nicht verloren habe.«

Der Polizeimeister, der hinter dem Schalter saß, unterbrach ihn: »Gut, dass Sie Ihr Gedächtnis nicht verloren haben. Dann fangen wir mal ganz am Anfang an. Name?«

Huhtanen bewunderte die routinierte Arbeitsweise des Beamten. Er blieb in Schalternähe stehen und hörte zu, während Siika sich in sein Dienstzimmer verzog, um seine Frau anzurufen.

Der Mann gab Namen, Adresse, Versicherungskennzeichen, Familienstand et cetera an. Dann wollte er in seinem Klagelied fortfahren. Doch der Polizeimeister zügelte ihn geschickt: »Wo ist es passiert?«

»Ich arbeite im Theater. Ich helfe bei der Anfertigung der Kulissen. Wir hatten ein paar Vorarbeiten für das Herbstrepertoire gemacht und ich wollte gerade zum Essen gehen, als jemand an die Tür klopfte. Ich habe aufgemacht und da stand ein Mann, der zum Bühnenbildner wollte. Er hätte ihm etwas zu liefern. Er hat eine Pistole gezogen und mich gezwungen, ihn auf den Dachboden zu führen, wo wir eine Art Ausweichlager haben. Von außen wirkt es wie ein Turm. Dann bekam ich einen Schlag auf den Kopf und danach weiß ich nichts mehr. Irgendwann bin ich mit fürchterlichen Kopfschmerzen aufgewacht und habe mich ins Krankenhaus bringen lassen. Da haben sie mir gesagt, es wäre zum Glück nur eine Prellung. Vielleicht eine leichte Gehirnerschütterung, aber nichts Ernsteres. Nichts Ernsteres, haben sie gesagt. Verdammt noch mal, man hat mich niedergeschlagen, und die sagen, es ist nichts Ernstes.«

Der Polizeimeister fragte: »Wie sah der Mann aus?«

»Das kann ich nicht genau sagen. Ich habe ihn nur kurz gesehen, als ich die Tür aufgemacht habe. Und da habe ich nicht weiter auf sein Aussehen geachtet. Er hatte jedenfalls lange blonde Haare. Normale Kleidung. Jeans, glaube ich. Außerdem hatte er einen Koffer, der war wohl schwarz.«

»Wieso haben Sie ihn denn nur kurz gesehen? Sie haben ihn doch zu diesem … diesem Turm geführt.«

»Ja, ja, aber er hat mich gezwungen, vor ihm zu gehen, und mir verboten, mich nach ihm umzusehen. Ach ja, ich glaube, er trug eine Sonnenbrille.«

Huhtanen hörte zu. Die Beschreibung kam ihm bekannt vor. Und er wusste auch, wo er eine ähnliche Beschreibung gelesen hatte. Der Mann, der vermutlich Eeva-Maria Kilpinen erschossen hatte, war in ähnlicher Weise beschrieben worden, nur hatte er dunkle Haare gehabt. Aber die Welt ist voll von Männern, die einander gleichen.

Trotzdem fragte Huhtanen: »War er kräftig oder schlank?«

Der Polizeimeister hätte beleidigt sein können, doch er dachte sich, wenn ihm jemand die Arbeit abnahm, umso besser.

Der Mann drehte sich zu Huhtanen um. »Ich glaube, eher untersetzt.«

»Was mag in dem Koffer gewesen sein?«

»Woher soll ich das wissen?«

»Schwer oder leicht?«

»Der Koffer?«

»Ja, der Koffer«, sagte Huhtanen, ohne sich seine Ungeduld anmerken zu lassen. Zeugen waren immer so, ein wenig dumm.

»Eher schwer als leicht.«

»Woher wissen Sie das? Haben Sie ihn getragen?«

»Nein. Aber so was sieht man doch. Außerdem hat er ihn mit ziemlichem Gepolter abgestellt, als er mir seine Pistole vor die Nase hielt. Und überhaupt, wozu schleppt jemand einen großen Koffer durch die Gegend, wenn nichts drin ist?«

»Gut«, sagte Huhtanen. »Um welche Zeit war das?«

»Gegen Mittag.«

Nachdenklich betrachtete Huhtanen das Gewaltopfer. Dann wandte er sich an den Polizeimeister: »Ist irgendetwas passiert, wovon ich nichts weiß?«

»Es war ziemlich ruhig. Ein paar Schlägereien, sonst nichts.«

»Bist du sicher, dass heute niemand erschossen worden ist, auf der Straße oder in einem Park? Oder zum Beispiel auf dem Marktplatz?«

»Um Himmels willen, nein«, sagte der Polizeimeister.

»Wie schön«, meinte Huhtanen. »Ich übernehme die Sache. Ich glaube, sie hat mit einem Fall zu tun, an dem ich gerade arbeite.«

Der Polizeimeister zog das Protokoll aus der Schreibmaschine und reichte es ihm.

Huhtanen sagte zu dem Mann mit dem Kopfverband: »Gehen wir.«

Und der Mann gehorchte.

3

Kairamo kam aus seinem Dienstzimmer. Der Flur war leer. Er ging an drei Türen vorbei und klopfte bei Hanhivaara an. Keine Antwort. Kairamo warf einen Blick in das Zimmer. Niemand.

Er ging weiter und blieb vor Siikas Tür stehen. Siika teilte sich ein Dienstzimmer mit Rimpiaho. Der Kommissar trat ein, ohne anzuklopfen.

Siika sah von seinen Papieren auf.

Kairamo fragte: »Wo ist Hanhivaara?«

»Immer noch bei diesem Mertanen.«

»Wie lange schon?«

»Zwei Stunden.«

»Was machen sie da bloß so lange? Sollte Mertanen nicht aufs Präsidium geholt werden?«

»Ich weiß nicht, ob davon ausdrücklich die Rede war, aber ich hatte den Eindruck, dass sie es vorhatten. Vielleicht kommen sie gleich.«

»Ruf diesen Mertanen an und lass dir Hanhivaara geben.«

Siika nahm das Telefonbuch und fing an zu blättern. Seine Finger fuhren flink über die Spalten, dann wählte er eine Nummer.

»Da meldet sich keiner.«

»Noch mal.«

Siika tat, wie ihm geheißen, und sagte erneut: »Es meldet sich keiner.«

»Dann sind sie wohl schon unterwegs.«

»Wahrscheinlich«, sagte Siika.

Kairamo ging über den gebohnerten Flur zurück in sein eigenes Zimmer. Er dachte über diese Mertanen-Sache nach. Urplötzlich beschlich ihn der Verdacht, dass etwas nicht stimmte. Er hatte Hanhivaaras und Rimpiahos Entschluss, allein zu Mertanen zu fahren, von Anfang an für bedenklich gehalten. Sofern Siika nicht übertrieben hatte, bestand Grund zu der Annahme, dass Mertanen in den Mord an Eeva-Maria Kilpinen verwickelt war. Hanhivaara liebte Alleingänge. Aber es wäre doch besser gewesen, jemanden mitzunehmen.

Allerdings wusste Kairamo, dass Hanhivaara zuverlässig und besonnen war. Er würde mit der Situation fertig werden. Andererseits war Rimpiaho noch sehr jung und unerfahren. Die beiden hätten sich mit mir beraten müssen, bevor sie losfuhren, dachte Kairamo. Er würde Hanhivaara eine Rüge erteilen müssen.

Eine halbe Stunde später klopfte Siika bei Kairamo an.

Er sagte: »Es ist jetzt eine halbe Stunde her, seit ich bei diesem Mertanen angerufen habe. Hanhivaara und Rimpiaho sind immer noch nicht zurück. Ich habe es noch mal bei Mertanen versucht, aber es hat sich wieder keiner gemeldet.«

»Vielleicht haben die beiden Mertanen nicht angetroffen und sind ein Bier trinken gegangen.«

»Bestimmt nicht, nicht in diesem Stadium. Hanhivaara war voller Tatendrang.«

»Dann sollten wir nachsehen, was da los ist. Ruf einen Einsatzwagen.«

»Huhtanen und ich könnten doch alleine hin«, meinte Siika.

»Das wäre natürlich unauffälliger. Wenn wir mit einem ganzen Trupp ankommen, erregen wir Aufsehen, und wenn sich dann herausstellt, dass es falscher Alarm war, machen wir uns auch noch lächerlich.«

Kairamo steckte in einem schlimmen Zwiespalt. Er hatte es für unüberlegt gehalten, dass Hanhivaara und Rimpiaho allein zu Mertanen gefahren waren. Und nun wollte er zwei weitere Männer ohne Rückendeckung hinschicken.

Er entschloss sich zu einem Kompromiss: »Wir nehmen Verstärkung mit. Sechs Mann von der Schupo. Aber wir drei gehen zuerst in die Wohnung. Sozusagen unauffällig.«

»In Ordnung.«

SECHZEHN

1

Im ersten Fahrzeug saßen drei Polizisten in Zivil. Auch der Wagen verriet nichts über den Beruf seiner Insassen. Nicht dass es ein echtes Tarnfahrzeug gewesen wäre – viele Berufskraftfahrer wussten, dass die Polizei es bei der Verkehrskontrolle einsetzte. Aber für den größten Teil der Bevölkerung war es nur ein normaler grüner Volvo.

Im zweiten Fahrzeug saßen sechs Polizisten, alle in Uniform. Diesen Wagen hätte jeder als Polizeifahrzeug identifiziert. Nicht nur die Polizisten selbst bezeichneten ihn als grüne Minna. Dieses zweite Fahrzeug folgte dem ersten in rund hundert Meter Abstand.

Es herrschte wenig Verkehr. Die Reifen rollten summend über den Asphalt.

Das erste Fahrzeug hielt vor dem Haus, in dem Mertanen wohnte. Die drei Männer stiegen aus. Sie schienen es nicht besonders eilig zu haben.

Das zweite Fahrzeug fuhr ein Stück weiter und parkte am Straßenrand.

Die drei Männer sprachen nicht miteinander, als sie das Haus betraten und auf den Aufzug warteten. Einer von ihnen nahm jedoch die Treppe.

Er war bereits im dritten Stock, als die beiden anderen die Kabine betraten und in den fünften Stock fuhren.

Die Männer schwiegen immer noch, als einer von ihnen auf die Klingel drückte. Sie rechneten nicht ernsthaft damit, dass ihnen jemand öffnen würde, waren aber auf alles gefasst und hatten die Waffen gezückt.

Kairamo sagte: »Siika holt dann mal den Hausmeister und den Generalschlüssel.«

Siika ging.

»Was denkst du?«, wandte sich Kairamo an Huhtanen.

»Nichts.«

»Glaubst du, dass wir da drinnen etwas finden?«

»Irgendetwas finden wir sicher. Die Frage ist nur, was.«

Die Männer warteten schweigend. Zehn Minuten vergingen. Dann kam Siika mit dem Hausmeister und sagte: »Der Kerl trödelt.«

»Tu ich nicht!«, protestierte der Hausmeister. »Aber haben Sie einen Durchsuchungsbefehl? Ist das überhaupt rechtens, was Sie hier tun?«

Kairamo sagte: »Wir haben Grund zu der Annahme, dass sich in dieser Wohnung ein Verbrecher aufhält.«

»Aber ...«

»Schließen Sie auf!«

»Da müsste ich erst mal Ihre Dienstausweise sehen. Woher soll ich denn wissen, wer Sie sind?«

Kairamo und Huhtanen zückten ihre Ausweise. Der Hausmeister prüfte sie gründlich, verglich die Fotos mit den Gesichtern und nickte.

»Dann wollen wir mal«, sagte er und steckte den Schlüssel ins Schloss.

Kairamo ging als Erster hinein. Folglich sah er auch als Erster Rimpiahos Leiche, die in der grotesken Position dalag, in der Mertanen und Hanhivaara sie zurückgelassen hatten.

»Mein Gott«, sagte der Hausmeister, der den Polizisten gefolgt war.

2

Huhtanen saß in Mertanens Schlafzimmer auf dem Bett und betrachtete die gegenüberliegende Wand. Sie war mit Zeitungsausschnitten dekoriert, die den Mord an Helena Maijala und den an Eeva-Maria Kilpinen behandelten. Überwiegend den Letzteren.

Nun ja, dachte Huhtanen. Wer Helena Maijala ermordet hatte, wussten sie inzwischen. Und jetzt war ihm auch klar, wer Eeva-Maria Kilpinen erschossen hatte. Das Problem war nur, dass niemand wusste, wo der Mörder steckte. Auch wusste keiner, wo Hanhivaara steckte. War er überhaupt noch am Leben? Das war eine echte Frage, keins von Siikas albernen Rätseln.

In puncto Eeva-Maria Kilpinen hatte man jedenfalls Klarheit gewonnen.

Rimpiaho war abtransportiert worden. Er war so tot, wie es ein toter Polizist nur sein kann.

In Mertanens Wohnung hatte Großputz stattgefunden. Man hatte seine Waffensammlung gefunden, und als man sie mit seinen Waffenscheinen verglich, stellte man fest, dass zwei Waffen fehlten. Eine Standardpistole und ein Präzisionsgewehr.

Bereits eine Viertelstunde nachdem Rimpiahos Leiche gefunden worden war, wurde Mertanen zur Fahndung ausgeschrieben. Bald kannten alle Polizeistreifen das Kennzeichen seines Wagens und wohl noch nie hatten die Beamten so ausdauernd gesucht wie dieses Mal. Rimpiaho war tot und Hanhivaara verschwunden. Und ein Polizist war nun mal kein einfacher Sterblicher. Huhtanen vermutete, dass Hanhivaara gefangen gehalten wurde. Er war sich nicht ganz sicher, zu welchem Zweck. Vielleicht als Geisel, das war neuerdings in Mode. Erst letztes Jahr hatte einer von diesen verdammten Wirrköpfen einen Polizisten quer durch Finnland kutschiert, von einem Ende zum anderen – und wieder zurück.

Natürlich suchte man Hanhivaara in seiner Wohnung und Mertanens Auto auf allen Straßen und Wegen. Beides ohne Erfolg.

Man hatte Mertanens Besitztümer inventarisiert, um irgendeinen Hinweis darauf zu finden, wohin er verschwunden sein könnte. Es waren jedoch erstaunlich wenig persönliche Dinge gefunden worden. In einer Schreibtischschublade lagen seine sämtlichen Papiere einschließlich Pass. Ins Ausland konnte er sich also nicht abgesetzt haben. Briefe fanden sich überhaupt nicht. Mit wem er befreundet war, wusste man nicht; bald stellte sich heraus, dass kaum jemand gewillt war, sich als Mertanens Freund zu erkennen zu geben. Auch die Nachbarn wussten über ihn nur zu sagen, dass er sich vor einiger Zeit den Kopf kahl geschoren hatte, was sie als sicheres Anzeichen von Verrücktheit betrachteten. Und mit einem Verrückten hatten sie natürlich keine Bekanntschaft schließen wollen. Mertanens Eltern lebten nicht mehr, das war rasch geklärt. Aber ob er möglicherweise irgendwo eine Zweitwohnung besaß, war nicht so leicht festzustellen. Kurz und gut: Man fand keinerlei Hinweis darauf, wohin er geflohen war.

In der zweiten Schreibtischschublade waren weitere Zeitungsausschnitte entdeckt worden, und Huhtanen stellte fest, dass Mertanen die Blätter mehrerer Parteien las. In der Schlafzimmerecke lag ein Stapel gelesener und zerschnittener Zeitungen.

Es schien Huhtanen, als lebten in der Wohnung zwei ganz verschiedene Menschen. Das Wohnzimmer und das eine Schlafzimmer waren sauber und asketisch; der Waffenraum war geradezu puritanisch steril und deutete auf eine zwanghafte Ordnungsliebe hin. Nur das zweite Schlafzimmer sah aus, als hätte hier jemand gewohnt. Die Zeitungsausschnitte bedeckten die Wand, das Bett war gemacht, aber es hatte zweifellos jemand darin geschlafen. An der Wand hing auch eine Zielscheibe für eine Luftpistole. Der Aschenbecher war voll, die Zeitungen in der Ecke waren nicht besonders ordentlich gestapelt.

Huhtanen saß immer noch auf dem Bett, als alle anderen gegangen waren.

Es hatte sich bewölkt, die Mainacht war dunkel. Huhtanen machte Licht und vertiefte sich in die Ausschnitte an der Wand. Fast unmerklich, mit trägen Bewegungen, pflückte er hier und da einen Artikel ab und las ihn genauer. Außer einigen falschen Informationen entdeckte er nichts, was ihm neu war.

Im Haus war es still geworden. Die Neugierigen waren schon vor einer Ewigkeit zu ihren Fernsehern zurückgekehrt; die Wirklichkeit hatte sie nur für einen Moment überrascht. Inzwischen war auch der letzte Film schon zu Ende.

Siika hatte sich benommen, als säße er auf glühenden Kohlen. Er hatte erkannt, dass der Moment des Handelns gekommen war, und hatte Huhtanen gedrängt mitzukommen. Huhtanen hatte nicht gehört, wohin er mitkommen sollte. Er hatte Siika verärgert abgeschüttelt und gesagt, er wolle noch bleiben, um sich umzusehen.

So rauchte er nun also seine Pfeife und sah sich um.

Er nahm die Zeitungsausschnitte aus der Schreibtischschublade und blätterte sie durch. Sie bezogen sich nicht auf die Morde, sondern hatten vorwiegend das politische Leben, den Präsidenten und die Arbeit des Parlaments zum Thema. Einige Artikel befassten sich mit Fällen von Steuerhinterziehung und betrügerischem Konkurs. Auch sie enthielten nichts Neues für Huhtanen. Von all diesen Vorfällen hatte er auch gelesen, doch sie hatten ihn nicht in dem Maße interessiert, dass er darüber ein Archiv angelegt hätte. Er hielt den Lauf der Welt nicht für weihevoll genug, um die Möglichkeit auszuschließen, dass er sich wiederholte. Und wenn die Ereignisse sich ohnehin wiederholten, brachte es nichts, Vergangenes aufzuwärmen.

Sämtliche Ausschnitte waren sorgfältig gelesen und mit Unterstreichungen versehen worden. Mertanen hatte sich offenbar vor allem für die negativen Seiten des politischen Lebens und in letzter Zeit besonders für die Äußerungen und Reisen des Präsidenten interessiert.

Huhtanen machte noch einmal die Runde durch die Wohnung und schaute in die Schränke. Am Kleiderschrank hielt er sich diesmal länger auf als zuvor. Stück für Stück untersuchte er Mertanens Garderobe. Mertanen schien eine Vorliebe für schwarze Kleidung zu haben. Zwischen den schwarzen Hosen hatten auch zwei Jeans gehangen, doch die hatte die Spurensicherung mitgenommen, ebenso wie die beiden Perücken, die man im Schrank entdeckt hatte.

Huhtanen dachte über die Beschreibung nach, die der Mann aus dem Theater von seinem Angreifer gegeben hatte.

Er verstand nicht, was Mertanen im Theater gesucht hatte. Vielleicht hatte er seinem nächsten Opfer auflauern wollen, seinen Plan dann aber aufgegeben. So musste es sein. Anders ergab es keinen Sinn.

Aber warum hatte er sein Vorhaben nicht ausgeführt? Es gab viele mögliche Gründe, aber der wahrscheinlichste war, dass sein Opfer wider Erwarten nicht aufgetaucht war.

Huhtanen verließ die Wohnung.

Er fuhr nach Hause, nach Ylöjärvi.

SIEBZEHN

1

Der Samstag brach bei strahlendem Wetter an. Die Wolken, die noch in der Nacht am Himmel gehangen hatten, waren davongezogen.

Der finnische Frühling hatte immer wieder etwas Berauschendes, nie zuvor Erlebtes, dachte der Präsident. Für ihn war jeder neue Frühling wie eine Überraschung. Die klaren, kühlen Tage zu Frühjahrsbeginn veranlassten ihn oft, seinen morgendlichen Dauerlauf auf zwei Stunden auszudehnen. Tage wie der heutige, im Spätfrühling oder Frühsommer, beruhigten ihn und dämpften seine zeitweilige Nervosität.

Der Präsident fühlte sich glänzend. Er hatte nicht zum ersten Mal in Ollilas elegantem Gästezimmer übernachtet und wusste, dass auf den erquickenden Schlaf ein exzellentes Frühstück folgte, das Ollila selbst zubereitete. Ollila lebte allein, wie der Präsident auch; beide waren Ausnahmen von der normalen finnischen Praxis, die für Ehefrauen eine zehnjährige Witwenschaft vorsah. Ollila war mittlerweile seit zehn Jahren Witwer, der Präsident seit sieben Jahren. Ollila war der Ansicht, zur Pflege seiner vor Jahren operierten Prostata seien auch Frauen nötig. Als wohlhabender Mann fand er mühelos Pflegerinnen. Der Präsident war mitunter ein wenig neidisch auf Ollila, der ein Privatmensch war und folglich tun konnte, was er wollte.

Ollila wohnte in komfortabler Zurückgezogenheit im Süden der Stadt. Das Haus lag zwar nicht am See wie seine Sommervilla, doch zum Laufen eignete sich die Umgebung hervorragend.

Als alte Sportler begannen sie den Tag mit einem gemeinsamen Dauerlauf. Sie schwiegen, sogen die frische Luft in ihre Lungen und trabten zufrieden los.

Als sie anschließend beim Frühstück saßen, sagte der Präsident: »Ich finde es schön, sich körperlich zu verausgaben. Es ist, als bekäme man dadurch neue Kraft.«

»Die bekommt man wohl auch, auf längere Sicht«, sagte Ollila und köpfte ein Dreiminutenei. »Ich habe das Laufen allerdings weitgehend aufgegeben. Verdammt noch mal, langsam habe ich das Gefühl, dass ich alt werde.«

Das war das falsche Thema, unbedingt. Doch der Präsident trank einen Schluck Tee und sagte gelassen: »Der Mensch muss seinen Körper gesund halten, wenn er seinen Geist gesund halten will.«

Der Präsident war vielleicht nicht der Erste, der diesen Gedanken äußerte, andererseits gab es sicher nicht viele, die ihn ernsthaft bestritten hätten.

Die beiden Männer saßen im Esszimmer, das zum Wald hin lag und ein großes Panoramafenster hatte. Ollila sagte: »Das ist wahr. Was meinst du, wie ich mich über diese jungen Burschen ärgere, die Abend für Abend im Kino oder in der Kneipe hocken und die Freuden einer gesunden Lebensweise verachten. Die Jugend von heute ist völlig verweichlicht.«

Der Präsident lächelte und meinte: »So furchtbar ungesund ist das Kino wohl nicht.«

»Na, das Kneipenleben aber umso mehr.«

Immer noch verteidigte der Präsident die Jugend Finnlands: »In unserem Land gibt es aber auch viele anständige junge Leute. Und in den internationalen Arenen ist unsere sportliche Ehre in letzter Zeit auch nicht angekratzt worden.«

»Natürlich ist unter der Spreu auch Weizen«, lenkte Ollila ein. »Wir müssen übrigens bald aufbrechen, um die verflixte Fabrik einzuweihen.«

Der Präsident sah auf die Uhr und nickte.

Ollila hatte sein Versprechen gehalten; die Feier war auf das Wesentliche reduziert. Zuerst ein Rundgang durch die neue Halle, dann der Start einer Maschine durch Präsidentenhand. Dann ein Umtrunk. Und dann nichts wie weg.

Als sie wieder im Auto saßen, sagte Ollila vergnügt: »Es ist halb zwei. Wir werden kurz nach zwei ankommen, und wenn du willst, können wir um vier schon in der Sauna sitzen. Ein herrlicher Nachmittag zum Saunen, nicht wahr?«

»Da hast du recht«, nickte der Präsident. Er sah neugierig zum Fenster hinaus, denn nach Tampere kam er nicht allzu oft.

Ollila lachte auf: »Weißt du, auf welcher Straße wir uns gerade befinden?«

Der Wagen fuhr am Ufer des Sees Näsijärvi entlang. Der Präsident war durchaus kein humorloser Mann. Er sagte: »Jedenfalls nicht auf der Straße nach Emmaus.«

Ollila lachte aus Höflichkeit, und der Adjutant, der wieder mit von der Partie war, hielt sich den Bauch. Er überlegte, was er am Abend gegessen hatte. Auf jeden Fall zu viel. Ollila bohrte weiter: »Du willst doch wohl nicht behaupten, dass du es wirklich nicht weißt.«

Der Präsident lächelte: »Tampere ist nicht die einzige und auch nicht die erste Stadt, die eine Straße nach mir benannt hat. In meiner Heimatstadt wollen sie übrigens demnächst eine Brücke nach mir taufen.«

»Ich weiß«, sagte Ollila, der alles las, was über den Präsidenten geschrieben wurde.

Die Nation wollte ihre Loyalität demonstrieren, indem sie alle neuen Straßen nach dem Präsidenten benannte, und wenn neue Ehrenmedaillen oder sonstige Auszeichnungen eingeführt wurden, wurde die erste grundsätzlich dem Landesvater verliehen.

Eine Weile hörte man nur das gleichmäßige Surren der

Reifen auf dem Asphalt. Es herrschte kaum Verkehr. Der Präsident schloss die Augen und dachte an die Skiwanderung, die er vor einem Monat in Lappland unternommen hatte. Ihm schien, dass die Lapplandreisen das Schönste waren, was er in den vielen Jahren als Erster Mann im Staat erlebt hatte. Skilaufen war herrlich entspannend. Zumindest war es das früher gewesen.

Einige Jahre nach der ersten Lapplandfahrt hatten die Reisegefährten des Präsidenten fieberhaft zu überlegen begonnen, wie man dieser Reisen würdig gedenken könnte. Und noch später hatten sie darüber gestritten, wer von ihnen auf die Idee gekommen war. Der Vorschlag, für den jeder von ihnen die Urheberschaft beanspruchte, lief darauf hinaus, einen Berg nach ihm zu benennen. Der Präsident war sich nicht ganz sicher, ob ihm die Idee gefiel. Andererseits hatte Washington ja auch einen.

Der Präsident liebte die Natur, Jagd und Fischfang. Böse Zungen sagten, das sei so ähnlich, als würde man gleichzeitig Farbige und den Rassismus lieben, womit gemeint war, ein echter Naturfreund würde weder angeln noch jagen. Aber wer so daherredete, wusste nichts von den Realitäten der Natur.

»Bist du in letzter Zeit auf die Jagd gegangen?«, wandte sich der Präsident an Ollila, denn über die Jagdausflüge seines Adjutanten war er mindestens so gut informiert wie der Adjutant über das Gewicht der Fische, die der Präsident gefangen hatte.

»Wieso denkst du in dieser Jahreszeit an die Jagd? Es ist doch Schonzeit.«

»Mir fiel nur gerade ein, dass das Gewehr, das die DDR mir vor einigen Jahren geschenkt hat und das ganz vorzüglich sein soll, in der letzten Jagdsaison nicht mehr richtig funktioniert hat.«

»Wie schade«, sagte Ollila.

Der Adjutant war an sich kein wortkarger Mensch, aber sein Magen bereitete ihm Probleme. Unter solchen Umständen ist kaum jemand zum Plaudern aufgelegt. Andererseits mochte er auch nicht über seine Magenbeschwerden sprechen. Eine äußerst peinliche Situation für einen Mann, der als glänzender Gesellschafter bekannt war.

Der Präsident fuhr fort: »Bei gleicher Gelegenheit habe ich von einem anderen Land zwei Bücher als Geschenk erhalten, in denen Waffen dargestellt wurden, alle möglichen Waffen, in erster Linie aber französische. Es ist verblüffend, wie präzise die heutzutage sind.«

»Die Branche ist hoch spezialisiert«, erklärte der Adjutant. »Was darüber an die Öffentlichkeit dringt, durch solche Bücher zum Beispiel, ist gar nichts im Vergleich zu dem, was man um jeden Preis vor der Öffentlichkeit zu verbergen sucht.«

»Erzähle uns etwas darüber«, bat Ollila.

»Wie gesagt, darüber spricht man nicht«, beschied ihn der Adjutant.

Die schwarze Limousine des Präsidenten hatte die Brücke erreicht, die über die Fernstraße hinwegführte.

Ollila zeigte auf die Bahnstrecke, die ebenfalls unter der Brücke verlief, und sagte: »Gut, dass die Überführung gebaut wurde. Hier hat man des Öfteren Gliedmaßen und sonstige Körperteile aufsammeln müssen, wenn wieder ein unvorsichtiger Autofahrer vor einen Zug gerast war. Man sagt … Na ja.«

Er unterbrach sich. Seine Geschichten verloren sich bisweilen in derart makabren Details, dass sie nicht mehr ganz salonfähig waren. Seine Frau hatte ihn früher gezügelt, doch nun fiel er allmählich wieder in seine alten Gewohnheiten zurück.

Wieder sah man den See. Der Wagen bog auf einen Schotterweg ab. Ollila hatte dem Chauffeur detaillierte Anweisungen gegeben, die dieser sich offenbar genau eingeprägt hatte.

Schließlich hielt die schwarze Limousine vor dem großen Blockhaus.

Ollila sagte: »Bald können wir in die Sauna.«

2

Huhtanen hatte erst am späten Nachmittag essen können. So war es immer, wenn etwas Besonderes passierte. Die Planstellen bei der Polizei waren natürlich anhand der ›normalen‹ Kriminalität bemessen, oder genau genommen zu knapp bemessen. Wurde dann jemand ermordet oder wurde – wie in Hanhivaaras Fall zu befürchten stand – ein Polizist entführt, hatte man einfach nicht genug Leute. Daraus folgte, dass die Ermittler tagelang weniger oder zumindest hastiger aßen als gewöhnlich. Woraus wiederum folgte, dass die empfindlicheren unter ihnen zwei Wochen lang Bauchschmerzen hatten.

Die Fahndung war bereits auf das ganze Land ausgedehnt worden. Am intensivsten suchte man natürlich in Tampere und in der näheren Umgebung. Irgendwie schien es logisch, dass ein Mann, der einen Polizisten als Geisel genommen hatte, ungern größere Strecken zurücklegte, schon gar nicht am helllichten Tag.

Vernünftiger schien die Vermutung, dass Mertanen sich mit Hanhivaara an einem nur ihm bekannten Ort versteckt hielt. Aus irgendeinem Grund, der keinem der Polizisten klar zu sein schien.

»Was bezweckt er bloß?«, hatte Kairamo seine Leute gefragt, hatte aber keine Antwort erhalten, die ihm auch nur ein bisschen mehr Befriedigung verschafft hätte als eine mit der entsprechenden Technik nicht ganz vertraute Frau.

Huhtanen erkannte sie schließlich, Mertanens Absicht nämlich.

Huhtanen wohnte in Ylöjärvi und er wollte trotz aller Eile zum Essen nach Hause fahren. Er besaß ein altes Auto, das er so lieb gewonnen hatte wie seine Pfeifen. Als es ihm einmal gestohlen worden war – noch dazu aus der Garage –, war er traurig gewesen, gewiss, hatte sich aber auch verwundert gefragt, wer auf die Idee verfallen konnte, ausgerechnet diesen Wagen zu klauen. Ihm war das Auto zwar ans Herz gewachsen wie ein Familienmitglied, doch er konnte sich kaum vorstellen, dass ein Fremder überhaupt fähig war, es in Gang zu setzen. Drei Tage später war es in der Stadt gefunden worden. Den Dieb hatte man nicht gefasst, aber Huhtanen hatte ihm verziehen, weil das gute Stück unversehrt geblieben war.

Mit dieser Schrottkarre, über die seine Kollegen unermüdlich ihren Spott ausgossen, fuhr Huhtanen also nach Hause. Seine Frau hatte zu dieser ungewöhnlichen Tageszeit für ihn gekocht. Niemand in Finnland aß um drei Uhr. Früher ja. Später ja. Aber nicht um drei. Um drei saßen höchstens diejenigen noch bei Tisch, die bei einem so genannten langen Mittagessen die Zeit vergessen hatten, aber auch sie waren eher dabei, ihre Mahlzeit zu beenden als zu beginnen.

In letzter Zeit hatte Huhtanen kaum Zeitung gelesen. Abgesehen von den Berichten über Kriminalfälle. Beim Essen blätterte er nun in der Zeitung, die am Morgen gekommen war.

Auf der ersten Seite prangte ein Bild des Präsidenten. Huhtanen begann den Artikel zu lesen. Der Präsident hatte am Vortag an der Enthüllung irgendeines Kunstwerks teilgenommen. Ein Foto auf der zweiten Seite zeigte den Präsidenten vor dem Kunstwerk, und im Text wurde angedeutet, dass die Veranstaltung eine Art Vorspiel zur kommenden Zweihundertjahrfeier der Stadt war.

Huhtanen betrachtete das Kunstwerk, kam aber zu dem Ergebnis, dass es in Farbe sicher besser wirkte, und las weiter.

Seine Frau war daran gewöhnt, dass Huhtanen zerstreut und schweigsam war; für jeden anderen wären vor allem die letzten zwei Wochen eine wahre Qual gewesen.

Huhtanen blickte über den Zeitungsrand zu seiner Frau und sagte: »Lecker.«

Kommerzienrat Ollila war mit dem Präsidenten befreundet, das war stadtbekannt. Huhtanen wusste einiges über Ollila, über den außerdem so manches erzählt wurde, was niemand wissen konnte. Huhtanen wusste auch, wo Ollilas Villa stand: nicht allzu weit von Huhtanens eigener Wohnung entfernt, die sich in einem dreistöckigen Haus in der Dorfmitte befand und die Huhtanen noch nicht ganz abbezahlt hatte. Ollila hatte seine Villa bereits bezahlt.

Huhtanen sagte: »Hör mal, wusstest du, dass wir heute einen hohen Gast im Dorf haben? Den Präsidenten persönlich.«

»Sicher weiß ich das«, antwortete seine Frau. »Ich hab' sogar gesehen, wie sein Straßenkreuzer hier vorbeifuhr, zu Ollilas Villa. Was die da wohl treiben?«

»Sie gehen in die Sauna«, sagte Huhtanen.

Er blätterte zur ersten Seite zurück. Das Foto zeigte den Präsidenten auf dem Weg ins Rathaus, wo das Kunstwerk enthüllt werden sollte.

Da fiel Huhtanen ein, dass auch Mertanen sich für das Besuchsprogramm des Präsidenten interessiert hatte …

Er erinnerte sich, dass ein Unbekannter im Theater, gegenüber vom Rathaus, einen Mann niedergeschlagen hatte.

Und er begriff, worum es ging.

Er legte die Zeitung beiseite und dachte nach. Er hatte eine seltsame Charaktereigenschaft: Er wollte nicht, dass man sich über ihn lustig machte. Wenn er jetzt ans Telefon stürzte und seine Eingebung erklärte, würde man ihm wahrscheinlich nahe legen, seinen Urlaub zu nehmen. So etwas passierte in diesem kleinen, friedliebenden Land einfach nicht. In diesem Lande lebten schlichte Menschen, die ein überaus starkes Gefühl für Anstand besaßen. Auf den Präsidenten zu schießen, galt als höchst unanständig; was sollten denn die Nachbarn dazu sagen! Wäre man irgendwo anders gewesen, wäre man gar in den USA gewesen, wo Anschläge auf Präsidenten und andere Politiker zum Alltag gehörten, hätte Huhtanen nicht befürchten müssen, sich lächerlich zu machen.

Huhtanen war ganz einfach im falschen Land geboren.

Doch ihm war klar, dass er dennoch handeln musste. Und sei es nur aus Ehrgeiz: Wenn seine Vermutung stimmte, sollte sie kein anderer vorbringen. Er kannte seinen Wert, auch wenn ihm das meist nicht anzusehen war.

Huhtanen war also gezwungen, sich mit Kairamo in Verbindung zu setzen, der die Ermittlungen der Kripo Tampere leitete.

Er bekam Kairamo an den Apparat und begann: »Hör mal, ich habe da eine Idee.«

Huhtanen log. Er hatte noch eine zweite Idee, doch das wollte er nicht einmal sich selbst gegenüber zugeben.

»Aha«, antwortete Kairamo zerstreut, denn er hatte mitunter das Gefühl, dass ausschließlich in seinem eigenen Kopf Ideen sprossen.

Huhtanen sprach in aller Ruhe weiter: »Ich denke, du solltest mit einigen Männern, vielleicht fünf oder sechs, vielleicht auch mehr, die Villa von Kommerzienrat Ollila inspizieren.«

»Warum?«

»Ich habe das Gefühl, dass dort nicht alles in Ordnung ist.«

Kairamos Stimme war schneidend: »Und ich habe das Gefühl, dass ich wegen deiner Gefühle nicht losrenne und mich blamiere, in Anwesenheit des Präsidenten!«

»Eben. Ich bin nämlich durchaus nicht davon überzeugt, dass nicht auch Mertanen irgendwo in der Nähe ist.«

»Verdammt noch mal, was versuchst du mir zu sagen?«

»Genau das.«

»Das darf nicht wahr sein«, sagte Kairamo.

»Fährst du hin? Ich fahr schon mal voraus, ich bin ja näher dran.«

Als Huhtanen zu seinem Wagen ging, dachte er, dass die Welt voll von unnützem Geschwätz war, das die Menschen verrückt machte. Und hinter allem standen immer nur Gewinnstreben und Machthunger. Sie brachten die Menschen dazu zu lügen, zu stehlen, zu betrügen, zu verleumden und manchmal auch zu töten. Er dachte an Rimpiaho und der Gedanke tat weh.

Er hatte nicht vor, zu Ollilas Villa zu fahren. Dort war Mertanen nicht. Mertanen war kein Nahkämpfer.

Huhtanen betete darum, dass sein Auto anspringen würde.

ACHTZEHN

I

Hanhivaara hatte schon angenehmere Nächte verbracht. Sogar als er noch verheiratet war, hatte er mehrere wesentlich angenehmere Nächte erlebt. Selbst die Nächte im Krankenhaus waren angenehmer gewesen; die Wirklichkeit ist allemal besser als ein Albtraum. Wirklich, Hanhivaara glaubte, dass er nie zuvor eine so ungemütliche Nacht gehabt hatte. Zur körperlichen Unbequemlichkeit und den zeitweiligen Schmerzen kamen seelische Demütigung und absolute Hilflosigkeit.

Er nahm sich vor, Mertanen zu fragen, wofür das Seil ursprünglich vorgesehen gewesen war. Mertanen hatte ihn damit gefesselt, aber er hatte nichts mehr in seinen Koffer gepackt, nachdem er Rimpiaho erschossen hatte.

Hanhivaara lag auf der Seite. Seine Hände waren zusammengebunden, seine Füße waren zusammengebunden und dann war das Ganze noch miteinander verknotet. Hanhivaara hatte keine Chance und er wütete gegen die Verlage, die alle möglichen Kriminalromane veröffentlichten. Andererseits gab es ja auch Handbücher für Pfadfinder. Hanhivaara hatte sich wieder einmal selbst k. o. geschlagen; am Schluss war er überzeugt, dass er, ganz gleich, was veröffentlicht oder nicht veröffentlicht wurde, trotzdem gerade jetzt genau in dieser Situation wäre und sie genauso wenig genießen würde.

Mertanen hatte ihm anfangs ein Pflaster über den Mund geklebt, sich dann aber glücklicherweise von allein zu der Erkenntnis durchgerungen, dass diese Vorsichtsmaßnahme überflüssig war: Sollte Hanhivaara schreien, wäre Mertanen sofort wach.

Hanhivaara betrachtete den schlafenden jungen Mann auf der Schaumstoffmatratze und rekapitulierte die Fahrt zu diesem verlassenen Haus.

Hanhivaara fuhr, Mertanen saß neben ihm und hielt die Pistole auf ihn gerichtet. Das hatte er im Kino gelernt.

Hanhivaara sagte: »Sie sind kein Berufskiller. Warum tun Sie das? Oder besser gesagt, was tun Sie eigentlich?«

»Maul halten. Wir fahren jetzt nach Ylöjärvi.«

Hanhivaara fuhr los. Vorsichtig wie immer, Autofahren war nun einmal nicht seine Stärke.

Der Mann auf dem Beifahrersitz war sich schon bald unschlüssig, ob er vor einem Nervenzusammenbruch oder einem Wutanfall stand.

Er biss sich auf die Lippe und sagte: »Scheiße! Wenn Sie das absichtlich machen …« Seine Pistolenhand blieb jedoch ruhig, als wäre sie vom Rest seines Körpers getrennt.

Hanhivaara sagte: »Autofahren ist nicht meine Stärke, behaupten manche. Anscheinend gehören Sie auch dazu. Was haben Sie denn auszusetzen? Läuft doch alles prima.«

»Aufpassen, rechts kommt was!«, rief Mertanen.

Hanhivaara sah nach rechts und trat auf die Bremse. Bei höherem Tempo wäre Mertanen mit dem Kopf gegen die Windschutzscheibe geknallt. Leider fuhr Hanhivaara nie schnell.

Erst als sie auf der Landstraße waren, beruhigte Mertanen sich allmählich.

Vorsichtig begann Hanhivaara noch einmal: »Was läuft hier eigentlich ab? Warum bin ich hier?«

»Es geht um eine große Sache.«

»Sicher«, sagte Hanhivaara, wobei er sich bemühte, seine Stimme ausdruckslos zu halten. Sein wahrer Charakter, sein säuerlicher Sarkasmus, wollte sich Bahn brechen. Da dachte

Hanhivaara an Rimpiaho, der auf Mertanens Couchtisch lag, und sein Ton blieb beinahe höflich.

»So einen Fall habt ihr noch nie gehabt«, fügte Mertanen hinzu.

»Mag sein«, sagte Hanhivaara, zufrieden, dass Mertanen aufzutauen begann.

»Ich werde denen zeigen, wie verdorben sie sind, alle miteinander.«

»Wer?«

»Schnauze. Rechts abbiegen.«

Hanhivaara gehorchte. Dafür gab es einen guten Grund: die Pistole.

Mertanen beobachtete die Umgebung jetzt unablässig. Abgesehen von den Fahranweisungen sprach er nicht mehr.

Sie waren schneller am Ziel, als Hanhivaara vermutet hatte. Zu schnell. Hanhivaara hatte auf eine längere Fahrt gehofft. Dann hätten sie auf alles Mögliche treffen können. Auf eine routinemäßige Verkehrskontrolle zum Beispiel. Oder auf einen Elch.

Wieder trug Hanhivaara die beiden Koffer. Sie näherten sich einem verlassen aussehenden Gebäude. Mertanen gab weiterhin Anweisungen. Sie gingen ins Obergeschoss.

Hanhivaara stellte die Koffer ab und bekam einen Schlag über den Kopf.

Als er erwachte, war es dämmrig, fast dunkel. Er reckte sich vorsichtig, stellte aber fest, dass er sich kaum bewegen konnte. Sein Kopf schmerzte.

Hanhivaara ließ seinen Augen Zeit, sich an die Dunkelheit zu gewöhnen, und bewegte sich dann erneut.

Ein Licht flammte auf. Es blendete ihn.

Mertanen sagte: »Aha, Sie sind wach.«

Hanhivaara schwieg. Es gibt Situationen, in denen einem partout nichts einfällt, was halbwegs vernünftig oder intelligent klingt.

Mertanens Stimme war leise und nicht mehr so scharf wie auf der Fahrt. Höflich bemerkte er: »Sie fragen sich bestimmt, warum Sie hier sind.«

Hanhivaara nickte mühsam. Er bat: »Würden Sie die Lampe wegnehmen? Meine Augen …«

Der Lichtkegel der Taschenlampe wanderte von seinem Gesicht zur Decke. »Danke«, sagte Hanhivaara und stellte fest, dass der Mensch mitunter für die kleinsten Dinge dankbar ist.

Mertanen sagte: »Sie sind mein Publikum.«

»So.«

»Interessiert Sie das nicht?«

»Mich würde interessieren, wie ich aus dieser Teufelsschaukel rauskomme.«

»Das ist im Augenblick leider nicht machbar. Ich will in dieser Phase keine Überraschungen erleben.«

»Was haben Sie vor?«

»Wenn der morgige Tag anbricht, werden Sie mein Publikum sein. Ich brauche Publikum.«

»Wozu brauchen Sie Publikum?«

»Für einen Mord.«

»Toll.«

Mertanen war nun schon leicht verärgert: »Interessiert Sie das nicht?«

»Haben Sie vor, mich zu ermorden?«, fragte Hanhivaara. Die Sache interessierte ihn ganz ungemein, höllisch geradezu, aber in seiner derzeitigen Situation, unfähig zu einem Angriff, musste er sich genau überlegen, wie er vorgehen sollte. Auf jeden Fall würde er sich nach dem Mord an Eeva-Maria Kilpinen erkundigen. Mertanen war jetzt so übermächtig, dass er wahrscheinlich plaudern würde.

Mertanen überlegte eine Weile. »Ich weiß es nicht. Ich habe mich noch nicht entschieden. Aber Sie kennen mich. Was bleibt mir da übrig?«

»Ich bin nicht der Einzige, der Sie kennt. Mit dem Mord an meinem Kollegen haben Sie Ihr Schicksal besiegelt. Jetzt sind alle hinter Ihnen her.«

Mertanens Antwort war durchaus logisch: »Es verschafft mir einen größeren Vorsprung, wenn ich Sie umbringe.«

»Und so oft, wie Sie schon getötet haben, kommt es auf einen mehr auch nicht an, wie?«

Mertanen löschte das Licht. Hanhivaara dachte, der Mann fühle sich in der Dunkelheit vielleicht sicherer oder wolle ihm sein Herz lieber im Dunkeln ausschütten als bei Licht. Bisher hatte er geglaubt, diese Vorliebe sei nur für Ehepaare typisch, und wenn seine Lage ein klein wenig bequemer gewesen wäre, hätte er gelächelt.

Häufig werden Theorien hinfällig, bevor sie überhaupt öffentlich gemacht werden – zum Glück für die Theoretiker.

»Ich musste die Lampe ausschalten, denn ich habe keine Reservebatterie, und wir haben noch eine lange Wartezeit vor uns«, kam Mertanens Stimme aus dem Dunkel. »Es stört Sie hoffentlich nicht.«

»Blöde Frage.«

Mertanen knipste die Lampe an und richtete den Lichtstrahl auf Hanhivaaras Gesicht. Er fauchte: »Nennen Sie mich nicht blöd!«

»Sie haben mich in dieser unnatürlichen Position gefesselt und jetzt fragen Sie, ob mich die Dunkelheit stört. Das ist irgendwie widersprüchlich, meinen Sie nicht?«

Mertanen schwieg.

Doch das Licht ging wieder aus.

Hanhivaara hatte nicht die Absicht, einen Mörder anzuflehen. Er sagte: »Sie haben Eeva-Maria Kilpinen ermordet, nehme ich an.«

»Das war ein Versehen«, sagte Mertanen.

»Aber gewiss doch«, sagte Hanhivaara und gab sich keine Mühe, den Hohn zu verbergen.

Mertanen beharrte auf seinen Worten: »Wie gesagt, es war ein Versehen. Eeva-Maria sollte nicht sterben. Das war einer von den Millionen Zufällen, die uns das Leben sauer machen. Eeva-Maria sollte mein Publikum sein. Weil sie tot ist, sind Sie jetzt hier.«

»Ein Zufall?«, wunderte sich Hanhivaara laut. Es war typisch für einen moralischen Menschen wie ihn, dass er immer noch nicht begriff.

Mertanens Unterlippe verschwand zwischen seinen Zähnen, was Hanhivaara im Dunkeln allerdings nicht sehen konnte. Er hörte nur seine Stimme: »Es war ein Übungsschuss auf ein lebendes Ziel. Ich hatte absolut nicht die Absicht, Eeva-Maria zu töten. Um genau zu sein, sie war die Einzige, die ich auf keinen Fall töten wollte. Jeder andere wäre besser gewesen.«

Mertanen verstummte, und Hanhivaara, der vermutete, dass der andere mit sich kämpfte, schwieg ebenfalls.

»Weil Sie jetzt mein Publikum geworden sind, möchte ich Ihnen die Hintergründe erklären … Schauen Sie, ich bin ein hervorragender Schütze.«

»Ich weiß«, unterbrach ihn Hanhivaara.

»Wenn Sie einen Moment den Mund halten würden, könnte ich Ihnen die Sache erklären … Ich bin also ein hervorragender Schütze, aber ich hatte nie auf einen Menschen geschossen. Es war mir wichtig zu wissen, was das für ein Gefühl ist. Ich wollte sicher sein, dass ich nicht im letzten Moment davor zurückschrecke. Deshalb habe ich mich verkleidet, bin auf ein Hausdach geklettert und habe geschossen. Wer das Opfer war, spielte keine Rolle, es durfte nur kein Bekannter sein. Ich gebe zu, dass ich es verpatzt habe. Ich war es plötzlich leid, zu warten und ein Opfer auszuwählen, und so habe ich einfach abgedrückt. Sie hatte sich die Haare gefärbt und ich war weit weg. Es war eine äußerst schwierige Situation.«

Hanhivaara fand ›äußerst schwierig‹ zu farblos. Aber er hatte verstanden, was Mertanen meinte. Er sagte: »Demnach hätte jeder beliebige Einwohner der Stadt das Opfer sein können. Die Chancen standen also eins zu circa einhundertfünfundsechzigtausend. Wenn wir die Bewegungsunfähigen und die ganz kleinen Kinder abrechnen, steigt die Chance, von Ihnen erschossen zu werden, ein wenig. Andererseits ist anzunehmen, dass auch Auswärtige in der Stadt sind, sodass die ursprüngliche Berechnung in etwa zutreffen dürfte.«

Hanhivaara verstummte. Er merkte, dass er auf einen hysterischen Anfall zusteuerte, ausgelöst durch die unbequeme Haltung und Todesangst. Allerdings konnte er immer noch nicht an seinen Tod glauben.

Mertanen setzte seinen Bericht fort: »Als ich merkte, dass ich mich in eine schwierige Situation gebracht hatte, dachte ich über ein Ablenkungsmanöver nach. Schließlich entschied ich mich dafür, irgendwo anders auf jemanden zu schießen, um die Polizei zu verwirren. Deshalb habe ich den Anschlag auf das Mädchen verübt, aber nicht in der Absicht, sie zu töten. Ich wollte den Eindruck erwecken, dass ich doch nicht so treffsicher bin.«

Mertanen schwieg und Hanhivaara nahm eher mit den Ohren als mit den Augen wahr, dass er sich bewegte. Hätte doch wenigstens der Mond geschienen! Im Dunkeln kam einem alles schwieriger vor als bei Licht.

»Aber was wollen Sie mit all dem erreichen?«, fragte Hanhivaara.

»Wissen Sie, wo wir sind?«

»In Ylöjärvi.«

»Eben.«

»Na und?«

»Man kann sie im Moment nicht sehen, aber die Villa von Kommerzienrat Ollila liegt gleich gegenüber. Dort wird morgen der Präsident erwartet.«

»Aha«, sagte Hanhivaara. Das war es also. Nun wusste er es wenigstens.
»Sie haben wohl nicht gehört, was ich gesagt habe.«
»Doch, ich habe es gehört.«
»Dann haben Sie es nicht verstanden.«
»Verstanden habe ich es auch.«
»Sie geben sich cooler, als Sie sind.«
»Was soll ich schon dazu sagen? Sie haben mir ja ausdrücklich verboten, Sie als verrückt zu bezeichnen.«
»Ich bin nicht verrückt.«
»Woher wissen Sie das? Wie würden Sie Ihr Vorhaben denn nennen?«
»Ich habe einfach das Gefühl, dass ich es tun muss. Seinem Schicksal kann man nicht ausweichen. Mir wurde gesagt, dass ich es tun muss. Diese Aktion wird die Luft reinigen.«
»Wer hat Ihnen das gesagt?«
»Eine Stimme.«
»Aha.«
Mertanen schwieg eine Weile und sagte dann: »Ich bin durchaus fähig, Nuancen zu unterscheiden. Warum wollen Sie nicht glauben, dass ich nicht verrückt bin?«
Er streckte sich auf der Schaumstoffmatratze aus. Seinen Schlafsack verschmähte er. Plötzlich fragte er: »Wer hat Helena Maijala ermordet? Ich war es jedenfalls nicht. Haben Sie den Fall schon gelöst?«
»Kannten Sie die Frau?«
»Ja.«
»Ihr Vater hat sie getötet.«
»O Gott«, sagte Mertanen. »Aber ich muss jetzt schlafen. Morgen ist ein harter Tag.«
Hanhivaara hatte das Gefühl, dass auch er ab und zu kurz eingenickt war. Sein vernünftigeres Ich hielt das für unmöglich, aber Hanhivaara war sich sicher, zeitweise geschlafen zu haben. Gut.

Es war schon spät am Morgen, als Mertanen erwachte. Hanhivaara war sich nicht sicher, ob der Mann wirklich geschlafen oder nur stundenlang bewegungslos dagelegen hatte. Wenn er nicht geschlafen hatte, musste er ausgesprochen gute Nerven haben. Hanhivaara lächelte über seinen Gedanken. Denn um in dieser Situation ruhig schlafen zu können, musste Mertanen ebenfalls eiserne Nerven besitzen. Aller Wahrscheinlichkeit nach hatte er tatsächlich geschlafen; nur die Indianer im Film und in Büchern können im Wachzustand stundenlang reglos daliegen.

Mertanen holte die Thermoskanne hervor und goss sich Kaffee ein. Er sagte: »Sie hatten Pech. Ich habe gestern versucht, den Präsidenten ins Fadenkreuz zu bekommen, aber es ist mir nicht gelungen.«

»Heute wird es Ihnen auch nicht gelingen.« Hanhivaaras Stimme war heiser. Er hätte auch gern Kaffee gehabt, aber was nicht geht, das geht nicht.

»Ich schaffe es«, sagte Mertanen. »Möchten Sie Kaffee?«

»Wie soll ich Kaffee trinken, wenn meine Hände auf den Rücken gefesselt sind?«

»Ich kann Ihnen die Tasse an die Lippen halten.«

»Kommt nicht infrage.«

»Um an Ihren Fesseln irgendetwas zu ändern, müsste ich sie wieder bewusstlos schlagen. Und das wollen Sie wohl nicht.«

»Nein, wahrhaftig nicht. Eine etwas bequemere Position würde ich allerdings zu schätzen wissen. Trotz allem.«

»Wir müssen alle mal leiden.«

»Es wäre mir peinlich, unter mich zu machen.«

Das schien Mertanen aufzurütteln. Er erhob sich und ging eine Weile auf und ab. Dann trat er zu Hanhivaara, löste die Fußfesseln und befahl: »Aufstehen!«

Hanhivaara versuchte es, doch er schaffte es nicht. »Meine Beine sind eingeschlafen. Wir müssen einen Moment warten.«

Er bewegte die Füße, um den Kreislauf in Gang zu bringen. Dann rappelte er sich mühsam hoch, und als er auf den Beinen stand, riss Mertanen seine gefesselten Hände nach oben, sodass Hanhivaara sich vorbeugen musste. Beinahe wäre er gestürzt.

»Gehen wir.«

Sie stolperten die Treppe hinunter, und wenn das Ganze nicht so traurig gewesen wäre, hätten sie einen lustigen Anblick geboten.

Im Erdgeschoss sagte Mertanen: »Hier.«

»Hier drinnen?«, fragte Hanhivaara.

»Glauben Sie, ich würde Sie nach draußen lassen?«

Hanhivaara erklärte, mit gefesselten Händen ginge es nicht.

Da blieb nur eine Möglichkeit. Er musste sich dem fügen.

Die Stunden vergingen. Mertanen hatte sich vorbereitet. Er hatte das Fenster geöffnet und irgendwohin gezielt. Wohin, konnte Hanhivaara nicht sehen, denn er befand sich wieder in seiner früheren Position.

»Ich sage Ihnen Bescheid, wenn es losgeht«, versprach Mertanen.

Es war ein wolkenloser, sonniger Tag. Als wäre die nächtliche Dunkelheit nur das Hirngespinst eines kranken Geistes gewesen. Hanhivaara überlegte, ob Rimpiahos Leiche schon gefunden worden war. Er fragte sich, wie lange Huhtanen und die anderen brauchen würden, ehe sie begriffen, worum es ging. Hanhivaara war kein Optimist und neigte auch nicht dazu, die Fähigkeiten der Polizei zu überschätzen. Er dachte über eine Möglichkeit nach, sich von den Fesseln zu befreien, doch es gab keine. Mertanen war zwar ein Amateur, hätte es aber mit jedem Profi aufnehmen können. Hanhivaara ertappte sich bei der Überlegung, wo Mertanen das Knotenschlagen gelernt hatte.

Nach Hanhivaaras Schätzung war es Nachmittag, als Mertanen sagte: »Da kommen sie.«

Hanhivaara zuckte zusammen. Der leichthin gesagte Satz raubte ihm die letzte Hoffnung.

Mertanen fügte hinzu: »Aber noch ist der Augenblick nicht gekommen. Erst wenn sie in die Sauna gehen. Dann ist der Zeitpunkt gekommen. Ob Sie es glauben oder nicht, ich habe es schon oft getan, sehr oft. Es ist Routine geworden. Ich sehe einen großen und einen etwas kleineren, dicklichen Mann zum Bootssteg gehen. Dann ist der Augenblick da.«

Mertanen legte die Waffe wieder hin und setzte sich auf die Matratze.

»Bald heizen sie die Sauna ein.«

Dann schwieg er.

Hanhivaara sagte: »Geben Sie es auf.« Sehr viel mehr hatte auch er nicht zu sagen. Mertanen saß stumm da und starrte ihn aus seinen dunklen Augen an.

2

Huhtanen hatte Glück.

Er hatte etwa einen halben Kilometer vor Ollilas Villa angehalten und sich umgesehen.

Seine Miene war grimmig. Er überstürzte nichts. Doch schon nach kurzer Zeit tauchte die Giebelseite des verlassenen Hauses in seinem Fernglas auf.

Er war sicher, dass er im oberen Fenster einen Gewehrlauf gesehen hatte.

Huhtanen drehte den Zündschlüssel um. Der Wagen sprang sofort an. Das Glück blieb ihm treu.

3

»Sie sind schon in der Sauna«, sagte Mertanen. »Bald kommen sie auf den Bootssteg und dann sind sie ungeschützt.«

Hanhivaara wusste, dass das Spiel verloren war.

»Da kommen sie«, sagte Mertanen. Er sprach weiter, als wäre er ein Rundfunkreporter: »Ein großer Mann mit Glatze geht, leicht vorgebeugt, voran. Er hat ein Handtuch um die Hüften gebunden. Ihm folgt ein kleinerer und dickerer Mann. Aha, ich hatte richtig geraten. Der Dicke trägt zwei Bierflaschen in der einen Hand und hält sich mit der anderen ein Handtuch vors Gemächt. Als ob ihm einer was weggucken würde. Der erste Mann trägt keine Bierflaschen, das ist unter seiner Würde.«

Hanhivaara hatte bereits aufgehört, ihm zuzuhören. Stattdessen hatte er begonnen, auf die Geräusche zu lauschen, die von der Treppe kamen. Er hatte zu Mertanen hingeschaut, der seelenruhig weiterquasselte. Mertanen war derart auf seine Aufgabe fixiert, dass er nichts zu hören schien.

Als Hanhivaara wieder zur Tür blickte, stand Huhtanen dort. Er trug einen schlecht sitzenden Anzug, sein Haaransatz war während des letzten Jahres um ein paar Zentimeter nach oben gerutscht. Wir werden alle nicht jünger, dachte Hanhivaara. Ihm fiel auf, dass er Huhtanen eigentlich nie so genau angesehen hatte. Huhtanen war ein stiller Mensch.

Aber Huhtanen stand an der Tür. Deshalb hatte Hanhivaara jetzt an anderes zu denken. Huhtanen schien sich Mertanens Gerede anzuhören. Hanhivaara wagte nichts zu sagen. Huhtanen war noch zu weit von Mertanen entfernt. Es würde ihm genauso ergehen wie Rimpiaho, wenn Hanhivaara ihm jetzt ein Kommando gäbe.

Hanhivaara warf einen Blick auf Mertanen und begann

dann wie wild zu ihm zu nicken. In seinen Augen stand wachsende Verzweiflung. Warum tat Huhtanen nichts? Begriff er nicht, was los war?

Mertanens Stimme wurde eine Spur lauter: »Jetzt ist er im Fadenkreuz. Hören Sie, Ihre Aufgabe hat begonnen. Jetzt werden Sie mein Zeuge.«

Mertanen drehte sich jedoch nicht um. Er korrigierte noch einmal seine Position. In dem Moment, als er abdrückte, schrie Hanhivaara. Es war das einzige Störmanöver, zu dem er in der Lage war.

Huhtanen machte fünf schnelle Schritte. Mertanen wollte sich gerade vom Fenster abwenden, als Huhtanen ihm gegen den Kopf trat.

Mertanen sackte zu Boden.

Huhtanen drehte sich zu Hanhivaara um und fragte: »Bist du in Ordnung?«

Hanhivaaras Stimme zitterte: »Verdammt noch mal, Huhtanen, das hast du absichtlich getan. Du hast gewusst, worum es ging, und hast ihn nicht gestoppt. Du bist ein Mörder, Huhtanen!«

Huhtanen beugte sich über Mertanens Koffer und holte ein Messer heraus. Er kam auf Hanhivaara zu. Dann bückte er sich und begann die Fesseln durchzuschneiden.

»Warum hast du das getan?«, fragte Hanhivaara. Die Stimme drohte ihm zu versagen. Er hatte nichts getrunken. Es ging ihm nicht gut.

Huhtanen sagte: »Weißt du, wer an Rimpiahos Tod schuld ist? Die beiden. Kapierst du, sie sind alle beide daran schuld.«

»Da spiel ich nicht mit! Ich zeige dich an. Scheiße, bei so was mach ich nicht mit!«

Huhtanen hörte auf, die Fesseln zu zerschneiden. Hanhivaaras Hände waren noch auf dem Rücken gebunden, aber er konnte aufstehen.

Huhtanen steckte die Hand in Hanhivaaras Jackentasche und holte die Pillendose heraus. Er sah sie an und sagte: »Du bist in letzter Zeit ziemlich nervös gewesen. Du erzählst manchmal seltsame Dinge. Ich glaube, das haben die anderen auch gemerkt. Auf dem Präsidium, meine ich. Du bist nicht immer fähig, eine Situation richtig zu beurteilen. So wie jetzt. Ich bin eine Sekunde zu spät gekommen. Bedauerlich, aber wahr.«

In Hanhivaaras Augen stand beinahe Hass. Er sagte nichts.

Huhtanen ging ans Fenster und hob das Gewehr an die Schulter. Er sah durch das Zielfernrohr. Ein blau-weißes Polizeifahrzeug schaukelte über den Schotterweg auf Ollilas Villa zu. Das Blaulicht blinkte. Auf dem Steg lag eine leblose Gestalt.

Huhtanen sagte: »Rimpiaho wird nächsten Freitag beerdigt. Du kommst wohl auch.«

Pentti Kirstilä

Nachtschatten

Aus dem Finnischen von Gabriele Schrey-Vasara
256 Seiten. Paperback
ISBN 978-3-89425-548-0

Ein bizarres Schauspiel im nächtlichen Tampere: Ein Mann schlitzt einer Frau die Kehle auf und verschwindet im Dunkel. Ein Schock für den Zeugen, der die Tat beobachtet hat, denn er erkennt in Täter und Opfer zwei Bekannte. Anstatt die Polizei zu informieren, beschließt der heimliche Beobachter, sein Wissen für eigene Zwecke zu nutzen.
Kommissar Lauri Hanhivaara, der in dem Mordfall ermittelt, steht vor einem Rätsel: Er verdächtigt Antti Koski, seine Exfrau umgebracht zu haben, doch der präsentiert ein Alibi.

»Hanhivaara ist eine jener faszinierenden Gestalten der Kriminalliteratur, die uns in die Tragik der menschlichen Existenz blicken lassen. Nachtschatten *ist ein verblüffender Roman, der sprachlich knapp und präzise das Netz menschlicher Beziehungen entfaltet und den Leser im scheinbar kühlen Beobachten bis ins Innerste packt. Ein konzentriertes Stück Literatur – nicht nur für Krimifans.«*
Coburger Tageblatt

»Ein spannendes Buch, eine gewagte, aber gelungene Romankonstruktion, gekoppelt mit einem Humor, der nie freundlich, eher kalt und lauernd daherkommt.«
Titel-Magazin

»Unglaublich spannend!«
Neue Luzerner Zeitung

»Der Finne Pentti Kirstilä erzeugt mit sprödem nordischen Charme und einem sarkastischen Ermittler eine dichte Atmosphäre. Nachtschatten *spielt in der gehobenen Gesellschaft in Tampere, wo lauter erfolgreiche Menschen mit viel Aufwand versuchen, eine glückliche Fassade aufrechtzuerhalten. Der Mörder hat ein Alibi, der Ermittler traut keinem und fällt doch auf eine Frau herein, und auch sonst geizt der eigenwillige Autor nicht mit Überraschungen.«*
Der Standard

grafit

Pentti Kirstilä

Tage ohne Ende

Aus dem Finnischen von Gabriele Schrey-Vasara
287 Seiten. Paperback
ISBN 978-3-89425-537-4

Lauri Hanhivaara, Kriminalhauptmeister bei der Kripo in Tampere, freut sich auf eine ungestörte Mittsommernacht allein in seiner Stadtwohnung. Doch seine Freundin Maija überredet ihn, mit ihr in das nahe gelegene Sommerhaus ihres Bruders zu fahren. Er wäre besser standhaft geblieben, denn am nächsten Morgen stolpern die beiden bei einem Waldspaziergang über eine Leiche …

»Der Finne Pentti Kirstilä ist unter den nordischen Krimiautoren der Franzose. Durch Selbstironie und -reflexion signalisiert er dem Leser: Achtung, hier wird scharf mit Platzpatronen geschossen!«
Tobias Gohlis, Die Zeit

»Tage ohne Ende *ist ein Meisterwerk!«*
Badische Zeitung

»Lesenswert – ausgesprochen lesenswert! Und der beste Beweis dafür, dass ›die Skandinavier‹ auch vor Mankell und nach Sjöwall/Wahlöö wussten, was sie, in literarisch-krimineller Hinsicht, taten.«
www.krimi-forum.de

»Wer dieses Buch zur Hand nimmt, sollte es an einem Tag tun, an dem er genug Zeit hat, es ohne Unterbrechung in einem Schlag auszulesen.«
Deutsch-Finnische Rundschau

»Ein Juwel unter den Neuerscheinungen.«
Darmstädter Echo

»Irgendwo zwischen Columbo und Maigret liefert sich Lauri Hanhivaara mit seinen Kontrahenten aberwitzige Dialoge, dabei lässt es sich der Erzähler nicht nehmen, ein paar spöttische Kommentare abzugeben. Tage ohne Ende *ist trotzdem keine Krimi-Farce, sondern ein Meisterwerk.«*
Badische Zeitung

grafit

Pentti Kirstilä

Klirrender Frost

Aus dem Finnischen von Gabriele Schrey-Vasara
252 Seiten. Gebunden mit Schutzumschlag
ISBN 978-3-89425-655-5

Sakari Kaarto beschließt, verrückt zu werden. Nach allen Regeln der Kunst inszeniert der 51-jährige Familienvater und Druckereibesitzer seinen geistigen Verfall. Und alle lassen sich täuschen. Nur Lauri Hanhivaara von der Kripo Tampere hat ein komisches Gefühl. Doch erst als ein Mord geschieht, kommt der eigenbrötlerische Kommissar einem perfiden Plan auf die Spur.

»Autor Pentti Kirstilä komponiert seine Geschichte mit meisterhaftem Gespür für überraschende Wendungen. Aus dem Familienepos entwickelt sich eine Katastrophe und das anfängliche Augenzwinkern schlägt in groteskes Entsetzen um.«
Westfalenpost

»Kirstilä beeindruckt durch eine genaue, detaillierte Figurenzeichnung. Dabei schreibt er mit Ironie und Humor, kein Wort zu viel und auch keines zu wenig, in einem ruhigen, unaufgeregten Erzählton, der den Leser durch die Intensität seiner Figuren packt. Mit Klirrender Frost *hat Pentti Kirstilä einen verstörenden, beeindruckenden Roman geschaffen, den man zum Schluss nicht einfach beiseite legt. Lesenswert!«*
Krimizeit

»Kirstilä legt Fallen aus, in die der Leser nur allzu gerne stolpert. Die Grenzen der Moral kümmern ihn dabei wenig. Und die Konventionen des Krimi-Genres durchbricht er auf jeder Seite. Kirstilä ist das ›Wunderwerk der Manipulation‹ gelungen.«
Buchwoche, Österreich

»Pentti Kirstilä hat mit Lauri Hanhivaara einen Kommissar geschaffen, der im Gedächtnis bleibt. Der Autor spielt auf sehr hohem Niveau mit dem Genre Krimi. Und das Beste: Er hat insgesamt elf Hanhivaara Fälle geschrieben.«
Bayerischer Rundfunk

Preisgekrönt: Matti Rönkä

FINNISCHER KRIMIPREIS 2006
NORDISCHER KRIMIPREIS 2007
PLATZ 1 DER KRIMIWELT-BESTENLISTE

Der Grenzgänger
Aus dem Finnischen von Gabriele Schrey-Vasara
222 Seiten. Gebunden mit Schutzumschlag
ISBN 978-3-89425-652-4

Privatdetektiv Viktor Kärppä ist russischer Emigrant und ein Mann mit besonderen Fähigkeiten, die viele Herren auf beiden Seiten der finnisch-russischen Grenze zu schätzen wissen. Sein jüngster Auftrag lautet, Sirje Larsson zu finden. Ein Routinejob, denkt Viktor. Doch die Suche nach der Vermissten stört die Kreise gnadenloser Gangster. Viktor gerät in das Fadenkreuz russischer Spione und estnischer Schmuggler.

»Ein kluger, gradliniger Roman, in dem viel, sehr viel Gewichtiges und Bedenkenswertes eingewoben ist.«
WDR

»Der Grenzgänger *hebt sich deutlich ab vom Krimi-Mainstream. Matti Rönkä hat seine Charaktere wirklich mit Leben gefüllt, seine Sprache ist unprätentiös, klar und schnörkellos, die Handlung spannend und dabei realistisch.«*
Bayerischer Rundfunk

»Der Finne Rönkä verhält sich zur Mafia wie der Tango zu Finnland. Er ist schlichtweg besser als das Original.«
Deutschlandfunk

»Dieser zum ausgedehnten Selbstbetrug fähige Ermittler des Finnen Matti Rönkä ist ein großer Wurf, weil er alles andere darstellt als noch eine Knautschverpackung hehrer Werte.«
Tages-Anzeiger

»Der Grenzgänger *heißt folgerichtig mehrdeutig der erste Roman um Viktor Kärppä, der voller faszinierender Geschichten aus einer Weltgegend steckt, über die wir viel zu wenig wissen. Das Schönste aber: Rönkä erzählt mit ganz wirkungsvollen Mitteln – kunstvoll einfach.«*
Thomas Wörtche